悪役令嬢の

Reincarnated as
a Villainess's Brother

兄に転生
[illegible]した

6

著
内河弘児
Hiroko Uchikawa

イラスト
キャナリーヌ
Canarinu

TOブックス

CONTENTS

目次

イラスト ✤ キャナリーヌ
デザイン ✤ 諸橋藍

CHARACTERS

登場人物紹介

ディアーナ

エルグランダーク公爵家令嬢。カインの妹。
乙女ゲームでは、悪役令嬢として
数多の悲惨な破滅を迎える運命。
カインが大好き。

カイン

エルグランダーク公爵家長男。
本作の主人公。前世でプレイした
乙女ゲームの悪役令嬢の兄に転生した。
愛する妹のため破滅回避に激闘中。

イルヴァレーノ

カインの侍従。
『暗殺者ルート』の攻略対象。

アルンディラーノ

リムートブレイク国の第一王子。
『王太子ルート』の攻略対象。

ジュリアン

サイリユウム王国の第一王子。
『隣国の第二王子ルート』の攻略対象の兄。

サッシャ

子爵家令嬢。
ディアーナの専属侍女。

シルリィレーア

サイリユウム王国の公爵令嬢。
ジュリアンの婚約者。

ジャンルーカ

サイリユウム王国の第二王子。
『隣国の第二王子ルート』の攻略対象。

サイリユウム留学編Ⅴ

第二部

Reincarnated as
a Villainess's
Brother

建国祭の片隅で

騎士行列で始まったサイリユウムの建国祭は、活躍した騎士に褒賞を与える授与式や、各騎士団同士による公開模擬戦など、その後も王国主体の行事が一週間ほど続いていく。

それらイベントの一部は一般市民にも参加可能なものがあり、馬術大会や武闘大会などは街を挙げての大盛り上がりとなった。

庶民の間では、初代国王が建国に至るまでの冒険を描いた演劇が披露されたり、平民出身の騎士たちが街角で子どもたちに青空剣術学校を開いていたり、ちびっ子騎士行列に参加した子どもたちが騎士ごっこと称してチャンバラで遊んでいたりして、お祭りムードが広がっている。

カインも、ディアーナやイルヴァレーノと一緒に賑やかな街中を散策したり、平民の子らのチャンバラごっこに混ざったりしてお祭り気分を楽しんでいた。

「お、騎士行列でビシッとバク転決めたお兄さんじゃないか、格好良かったよ！」

「ははは。ありがとうございます」

「そちらは妹さんかい？　そっくりだねぇ、とんだ美人兄妹《きょうだい》だ。イモ団子食べるかい？」

「ありがとうございます、おば様。お団子いただきますわ」

騎士行列の最終ブロックあたりは庶民の見学者も多かったためか、街を歩くカインとディアーナはこんな風に良く声をかけられた。

「本当は、騎士行列に居たのはディアーナお嬢様でしたのに」

「カイン様が褒められるって事は、ディアーナ様の男装が完璧だったって事だよ」

バク転を成功させたのも、先頭で列を乱さずしっかり行進したのもディアーナだったのに、代わりにカインが褒められることに頬を膨らませるサッシャ。それをイルヴァレーノが都度都度なだめながら歩くのが恒例になっていた。

一方で各貴族の屋敷では舞踏会や晩餐会が毎夜開かれ、各家の紋章のついた馬車が大通りを行き交い、貴族の家の前を通るたびに賑やかなダンス曲が漏れ聞こえてきていた。

建国祭のために各領地から王都へ来ている貴族たちが多いので、情報交換、人脈作り、結婚相手探しなど様々な目的のためにここぞとばかりに社交を重ねる。

地方からやってきた貴族達は、地域によっては雪などの交通事情によって帰領が難しくなる為、春まで王都にとどまることが多い。

そんなこんなの色んな事情が重なって、サイリユウムでは建国祭から冬が終わるまでの期間が社交の季節となるのだ。

「カイン、ディアーナ。どうかしら？」

エリゼがドレスの裾をひらりとひらめかせながら問いかける。

「深いグリーンがとても美しく、お母様の金色の髪が映えますね」

「お母様素敵！　妖精さんみたいですわ」

サディスのエルグランダーク邸玄関で、晩餐会へと出かける母エリゼをカインとディアーナで見送りに出てきていた。

「外はお寒うございます。昼も日陰になっている場所は凍っている場所もあるかもしれませんので、お足元にお気を付けくださいませ」

そういって、執事のダレンがコートを広げてエリゼへと着せる。

「ありがとう、ダレン。では、行ってくるわね。カインもディアーナも夜更かしせず早めに寝るのよ」

「はぁい」

コートの裾をひらめかせて、颯爽《さっそう》と玄関を出て行くエリゼの後ろ姿へカインとディアーナがそろって手を振って見送った。

隣国リムートブレイク王国の筆頭公爵夫人として滞在中のエリゼは、沢山の貴族から招待状をもらっていた。爵位や家業などを吟味して選んだ上でもまだ数の多いご招待に、忙しそうに対応しながらもエリゼはとても楽しそうだ。

時間帯などが許す範囲での晩餐会や舞踏会には、カインはエリゼのエスコート役として時折引っ張り出されていた。

「今夜はエスコート無しで助かったよ」

「ご招待先のご隠居様がお出迎え以降のエスコートをしてくださるそうですね」

今夜の晩餐会は始まりが少し遅いため、カインの出番は無しだ。周りが大人だらけの会に交じってもあまり面白いとも思えず疲れるばかりなので、行かずに済むならそれに越したことは無かった。

「気を遣っていただけて助かります」

ダレンの言葉に、心の底から謝意をこぼしたカインであった。


そんなこんなで過ぎていった建国祭休暇も後半にさしかかり、街はまだまだお祭り騒ぎの真っ最中ではあったものの、屋台を冷やかしての買い食いなどに飽きてきたカイン達は、屋敷の中で遊ぼうか？　という話になった。

建国祭はまだ続いているのだが、子どもも参加出来たり楽しめたりするイベントはほぼ終わっており、大人達の社交の場となるようなイベントばかりが残っているのだ。

そんなわけで、子ども達にとってはただの休息日と変わらなくなった建国祭休暇の折り返しの日。

街中の喧噪《けんそう》がかすかに聞こえるエルグランダーク邸の中庭では、子ども達が「かかしもどきだれだ」をして遊んでいた。

「かーかしもーどきだーれだ！」

ブランコが枝に結ばれている大きな木に手をつき、勢いよくジャンルーカが振り向いた。

「かかしもどき見つけた！　フィールリドル、リボンが動いたよ！」

振り向いた先でじっとポーズを取っている者達を見渡し、ジャンルーカはフィールリドルをビシッと指差して叫んだ。

「リボンが風で揺れるのは不可抗力よ！　そんなのを動いたウチに入れるのはずるいわ！」

「そうよそうよ！　お姉様は動いてなかったわよ！」

ジャンルーカの言葉にフィールリドルが地団駄を踏んで抗議し、すぐ隣に立っていたファルーティアが拳を振り上げて同調している。

「ファルーティアとフィールリドル、二人とも今すごい動いてる!」

地団駄を踏み、拳をぶんぶんと振り回す二人をジャンルーカが笑いながら指をさせば、

「ジャンルーカが指摘間違いをしたからですわ!」

「ジャンルーカ兄様が悪いんですわ!」

と、二人の王女は益々抗議の為にジタバタと体を動かした。その様子が面白くて、王女の後ろで片足立ちしていたディアーナが笑い出し、バランスを崩して浮いていた足をついてしまった。

「ディアーナ嬢も、かかしもどきみーつけた!」

「ふふふっ。もう我慢出来ない! あははははは」

名指しされたディアーナは、笑いながらも素直にジャンルーカの元へとやってきた。ディアーナが素直にジャンルーカの判定に従ったので、渋々ながら二人の王女も大きな木の下へと移動した。

「あとは、カインとイルヴァレーノだね……。これはもう無理じゃないかな?」

「諦めたらそこで試合終了ですよ、ジャンルーカ様」

体幹が良いせいか、カインとイルヴァレーノはどんなにバランスの悪い立ち方で止まることになってもピクリとも動かない。

かかしもどきだれだを始めてからカインとイルヴァレーノは一度も負けていないので、ジャンルーカが諦め気味に言ったのだが、カインは励ましの言葉を投げかけるだけで動こうとはしなかった。

肩をすくめたジャンルーカがまた木に向かって顔を伏せ、

「かーかしもーどき」

と声に出した瞬間。

「つーかまーえた！」

残りの距離を一気にダッシュしたカインがジャンルーカの肩をぽんと触ってゲーム終了となった。

ちなみに、カインが勝って子役になるときは判定が甘々なので誰も指摘されず、一番足が速かった人が勝つ。イルヴァレーノが子役になると、走るかかしもどき達の足音から判断して一番バランスの悪くなるタイミングで振り向くためにほぼ全滅する。

「また、カインの勝ちだね」

ジャンルーカは振り向いて楽しそうに笑うが、木陰で待機していた王女二人はあまりの勝てなさ加減にほっぺたを膨らませて拗ねていた。

「皆様、気温も下がってまいりました。そろそろ屋内で過ごしませんか」

窓越しに、サッシャが声をかけてきた。完璧な侍女を目指すだけあってタイミングが良い。これ以上かかしもどきだれだを続けていれば二人の王女が癇癪《かんしゃく》を起こしたかもしれない。

「まだ時間は早いけれど、中庭には日が差さなくなってきたものね」

ディアーナもチラリとほっぺたを膨らませた王女達をみて、サッシャの言葉に頷いた。

「では、最後にブランコを一回だけ！　今日はお忍びで来ているのだから、ブランコに乗っても良いのだわ！」

「お姉様の次は私の番よ！　ジャンルーカ兄様には背中を押させてあげるわ！」

フィールリドルとファルーティアの二人の王女は、エルグランダーク邸に遊びに来ると「お忍びだから」といって王女らしくない遊びを楽しんでいた。この中庭は四方を建物に囲まれている為、『王女様のはしたない姿』が通りから見られたりする心配もない。

今日のように人数が多ければ「かかしもどきだれだ」とか「椅子取りゲーム」とか「ハンカチ落とし」などで遊び、ディアーナと王女達しかいなければ、ブランコに乗ったりシーソーで遊んだりしている。

椅子取りゲームをするときなどは、執事のダレンにピアノを弾いてもらうのだが、

「兄弟の不仲を表に出すのは、家門の恥となる場合がございます。そこにつけ込み、家族を瓦解させ、没落させようという悪ぅ～いやからも世の中にはいるのです」

といって、ピアノを人質にジャンルーカと仲良くするように諭してくる。

ディアーナや二人の王女と同じぐらいの年の孫がいる執事のダレンは、ほどよく甘やかしながらほどよく叱る。遊びに欠かせないピアノの演奏や、おやつの質や量の権限を握っているダレンに対しては二人の王女も逆らうことが出来ず、ファルーティアはこの屋敷に遊びに来ている間は「ジャンルーカ兄様」と呼ぶようになっていた。

「ブランコも良いですけれど、体が冷えてきたでしょう？　おやつにいたしませんか？」

サッシャが声をかけてきたのとは別の窓から、今度はエリゼが声をかけてきた。屋敷の玄関に一番近い窓である。

「お母様、お帰りなさいませ」

「エリゼ夫人、お帰りなさい」

今日もどこかの貴族から招待された昼食会へと出かけていたエリゼが、お土産におやつを持って帰ってきたところだった。

ブランコを未練がましく見ていたフィールリドルも、エリゼの後ろに控えていた侍女がおやつの入った紙箱を持ち上げてみせれば顔を明るくして「おやつにいたしますわ！」と気持ちを切り替えてくれた。

ジャンルーカがいて、少しよそよそしさを残しながらも少しずつジャンルーカと仲良くなってきている二人の王女がいて。

そんな三人と友人として楽しそうに遊んでいるディアーナを後ろから眺めるカイン。

「細くても、きっと幸せへの道へとつながっている……」

「カイン様？」

まぶしそうに目を細めて四人の後ろ姿を眺めてたたずむカインに、イルヴァレーノが寄り添う。

「きっと、大丈夫だよな？」

「カイン様なら、大丈夫ですよ」

何が？　とも聞かずに太鼓判を押すイルヴァレーノに、カインは小さく噴き出した。

「ふっ。さあ僕らも行こう、イルヴァレーノ。ディアーナも王女達も食いしん坊だから、おやつを取られちゃうよ」

イルヴァレーノの背中を叩き、カインは邸の中へと向かって歩き出した。

翌日からも、建国祭休暇が終わるまでの間、カインはエリゼのエスコートとして社交場へ顔を出したり、ディアーナと遊んだり、ジャンルーカや王女達、ジュリアンや学校の友人達も入れ替わりやってきては、楽しく遊んで過ごした。

「来ちゃった♡」

といってエリゼとディアーナがサイリユウムにやってきたのは、水が冷たくなり始めた冬の始まりの頃だった。

夏休みに仲間はずれにされた事の意趣返しとしてサイリユウムにやってきたらしいエリゼは、すっかり冬本番となった今も帰る気配は無い。

美人で朗らかに見えるエリゼは、隣国の公爵夫人という立場も手伝ってサイリユウムの社交界で引っ張りだことなっている。

冬が社交の季節となっているサイリユウムからは、もうしばらく先まで帰ることはなさそうだ。

サイリユウムへと来た時に、カインの新たな友人に嫉妬したディアーナが「ぎゃふんと言わせてやる！」といって奮闘した結果、ディアーナはジャンルーカと二人の王女という新しい友人を作ることが出来た。

最終的にはカインの友人達とも打ち解け、まるで昔からの友人のように仲良く遊んでいたりする。

建国祭休暇中のエルグランダーク邸の中庭には、そんなディアーナ襲撃の集大成のような光景が広がっていたのだ。

楽しい時間が過ぎるのは早い。

一週間にわたる建国祭休暇もあっという間に終わり、カインが学校へと登校すると教室にはストーブが設置されていた。

「ストーブだ」

「建国祭も終わればすっかり冬だからな。学校が休みのうちに業者が入って設置してくれたのだろう」

休み前には見かけなかったモノを見つけて、思わずと言った感じでカインが口を開けば、一緒に登校していたジュリアンが答えてくれた。

ストーブは鉄でできていて、丸っこいしずく形をしていた。しずくの上部のすぼまったところからそのまま煙突が伸びて外向きの壁へとつながっている。

そういえば夏の間は丸いカバーが壁に取り付けられていたなとカインは思い出す。おそらくストーブの煙突用の穴が壁に開いていたのだろう。

前面に扉があり、そこから薪を入れるらしい。扉の下あたりに鉄格子のような網のようなものがはってあって、薪は落ちずに灰だけ落ちるようになっている。

扉の下には引き出しがついていて、そこを引き出すと灰を捨てられるようになっていた。

「ストーブの上が平らだったら、お湯を沸かしたりできるのに、なぜしずく形なんでしょうか」

前世の学生時代、教室の隅に置かれていただるまストーブにはヤカンが乗せられていて、給食の時間に温かいお茶を飲むことが出来たのを思い出したカイン。

思いついた事を誰ともなく口に出してみた。

「以前は普通に四角いオーブンストーブだったらしいがな、ホットワインが飲みたいといって栓をしたままのワインボトルを湯煎した馬鹿がおったのだ」

ジュリアンが肩をすくめながら、あきれ顔で理由を教えてくれた。

「爆発したんですか」

「爆発したのだ」

それはきっと大惨事だったに違いない。当時教室に居た人達に同情しつつも、その様子を頭に思い浮かべれば笑いがこみ上げて来るのをカインは我慢出来なかった。

「それ以来、絶対にものが載せられないようにしずく形のストーブに変えられたのだそうだ」

前世では見たことのない形なので、なんとなくかわいらしいストーブだなと思ったカインである。

「そういえば、ストーブを見るのは初めてな気がします」

「そうか？」

カインはそっとストーブの側面を触る。まだ火が入っていないので、鉄でできたストーブはひんやりと冷たかった。

「家での暖房といえば暖炉でしたし、リムートブレイクでは魔法を使って部屋を暖めることも多かったので。もしかしたら、リムートブレイクでも庶民の家にはストーブがあるのかもしれませんけど」

「まぁ、サイリユウムでもいつも使う部屋は暖炉で部屋を暖める。暖炉は煙突を通じて不埒ものが侵入してくる事もある。中に格子などの設置はしてあるが時折小動物が入り込むこともあると聞くからな。普段使わない部屋にまでは設置せぬであろう？　そんな部屋をたまに使うときにはストーブを持ち込んだ方が良いだろう」

「なるほど？」

確かに、リムートブレイクにあるエルグランダーク邸でも家族それぞれの私室と食堂、父の執務室ぐらいにしか暖炉はなかったような気がする。

暖炉のない部屋は、ランタンのような形の道具で部屋を暖めていた。おそらく、発熱の魔法が掛かった魔石が中に入っていたのだろうけど、家族や使用人達が当たり前のように使っていたのでカインは意識をしたことが無かった。

暖炉は煙の通り道として壁と壁の間に空間を作り、屋根へと抜ける煙突をつくらなければならないので自然と壁が厚くなるし、空洞ができると言うことはもしかしたら建物の強度が下がるといった弊害もあるのかもしれない。その点ストーブなら、外向きの壁に小さな穴を開けて煙突用の筒を通せば良いだけなので後付けも可能そうだ。何なら、窓を細く開けて煙突を通し、隙間を目張りするのでも良いかもしれない。

カインは建築関係には疎く、詳しくはわからないが貴族の家のような大きくて部屋数の多い家には暖炉は本来向かないのかもなぁと曖昧な感じでジュリアンの言葉にうなずいておいた。

「たしかに、必要ないときには片付けておけるのは利点かもしれませんね」

「暖炉より、灰の片付けが楽だと城のメイドが言っておった」

カインとジュリアンで冷たいストーブを眺めながら会話していると、やがて他の級友たちもぞろぞろと教室へ集まり始めてきた。

「こんな形のストーブあるんですね」

そう言ったのは、アルゥアラットだった。

カインが珍しいと思ったのは前世の記憶にあるダルマストーブや薪ストーブのイメージが強いせいかと思っていたのだが、普通にこの世界の人間にも珍しい形らしかった。

「みんなの家のストーブはどんな形してるの？」

カインが素直に問いかければ、

「普通に四角いやつで、上に鍋とかおけるやつ」

「ウチもー！　パンを三十秒ぐらいストーブの上に載せてから食べるのが美味しいんだよね！」

「僕の家は、居間にはデッカい鍋が二つぐらい載る奴があるんだけど、各部屋には円筒形の上から薪を入れるヤツがおいてあるよ」

アルゥアラット、ジェラトーニ、ディンディラナの順でそれぞれ返答が返ってきた。

やはり、カインの記憶にある薪ストーブやだるまストーブに近い形の物が一般的らしい。

暖かくもないストーブを囲って立ち話をしているうちに、カランカランと鐘をならしながら教師が教室へと入ってきた。その後ろには作業着を着た雑務員が薪を持って二人ほどついてきている。

「本日の一時間目は、授業内容を変更してストーブの付け方と消し方について実習します」

担任の先生から発せられたその言葉に、生徒達はきょとんとしながら教室の一角にあるストーブへと視線を集めた。

「冬の間、自分たちでストーブを管理するように」

とのことで、クラスメイトが順番に薪に火を付けては消してとチャレンジする事となった。

ジュリアンは灰受け部分を開けたまま薪入れ口を閉めてしまい、押し出された空気によって飛び出した灰を被ってしまった。頭から灰をかぶり真白になってしまったジュリアンは、寮に一度戻る羽目になった。

カインは魔法を使って薪に火をつけたのだが、火力が強すぎて薪が一瞬で灰になってしまっていた。

順番が最後だったアルゥアラットがストーブ内にこっそりイモを仕込んでいたことで、二時間目の授業中に焼き芋の良いにおいが充満して授業どころでなくなってしまった。

当然のことながら、アルゥアラットは先生にこっぴどく叱られた。

やらかしてしまったジュリアン、カイン、アルゥアラットの三人は、ストーブ接近禁止令が出され教室の一番後ろの席へと移動させられた。

ストーブは教室の前側に設置されているので、距離を取られてしまったのだ。

翌日になって、王子の矜持《きょうじ》として再チャレンジしたいと申し出たジュリアンだが、やけどをさせるわけにはいかないからと却下されていた。

冬生まれのくせに寒がりなところのあるカインは、ストーブが暖まるのを待つ間も寒いので「私に火をつけさせてほしい」と級友に頼んでみるが「薪がもったいない」とやはりストーブに近づけさせてもらえなかった。

アルゥアラットは、隙あらばイモをストーブに入れようとするのでカインとジュリアン以上にクラスメイトから危険視されており、ストーブの方を向くことさえ禁止された。

「うう。後ろの席寒い」

「リムートブレイクの王都とこちらでは、さほど気候も変わらぬだろうに。国にいたときは一体どうやって乗り越えておったのだ」

カインは椅子の上で三角座りをし、膝を抱え込むようにして体温が逃げないように丸くなっていた。とても高位貴族の御曹子には見えない姿である。

そんなカインをみて、ジュリアンはあきれたような顔で言葉をかけつつ自分の首に巻いていたショールをカインの肩にかけてやっていた。

「リムートブレイクの邸は、邸内の至る所に暖房用の魔法道具が置かれていて、部屋も廊下も暖かかったんですよ。さすがに誰もいない部屋には置いてませんでしたが、私の行動を先回りして邸のみんなが部屋や廊下を暖めてくれていたんです。冬に寒いと思うのは外に出るときぐらいでしたし、外に出るときはこれでもかって厚着してました」

「王子である私よりも、甘やかされておらぬか？」

「ご冗談を。国の王たる方々のお住まいと我が家では広さが全然違いますから」

「俺の家だって侯爵家的には平均的な家だと思うけど、全部の部屋にストーブとか無いよ。さすが筆頭公爵家は違う」

カインは会釈でジュリアンに礼をしつつ、かけてもらったショールを体の前でぎゅっと握って隙間を閉じるようにしている。

「まぁ、二時間目ぐらいにはストーブの熱が広がって教室全体が暖かくなるであろうよ」

「一時間目が長すぎる」

「カイン様はどうせ予習しっかりしてるんだし、いっそ一時間目は寝ていたら」

「寝たら死ぬぞ！」

「雪山かよ！」

カインとジュリアンとアルゥアラットは、一番後ろの席にされたのを良いことに小声でこそこそと雑談を交わしていた。

今日の一時間目はサイリユウム王国史。飛び級を狙っているカインにとってはすでに自習で頭に入っている内容である。それでも、歴史の先生が時々雑談的に語る歴史よもやま話が面白いので真面目に授業を受けているのだが、今日は寒すぎてちっとも集中できないでいた。

「そういえば、王宮前の広場に設置されている桟敷席。あれは片付けないのですか？」

「うん？」

黙って丸まってガタガタ震えているよりは、雑談をしていた方が心持ち寒さが和らぐような気がしているカイン。隣に座っているジュリアンに気になっていた事を聞いてみた。

建国祭が終わって学校が再開した昨日、ギリギリまでディアーナと一緒に過ごしていたカインはエルグランダーク邸から直接学校へと登校した。

寮からではなく邸から通う場合、途中で王宮前広場を通るのだが、その時に桟敷席がまだ解体されていなかったのだ。しかも、解体のための機材や職人が手配されている気配も無かった。そのままでは街の子どもが入り込んだり、登って落っこちたりしたら危ないのではないかと思って気になったのだ。

「ああ。まもなく年の瀬であろう？　どうせ神渡りで使うのでな、そのままにしてあるのだ。年が明けてから解体される事になっておる」

「神渡りで桟敷席が必要なんですか？」

カインの知っているリムートブレイクの神渡りは、家中と街中に煌々《こうこう》と明かりを付け、夜通しごちそうを食べて賑やかに過ごすという行事だ。王宮前広場に設置された鐘を、順番に並んで鳴らして神様を迎えるという一応の神事的なイベントもあるにはあるが、それもわざわざ席を作って皆で見守るような物でもない。

広場をぐるりと囲むように作られている桟敷席で、何をするのだろうとカインは首をかしげた。

「必要だろう。神官が神渡りの神事を行うところを見守らねばならぬだろう？　神がお帰りになり、そして新たな神がやってくるのをこの目で見るためには段差のついた観覧席がないと困るではないか」

「え？」

「え？」

ジュリアンの言葉から察するに、どうにも『神渡り』という言葉が同じであっても、それが意味する行事の内容が大分違うようだ。

大きな川を一本挟んだだけの隣同士の国だというのに、やはり文化の違いという物はあるのだなぁと、カインは感心した。

「私の国、リムートブレイクの神渡りとは大分違うようですね」

「ほう？　面白そうだな。昼食時にでも、リムートブレイクの神渡りについて聞かせてくれぬか」

「良いですよ。別に今でも良いですけど」

カインは、今の授業が予習ですでに理解している内容であることと、寒すぎてやる気が出ない事からすっかり無駄話に夢中になってしまっていた。

「いいえ、昼食時でお願いしますね」

カインの今でも良いよという発言に、返事をしたのはジュリアンではなく教師だった。

「ごめんなさい」

椅子の上で丸まっていたカインはゆっくりと振り返ると、へにょんと困った顔をして小さく顎を引くように頭を下げた。

サイリユウムの寒い冬

エルグランダーク公爵家サディス邸の中庭には、ブランコがある。

前住人の置き土産として設置されていたそれは、長いこと使われることもなく放置されてあちこち傷んでいたのだが、幼い少女が引っ越してくるということで張り切った執事によって修繕され、今はきれいになっている。

邸購入当初、中庭には貴族家の庭らしい花壇や生け垣が作られていたのだが、今は撤去されている。代わりに、ブランコで遊ぶディアーナが落ちたり転んだりして怪我をしないようにと、芝生とシロツメクサが絨毯のように敷き詰めて植えられている。

今の季節は冬なので、濃い緑色の草が生えているばかりとなっているが、春になれば白い小さな花が一面に咲くらしい。

おそらく、その頃にはもうディアーナはこの邸にはいないだろうけれども。

「うふふふ。さぁ、ジャンルーカ殿下、お手をこちらへ」

「はい。よろしくお願いいたします、エルグランダーク夫人」

エルグランダーク公爵家サディス邸の中庭に、エリゼとジャンルーカが向かい合って立っていた。

ディアーナはブランコに座って小さく揺らしながら、その様子をニコニコと眺めている。

エリゼは差し出されたジャンルーカの手をそっととると、シャラリと揺れるブレスレットを優しく取り外した。

ディアーナやエリゼと友人になって以降、ジャンルーカはカインが不在でも構わずエルグランダーク邸へと遊びに来るようになった。

エルグランダーク公爵家サディス邸はサイリユウム国内にあるが、その敷地内はリムートブレイク王国のルールで運用されている。いわゆる治外法権である。

もともと、貴族の家の中で起こったことは何か訴えでもない限りは国家権力などに干渉されることはないので当たり前と言えば当たり前の事ではあるのだが。

そういった事情があるため、ジャンルーカは建国祭が終わった後からエルグランダーク邸へと通って魔法の練習をさせてもらっていた。

屋敷に務めている使用人の三分の二ほどは元から居るサイリユウムの人間であるが、残り三分の一ほどはエリゼがリムートブレイクから連れてきた人間である。当然、その人たちは魔法が普通に使えるのだ。

この屋敷の敷地内で、表の通りから見えない場所であればジャンルーカがブレスレットを外し、魔法の練習をしたところで何も問題にならないということである。

中庭の芝生の上、エリゼが指をくるりと回して「水よ」とつぶやくとホロホロと小さな水の玉が空中から現れて足下へと落ちていった。

「高位貴族になればなるほど、あまり魔法は使わないの」

「そうなのですか？」

空中に現れては消えていく水の玉を目で追いながら、ジャンルーカは相づちをうつ。カインからは、高位貴族であるほど魔力が強い傾向にあると教わっていたので、エリゼの言葉を意外に感じたのだ。

「身の回りの世話は、みんな侍女たちがやってくれるでしょう？　魔法を使う必要がありませんの。なんでも自分でやってしまおうというのは、はしたないというか……なんていえばいいかしら貧乏くさい？」

「ああ、確かにそうかもしれません」

この屋敷によく遊びに来るようになったジャンルーカは、リムートブレイクから来た使用人たちが魔法を使ってエリゼやディアーナの世話をしているのを時々目にしていた。

それは、中庭で遊んだジャンルーカとディアーナの手を拭くために、魔法で水を出してタオルを濡らしていたり、ボールが木の枝に乗ってしまったのを風魔法で落としてくれたりといった些細なことではあったが、そのちょっとした手間が魔法なしでやろうとすると面倒くさいということは理解していた。

「魔法かっこいいのにねぇ」

後ろのブランコから、ディアーナの不満げな声が聞こえてくる。ファッカフォッカに憧れているジャンルーカはディアーナの言葉に大いに賛同したいところではあったが、今はエリゼの講義を聴いている最中なので心の中で頷いておいた。

同じくディアーナの言葉が聞こえていたらしいエリゼが「コホン」と空咳をしてディアーナを窘めつつ、ジャンルーカへと言葉を続ける。

「でもね、貴族なのに魔法が使えないというのも恥ずかしいことなのです。だから、学校でも魔法の授業があるし、大人になってもこっそり練習したりしているのよ」

「使わないのに、使えないと恥ずかしいのですか？」

謎かけのようなエリゼの言葉に、ジャンルーカが首をかしげる。その様子が可愛らしくてエリゼは思わず顔が緩んだ。

「矜持というやつですわね」

「矜持。プライドですか」

それならわかる気がする、とジャンルーカは目を瞬かせた。

「貴族はより強く、より賢くあらねばならぬ。しかしそれをひけらかすのは恥である。といった感じかしら」

エリゼは少しあきれたような顔をしつつ、楽しそうに肩をすくめて見せた。

最後に、両手を上に思い切りあげると、霧のように細かい雨がサァッと中庭に降り注いだ。

「ふふっ。わたくしはね、水の魔法が得意なの。久しぶりに思い切り魔法を使うとやっぱり気持ち良いわね」

エリゼの魔法の雨は、霧のように細かい粒だったのでジャンルーカやディアーナの髪をすこししっとりとさせただけで風とともに消えてしまった。

ジャンルーカはその霧を手で受け止めようと手のひらを空中に差し出してみたが、そこには何も残らなかった。

「何もなくとも水がだせるのであれば、日照りによる凶作の恐れがなくなりますか？」

何も無い手のひらを見つめつつ、ジャンルーカが質問をした。まだ九歳といえどもやはり王子というべきか、魔法を国のために使えないかと考えたようだ。

「魔法の使える者が出せる水の量というのは、魔力に比例しますのよ。国民全員の飢えをしのげるほどの畑を潤すとなると、普段畑の世話をする領民たちの三倍ぐらいの人数が必要かしらね？　それも、気絶してしまうまで魔力を絞り出して、ようやくというところではないかしら」

「お兄様のようなすごい魔力を持っていても駄目ですか？」

ブランコに座っていたはずのディアーナが、いつの間にか側までやってきて話に交ざってきた。

ディアーナの質問に、エリゼはにこりと笑って首を縦に振った。

「こういった、お気に入りの花壇にお水を撒くという程度であれば問題ないのですけどもね。実際、造園なんかを生業にする人たちは水魔法を得意とする人が多いみたいですわよ」

「お庭を造る人なら、土魔法かと思いました」

「あら、そういえばそうね」

ジャンルーカの言葉に、土をおこし、耕し、平らにして草木を植える土台を作るには土魔法の方が都合が良さそうだと、エリゼも頬に手を添えて首をかしげた。

「お庭をいちから作る人と、維持管理をする人のちがいでしょうか？」

中庭に面したドアから入ってきた執事のダレンが、会話に混ざってきた。

「造園と、庭園維持？」

ダレンの言葉をジャンルーカが聞き返せば、優しく笑ってダレンが頷き返す。

「わたくしは魔法は使えませんが、屋敷を管理する関係で庭師たちと一緒に土いじりをすることもございます。土をおこして整え、レンガを積んで花壇を作り石畳を敷いて散策通路を通すといった事と、植えられた植物を管理して美しく魅せる事は全く違う技術でございますから」

「庭師という職業でひとくくりにできないという事ですのね」

ダレンの言葉に、ディアーナも頷いた。

ダレンはしっとりと濡れているジャンルーカとディアーナの髪を観て目を丸くしつつ、邸内へと続くドアを手で指し示した。

「お茶の準備が整いましたので呼びに参りましたが……タオルの準備もした方が良さそうでございますね」

ダレンの言葉に、エリゼが「てへっ」という声を出して小さく舌をだしていた。


場所を小食堂へと移し、一同は温かいお茶を楽しんでいた。

「カインの魔法が魔物の討伐に貢献したそうですわね」

「魔物討伐訓練ですね、兄から聞いております。春にも、魔女の森ですごい魔法を使って魔獣たちをふっとばしていましたよ」

この部屋には暖炉が設置されていたが、火は入っていなかった。代わりに、エリゼがリムートブレイクから持ち込んだ暖房の魔法道具が使われている。

小さな赤く光るランタンのような物が部屋の四隅にぶら下がっており、それが暖かい空気を部屋に満ちさせていた。

話題は、カインのサイリユウムでの魔法の使用に関することになっていた。

一番最近の魔物討伐訓練での活躍や、花祭り休暇中の視察先で魔獣を倒した話などをエリゼがジャンルーカから聞き出し、ジャンルーカも一生懸命に当時の様子を語って聞かせた。

高位貴族はあまり魔法を使わない、という話を先ほどしたばかりだったので、あんまりカインの活躍を話してしまうと後々カインが怒られるのではないかと心配したジャンルーカであったが、それはどうやら杞憂《きゆう》であったようだった。

「使うべき時に使う分には、かまいませんの。というか、そういった人命を助けるという場面で貴族が魔法を使わずにいつ使うのか、という話ですわね」

「お兄様は正義の味方ですものね！」

「それは、ちょっと違うかしら……」

和やかな雰囲気の中、ジャンルーカの魔法の練習を兼ねてお茶を飲みつつ燭台のろうそくに魔法で火をともしたり風魔法で消してみたりという遊びをしていた。

そろそろ用意されたお菓子も尽きようというところで、エリゼが思い出したように切り出した。

「内々にですが、王妃殿下から今後この国でも魔法を解禁して魔法使いを育成する、という動きがでるだろうと伺いました」

「僕も、兄上からいつか魔法学校を建てたらその責任者に指名するといわれています」

ジャンルーカの言葉に、エリゼは真面目な顔をして頷いた。

「どうか、ジャンルーカ殿下。庶民、平民の魔法使いが搾取されたり道具のように使われたりすることのないようにお気遣いくださいませ」

その真剣な顔に、ジャンルーカはゴクリと喉を鳴らして背筋を伸ばしたのだった。

カインは建国祭休暇が終わった直後から、寮監へと十数枚の外泊届を提出して、却下されていた。

「第一王子も公爵令嬢も家から歩いて通える距離なのに寮住まいをしています。生徒達の自立の為の寮生活なのですから、よっぽどの理由が無ければ許可できません」

と寮監に言われたのだ。

「他国からの留学生の家族が来ているっていうのは、『よっぽどの理由』に当たると思うんですよね！」

学校の授業がすべて終わり、放課後に家へと向かう馬車の中にカインはいた。

今日はジュリアンとシルリィレーアも一緒に馬車に乗っているので、愚痴の相手はこの二人である。

「その家族の滞在が一、二週間ほどの短期であれば通ったかもしれぬがな。エルグランダーク公爵夫人とディアーナ嬢が来てからもうひと月以上たっておるからなぁ」

「すでに日常ですわね」

嘆くカインにかける、二人の言葉はあきれ混じりの冷たいものだった。

「建国祭休暇の一週間はずっと邸にいたのであろう？　カインが学生向けの園遊会なども全部断りおったせいで、『隣国の公爵令息はどちらに？』と聞かれて大変だったのだぞ」

愚痴を言いたいのはこちらだとばかりに、ジュリアンも渋い顔をしながら言い返した。

「母のエスコート役として、いくつかの晩餐会や舞踏会には参加しましたよ」

カインも負けじと口をへの字に曲げて言い返す。

母のエリゼはエスコート役である父のディスマイヤがいないため、晩餐会や夜の舞踏会などに関しては招待家のご隠居など『問題ない相手』がエスコートしてくれるか、早い時間に始まって早い時間に終わる『カインがエスコートしても問題ない』招待にだけ応じていた。

しかし、昼食会や午後のお茶会、夕方の芸術鑑賞会などエスコートの不要な招待には呼ばれた分だけ出席していたようで、一週間邸にいたというのに朝食の時ぐらいしか顔を合わせることがなかった。

数は多くないとはいえ、ただでさえ母親に引っ張られてディアーナとの時間を削られていたのだ。

カインも、ジュリアンやシルリィレーアなどから学生が参加できる昼の園遊会などに誘われていたのだが『ディアーナと一緒にいたいので』と片っ端から断っていたのだった。

「仮とはいえ、社交界デビューが外国ってどうなんですか」

母の付き添いは、到着後すぐに気配を消して壁の花となっていたのでノーカンだとカインは思っている。実際に、誰かに紹介されたとか挨拶されたということはまったく無かった。

「カインを招待していたのはほとんどが学生か、卒業生だがまだ爵位を継いでいない者が集まる催しばかりだったのだぞ。知り合っておけば、四年生や五年生の教科書を譲ってくれる者もおったかもしれぬではないか」

「学内アルバイトで知り合った先輩から、もう貰う目処がついてるので大丈夫です」

「カイン様は、学内ではすっかり顔が広くなりましたわね。確かに人脈目当てでしたら、学生ばかりの園遊会に参加しても意味が薄いかもしれませんわねぇ」

シルリィレーアが優しい顔で微笑んだ。

そんな風に雑談に興じているうちに馬車が止まり、御者がドアを開ける。

元々学校から歩いても二十分ほどの距離にある邸なのだ。馬車だと大通りを通るために少し遠回りになるが、それでも十分ほどで到着してしまう。カインが馬車からひらりと飛び降り、続いてジュリアンが降りてシルリィレーアをエスコートする。

こういった場面でのスマートさはさすがの王子様である。

「寒い寒い！」

と言いながら、カインは前庭の石畳を小走りで通り抜け、玄関を開けた。中からふわりと暖かい空気が漏れ出てきて、カインはほっとした顔をしてするりと玄関の中へと滑り込んだ。

「ダレン！　ジュリアン様とシルリィレーア様がいらっしゃったから、お母様を呼んで来てくれないか」

出迎えに出てきたダレンが、カインの言葉に小さく首をかしげつつドアの方を見れば、遅れてゆっくりとドアをくぐってくるジュリアンとシルリィレーアの姿が見えた。

ダレンがとっさに片手をあげると、控えていた使用人がやってきて二人から外套《がいとう》を預かった。

建国祭休暇前から、ジュリアンは何度かこの邸へと遊びに来ている。

普段はカインの友人として遊びに来ているので、わざわざ女主人であるエリゼを呼んだりサロンでお茶を飲んだりしない。いつも直接カインの部屋へ行って遊んだり、中庭でブランコやシーソーで遊んだりしていた。

なので、今回カインから「母を呼んでくれ」と改めて言われてあれと思ったのだ。しかし、ダレンは優秀なので問い返さずに短く返事をしてエリゼのいる場所へと向かったのだった。

「いつ来ても、玄関に入ってすぐにこれだけ暖かいのにはやはり驚くな。魔法道具というのは便利なものであるなぁ」

玄関をぐるりと見渡して、ジュリアンが感慨深げにつぶやいた。シルリィレーアもつられてぐるりと玄関を見渡している。

この邸の玄関には暖炉がないので、前住人の頃は冬の玄関は寒かったらしい。賓客《ひんきゃく》が来ることがわかっている時には、ストーブを設置して到着の少し前から焚いて暖めておくというのが慣わしだったそうだ。暖房の魔法道具設置時に、ダレンや使用人達がその暖かさに感動しながら以前の様子を教えてくれた。

今は、エリゼが持ち込んだ暖房の魔法道具を使っているので、人の出入りが良くある場所はどこもかしこも暖かくなっている。

「兄上！　学校お疲れ様でした」

「おお。ジャンルーカ、来ておったのだな」

ティールームへと入ると、跳びはねるようにジャンルーカが迎えてくれた。

「ジュリアン王子殿下。ようこそおいでくださいました」

「エルグランダーク公爵夫人。突然の訪問、申し訳ない」

立ち上がり挨拶をしたエリゼに、ジュリアンは会釈程度に頭を下げつつ謝罪の言葉を口にした。

「カインのご友人としてでしたら、いつでも、突然でもいらしてくださってかまいませんのよ」

ホホホと笑うエリゼの横で、ディアーナもスカートをつまんで一礼をする。

「ジュリアン王子殿下、シルリィレーア様、お久しぶりでございます」

「ディアーナ様、こんにちは。お久しぶりでございます」

ジュリアンと並んでティールームへと入ってきたシルリィレーアが、優しく微笑んでそれに答えた。

「本日はカインではなく、私にも用事がおありのようですわね」

「いかにも」

カインの私室や中庭でなく、ダレンを通じて声をかけた上でティールームへとやってきたジュリアンに、今日は遊びに来たのではなさそうだとエリゼは理解していた。

ティールームのメイドたちがそれぞれ椅子を引き、ジュリアンやシルリィレーアを席へと案内する。

「エルグランダーク公爵夫人。ご機嫌よろしゅう」

「ミティキュリアン公爵令嬢。ご機嫌よろしゅう。今日もおかわいらしいですわね」

席へと案内される途中、エリゼの前まできたシルリィレーアが挨拶を交わす。

建国祭の騎士行列の観覧席で、ディアーナが偽物《カイン》であることを王族に隠すために頑張ったという連帯感のせいか、シルリィレーアとエリゼはあれ以来仲が良い。エリゼはミティキュリアン公爵家へとお茶会に招かれることが多いし、シルリィレーアもジュリアンにくっついてカインの家へと遊びに来た時には、ディアーナやエリゼとお茶をしたり刺繍したりおしゃべりしたりしていることが多いのだ。

皆が席に着きお茶が行き渡ったところで、ジュリアンが懐から出した封筒をダレンへと手渡した。

ジュリアンから封筒を受け取ったダレンは、チラリと宛名を見るとテーブルをぐるりと回り、エリゼの斜め後ろに立った。

「奥様、第一王子殿下より封書をお預かりいたしました」

そう言ってエリゼへと恭しく封筒を手渡す。エリゼはもったいぶって封書を受け取ると、いつの間にか反対側の斜め後ろに立っていたイルヴァレーノからレターオープナーを受け取って封蝋を剥がした。

「……まぁ。神渡りの神事への招待状ですのね」

「ええ。騎士行列を観覧した桟敷席が解体されずに残っております。先日と同じように、王家の近く、賓客の席での観覧をいかがだろうかと思い用意しました」

いつもの、偉そうな作ったしゃべり方ではなく、とても紳士的な言葉遣いでジュリアンはエリゼにそう告げたのだった。

「それでは、返事を用意いたしますね。少々おまちくださいませ」

そう言うとエリゼは、招待状の返事に添えるお礼状をしたためる為にティールームから自室へと戻っていった。

「それじゃあ、カインの部屋で待たせていただこうか」

エリゼを目線で見送ったジュリアンがそう言って立ち上がったのを機に、皆でカインの部屋へと移動した。

ジュリアン達はカインの部屋へと来るのは初めてではないため、部屋に入るとおのおのお気に入りの場所でくつろぎ始める。

ジュリアンとジャンルーカはカインの本棚から勝手に本を拝借してソファーで読んでいるし、シルリィレーアはディアーナと向き合って何事かを語り合っている。

カインは、ロッキングチェアにゆったりと座ってマフラーを編み、カインが乱暴に引っ張ったせいでかごから落ちた毛糸玉を、イルヴァレーノが追いかけてはかごに戻している。

カインは、考え事をするときに編み物をするという習慣がある。

マフラーなどの単純な物であれば、ひたすら手を動かし続けることで思考がクリアになる気がするからだ。集中力が増すとも言う。

成長するにつれ記憶があやふやになってゲームシナリオを忘れてしまわないために、カインは時々ゲーム内容を思い出すようにしている。

マフラーを編みながら、となるとそれが毎度冬になるというだけである。

「ディアーナ嬢の騎士制服の刺繍の時も思ったのだが、そうやって編み物までし始めるといよいよカインが公爵令息であることが疑わしくなってくるな」

「考え事をするのにちょうど良いんですよ。それに、こちらの神渡りは座って神事を見守るのが主らしいですから、寒いでしょうしね」

「自分で編んだマフラーをしていくつもりなのか？」

「今まで使っていたのが大分へタって来てしまっていますからね。それに、サイリユウムの毛糸の方が質が良さそうなので、これで編んだら暖かいだろうなと思ったんです」

「貴族はあまり毛糸で編んだマフラーなどせぬであろう？　それを身につけるのに抵抗はないの

か？　それとも、リムートブレイクでは貴族も毛糸で編んだマフラーを身につけるのは一般的なのか？」

ジュリアンと会話をしながらも、カインはせっせとマフラーを編んでいる。編み目で柄を付ける訳でもないので、編み目を数えたりもしていない。ひたすら編み棒をさして、毛糸をかけてくるりと回すように引き出して、反対側の編み棒をひと目分抜く、というのを繰り返している。

「さあ？　私はリムートブレイクではあまり社交的ではなかったので、他の貴族のことはよくわかりません。でも、父は喜んで私の編んだマフラーをして登城していました」

「なかなか子煩悩《こぼんのう》なお父上であるな」

「子煩悩な父は、息子を留学させたりしませんよ」

カインは苦笑いをしつつ、手元の毛糸を引っ張った。かごの上に置かれている毛糸玉がコロコロとその場で転がるのを、イルヴァレーノがハラハラしながら眺めていた。

カインは知らぬことであったが、筆頭公爵家当主であり法務省事務次官であるディスマイヤが毛糸のマフラーをして登城したことと、神渡りでカインとディアーナとイルヴァレーノが猫耳、犬耳、うさ耳のついたニット帽をかぶっていたのが貴族の間で話題になりしばらくの間流行になっていたことがあった。

カインやディアーナが耳付きのニット帽をかぶり、さらにディアーナは大きなポンポンのついたマフラーを巻いていたことで、神渡りに来ていた他の子どもたちがうらやましがったのがきっかけだという。

それまでは、冬の首回りの防寒としてはフェルトやツイードで出来たボタンやベルトで留めるタイプの襟巻きか、ショールやスカーフを二重三重に巻いてブローチなどで留めるのが主流だったのだ。

リムートブレイク国内では現在、元からの襟巻きやマフラーと毛糸編みのマフラーの利用者は半々の割合で落ち着いている。機織り工房では仕入れた糸の半分を毛糸に加工して売るようになったし、綿花栽培や家畜の毛が特産の領地では糸紡ぎ職人たちが紡ぎ台を太い糸用に改造するなどして毛糸作りに乗り出すといった動きがあったのだが、カインは知るよしもない。

「まぁそんな訳なので、編み物をしているときはあまり話しかけないでください」

「何か考え事があると言うことであるな。であれば、私に相談してみぬか？　人に話す事で思考が整理されるということもあろう」

「ご配慮痛み入ります。が、私は自問自答で考えを整理したい派なので」

ジュリアンの提案を、カインは断った。ディアーナの破滅フラグのおさらいをしたいのであって、「妹をあなたに嫁がせないためにはどうしたら良いですか？」などと本人に相談出来るわけがない。

「そうか。まぁ、気が向いたら話しかけるが良い」

親切を即行で断られた事はあまり気にしていないようで、ジュリアンはあっさりと引き下がるとジャンルーカの隣でまた本を読み始めた。

室内が静かになる。カツカツと編み棒同士が時々ぶつかる音と、ささやかな女の子達の声、ページをゆっくりとめくる音だけがかすかに響いている。

ジュリアンが静かになったところで、カインは編み物をしつつディアーナの破滅フラグを振り返る。

ド魔学の攻略対象者は全部で八人。王太子、聖騎士、暗殺者、隣国の第二王子、学校の先生、学校の同級生、学校の後輩、学校の先輩だ。

このうち、カインがすでに面識があるのが五人。学校の先輩はカイン自身なので、まだ見ぬ攻略対象者は二人ということになる。

（王太子ルートについては、今のところディアーナへの婚約の打診の気配はないので静観するしかないか。アル殿下は俺になついてくれているし、俺がディアーナをかわいがっていることも知っているから、俺に嫌われない為にもディアーナを無下にすることはないと思うしな）

王太子ルートは、婚約者であるディアーナに対して婚約破棄などはせず、書類上だけ婚姻をした上で遠い領地の老人貴族に下賜して厄介払いをするというシナリオになっている。

アルンディラーノは、ゲームパッケージでも大きく描かれているメインルートの攻略対象者である。王太子という立場を忖度《そんたく》することなく接してくれる主人公に心惹かれる訳だが、すでにディアーナが忖度しない態度で接しているのである。刺繍の会でもどちらがカインの隣に座るかで喧嘩していたり、夏休みの領地で遊んでいるときも二人は本気で勝ち負けを競ったりしていた。

領地で夏休みを過ごした期間は『かわいいは正義大作戦』で母親に甘えまくっていたので、愛情不足も多少は解消されているはずだ。

ティアニアの件によって、都合の悪い存在を下賜という名で他人に押しつけるのは良くないという事もわかってもらえたのではないかと、カインは考えている。

万が一、この先ディアーナとアルンディラーノが婚約してしまったとして、さらにその上で主人公と恋に落ちたとしても、円満に婚約解消をしてくれるだろうし、他家に下賜したりしないだろう。

（最悪の皆殺しルートは、おそらくもう心配ないだろうな。今のイルヴァレーノは良い奴だし、ディアーナのことも大切にしてくれているからな。万が一この後ゲーム主人公と出会って恋をしたところで、二人きりの世界を作るために周りの人間を殺したりはしないだろうし）

暗殺者ルートは、ファンの間で別名皆殺しルートと言われていた。

主人公の邪魔になる人間を次々と殺していき、ディアーナどころかイルヴァレーノ以外の攻略対象者もすべて死んでしまう。

主人公視点でみても最悪のシナリオであり、カイン本人も死んでしまうので絶対に回避しなければならなかった。

暗殺者ルートの攻略対象者であるイルヴァレーノは、現在はカインの侍従である。

三つ子の魂百までということなのか、未だに気配を消したり身軽に塀を跳び越えたり暗器を使って攻撃したりなどが得意なようだが、今のところそれらはすべてカインとディアーナを守るために使われている。

あまり愛想が無く、仏頂面でいることも多いがカインやディアーナと一緒に遊んでいると笑うこともあるし、孤児院に刺繍や編み物のやり方を教えに行っている時などは、優しそうな顔で小さな子たちを見守っているのもカインは見ている。

イルヴァレーノに関してはもうカインは心配していなかった。

（ジャンルーカもおそらくもう大丈夫だろうなぁ。突然、ディアーナを兄上の婚約者に！　とか言い出したときは驚いたけど、無事回避出来たし。何でもかんでも兄に譲らなくて良いんだってわかってもらえたみたいだし。何より、今のジャンルーカはディアーナの友人なのだから、ディアーナが嫌がる事を無理強いしたりはしないだろうし）

隣国の第二王子ルートは、両国の友好のためディアーナと婚約するという話になるのだが、主人公と両思いになっていた第二王子はその話は是非兄にと譲ってしまい、ディアーナは女好きですでに既婚者である第一王子の側妃にされてしまうというシナリオである。

ジャンルーカは留学先で文化の違いや魔法の使い方で悩んでいるときに、平民の主人公から「一緒に学びましょう」と言われて心惹かれるという流れなので、カインはそれを潰すためにジャンルーカに言葉や文化の違いや魔法の使い方も教えている。

さらに、何でもかんでも兄に譲らずとも兄の役に立てるのだと教えたので、万が一主人公と恋に落ちたとしても婚約者候補のディアーナを兄に譲ったりはせず、真っ当に断ってくれるだろうと思えた。

（マクシミリアンは無事に魔導士団に入団出来たってティルノーア先生から手紙が来ていたし、もう今後はディアーナとの接点もないだろうな）

学校の先生ルートの攻略対象者であるマクシミリアンは、夏休みの領地で領城に不法侵入して捕まるという失態を犯している。カインは自身の家庭教師であり、魔導士団員でもあるティルノーアにマクシミリアンを押しつけた。

貴族でなくなることを恐れ、兄のスキャンダルを暴こうとしたマクシミリアンだが、魔導士団員であれば活躍によっては魔導士爵という準貴族の立場を得られる可能性もある。功績を挙げるために一生懸命職務に没頭してくれるだろう。

何より王宮魔導士は王城勤務なので、学生のディアーナとは接点がなくなるはずだ。万が一、学校以外で主人公と恋仲になったとしてもディアーナを糾弾するなんて事は起こらないだろう。

(クリスは、今のところ特にこれと言った対策も出来ていないけれど、元々クリスのせいでディアーナが死ぬわけじゃないからな)

聖騎士ルートは、魔の森に入った主人公と見習い騎士のクリス、そしてディアーナが魔王の魂と遭遇してしまい、ディアーナが体を乗っ取られてしまう。それをクリスと主人公が力を合わせて倒すというシナリオだ。つまり、クリスをどうこうすれば防げるという話ではないのだ。

これに関しては、カインはひたすら自分を鍛えて強くなり、魔の森イベントの時について行って魔王に体を乗っ取られるのを阻止するしかないと思っている。ディアーナの体も鍛えているので、体を乗っ取ろうとされたところで避けてくれればなお良い。

乗っ取られる前、魔王が魂の状態で倒せれば最良である。

(学校の先輩ルートの攻略対象は俺だから、これはもう除外していいだろうな。後輩ルートと同級生ルートの攻略対象者とはまだ面識がない。貴族名鑑をみても子どもは載っていないから特定が難しいし、これは学校に入ってから注意するしかないよな)

後輩については、ディアーナが二年生にならないと登場しないので緊急ではないが、同級生はディアーナと同じ年に学校に入学する事になる。同級生ルートを阻止するためにも、カインは連続飛び級をやり遂げて三年でリムートブレイクに帰らなければならないのだ。

「カイン。おい、カイン」

「はっ！」

集中して、ゲーム内容とこれまでの自分の成果を確認していたカインは、ジュリアンに肩を揺さぶられて意識を浮上させた。かごに載せていた毛糸玉は全部で五玉あったはずだが、もう二玉しか残っていなかった。

「ずいぶん集中しておったな。そろそろ寮に戻るぞ」

「あぁ。もうそんな時間ですか」

目をしぱしぱと瞬いて、カインは首をぐるりと回した。編み目がほどけないように編み棒の先に木製のキャップをキュッと差し込むと、編み上がり部分と一緒にかごの中へと戻した。

「一体、そのマフラー一本で何人の首を温められるんだろうな」

ジュリアンが笑いながらかごの中のマフラーをつまみ上げた。編み棒の刺さっていない方から目で追っていけば、かごの中でぐるぐると渦を巻いているそれは三メートルほどの長さがあった。

「考えをまとめるための作業ですし、これはほどいてまた編むから良いんですよ」

「ほどいてしまうのか？　なんだかもったいないではないか」

「そうですか？」

エリゼが招待状の返事とお礼状をしたためる間、作業として編んだので何の装飾もないただ平たく編んだだけのマフラーである。

カインとしてはほどいて毛糸玉に戻し、また編めば良いと思っていたのだが、ジュリアンにもったいないと言われていたずらを思いついてしまった。

後日、「もったいないと言ったのはジュリアン様ですからね。責任とってくださいね」といって、カインは完成させた三メートルのマフラーをジュリアンに押しつけた。

その後、シルリィレーアとジュリアンが並んで歩くときなどに、一緒に巻いているのを時々見かけるようになったのだった。

サイリユウムの神渡り

神渡り当日。つまり、一年の最終日、いわゆる大晦日である。

サイリユウム貴族学校も、年末最終日と年始から数日の間は学校が休みとなる。カインは前日から外泊届を出してエルグランダーク邸に泊まりに来ていた。

休みということで、カインはゆっくり起きてディアーナと一緒に遅めの朝食を食べた後、暖かいティールームでお茶を飲みながらカードゲームを楽しんでいた。

ティールームは来客を通す事もあるため玄関の近くに位置している。本日は千客万来なようで、ティールームまで案内するような客はいなかったが、挨拶をやりとりする声などは聞こえてきていた。

「さすがに今日はお客様が多いわね」

一ゲーム終わってカードを集め、カインがシャッフルしているところに母エリゼが若干疲れた顔をしてティールームへと入ってきた。

「こちらに来て二月ほどしかたっていませんけど、そんなに挨拶に来る人がいますか？」

ティールーム担当のメイドが椅子を引いてエリゼを席へと案内している間に、別のメイドがカップや茶菓子をささっと準備している。サディス邸の使用人たちは優秀である。

「仕立屋と宝飾品店と、家具や調度品のお店のオーナーが来たかしら。このおうちを買った時に色々な所からお買い物したから、ご挨拶に来てくださったのね」

「掛け売りの集金も兼ねているとかでしょうか？」

前世で営業職だったカイン。年末の挨拶まわりを一緒にしていた先輩営業から、データによる銀行間取引などが無かった頃の日本では、月末、特に大晦日には一年とか半年分とかの掛け売り代金を集金人が集めて回っていたという事を聞かされていた。だから、おまえはまだ楽なんだぞというお説教としてだが。

こちらの世界でも、貴族などは掛け売りで物を買うことが多い。通貨が貨幣のみなので重くて大量には持ち歩けないし、貨幣発行のための銀行的組織はあるが個人口座などを作っての預かり業務などはないので商取引には使えない。

「私たちは外国人で一時滞在ですもの。お支払いは都度してるわよ？」

屋敷購入に伴って大量のまとめ買いをしてくれた上に金払いが良かったということで、各商店や取り次ぎ商家のオーナーなどが挨拶に来ていたらしい。八百屋や肉屋や洗濯屋などは裏手から執事のダレンなどに挨拶に来るのであろうが、貴族である母やディアーナが直接注文をするような物を取り扱う店は表から母へ挨拶に来ているようだった。

「あなたたち、ここはもう良いわ。厨房や掃除係を手伝って夕方にはみんなで休めるようになさい」

「はい、奥様」

席に座り、淹れ立ての熱いお茶を一口飲んだエリゼはそう言ってティールームのメイドたちを下がらせた。

ジュリアンの話によれば、サイリユウムの神渡りはリムートブレイクとは違うイベントのようなのだが、エリゼはエルグランダーク邸ではリムートブレイク方式にすると決めていた。つまり、昼のうちから沢山のごちそうを作り、夕方には皆に休暇を与えるということである。そのまま邸に残って朝まで飲んで食べて騒いでも良いし、ごちそうを包んで家へ持ち帰っても良いということである。

それを聞いたサイリユウム人の使用人たちは戸惑い、リムートブレイクから連れてきていた使用人たちは喜んだ。エリゼ、ディアーナ、カインの身の回りの世話を焼くごく少数だけは引き続き働くことになるが、代わりに年明けに休めることになっている。

「サイリユウム王家から頂いた招待状によれば、夕方の晩餐会からお伺いして、その後そのまま王宮前広場へと移動するみたいね」

「お母様、お兄様の編んでくださった帽子とマフラーをして行ってもいいかしら？」

エリゼが今日これからの予定を確認するように言えば、ディアーナが服装について質問をする。

カインはジュリアンに三メートルのマフラーを押しつけた後、ディアーナやイルヴァレーノ用のマフラーとニット帽と手袋を編んでいた。

「あの、うさぎの耳がついている帽子とポンポンがついているマフラー？　あれはとてもかわいらしいから私も好きなのだけれど。うぅーん。サイリユウムではあまり貴族はニットを身につけないのよね」

「お母様の分も編みましたけど、王家から公式に招待された場ですし、不適切でしょうか」

「あら、私の帽子にも耳がついているのかしら？」

「いいえ、さすがについていませんが、耳当ての下にフリンジを付けてみました。ゆらゆら揺れてかわいいと思いますよ」

カインは昔、自分とディアーナとイルヴァレーノのマフラーを作った後、さらに考え事をする為に編んだ分を近しい使用人たちにも配っていた事があった。

その時に、成人した貴族は子どもの手編みのマフラーなどしないだろうとプレゼントしなかった父からまさかの催促が（パレパントル経由ではあったが）あったので、今回は母の分も編んでいたのだ。いらないと言われれば、母の侍女など、誰か別の人にあげればいいかと思っていたが、意外と喜んでくれているようだった。

「私たちの国では貴族でもこのような格好をします、と言えば不敬といわれることはないでしょうし、実際リムートブレイクではニットマフラーをする人も増えているものねぇ……」

エリゼが悩ましげに眉を寄せつつ、お茶を口にした。母の反応に、ディアーナはわくわくしながら返事を待っている。耳付きの帽子は歩くとポンポンと頭の上で揺れるのが楽しくて好きなのだ。

「今回も、ディアーナやカインが発端で流行が起こるかもしれないものね」

エリゼは自分にだけ聞こえる声でぼそりとつぶやくと、カップをソーサーの上にそっと置いた。

「良いでしょう。カインの編み物の腕も上がっていて、とてもきれいな編み上がりになっていたものね」

「ありがとうございます！　お母様！」

ディアーナはお行儀良く、椅子に座ったまま喜んだがその声ははねるように嬉しそうだった。そしてそんな嬉しそうなディアーナを見て、頑張って可愛く編んだ甲斐があったなぁとカインもうれしく思うのであった。

「実際、革手袋や絹のスカーフよりはニットの手袋やマフラーの方が暖かいのですものねぇ。サイリユウムでは、魔道具で会場全体が暖かいなんてことは期待できそうにないし、風邪を引いてしまっては元も子もないものね」

エリゼはそう言って笑った。子どもたちがニットの帽子やマフラーを身につけていれば、自分も身につけていても目立たないだろうというもくろみは、わざわざ子どもたちには伝えないでおく。

ちなみに、ディアーナはウサギ耳で、カインはタレ犬耳。イルヴァレーノは猫耳がついていて、サッシャには丸い熊耳がついているニット帽をそれぞれ用意してある。

サッシャはありがたく受け取りつつも人前で装着するのは断固拒否していたのだが、後日イルヴァレーノから「夜間の人目のないところで帽子をかぶって喜んでいましたよ」と告げ口されるカインであった。

日が落ちてから王宮へと行くと、まずは晩餐会の会場へと案内された。

広間いっぱいに置かれた沢山の丸テーブルに招かれた貴族が家族ごとに着席し、王の挨拶を聞いてから食事を楽しむという流れになっていた。

建国祭では騎士に対して功績をたたえる場が設けられていたが、この場では文化や芸術、学問などで功績を残した者を表彰する時間が設けられており、褒賞授与やスピーチなどが行われた。

食事をしつつそういった授与式を見ていると、「あの者を支援していたのは何家だ？」とか「あの発表者は一般人のフリをしているが、研究を理解しない実家から追放された貴族の息子らしい」

「我が領地の特産品にあの理論は有効なのではないか？」などといったコソコソ話が近くのテーブルから漏れ聞こえてきた。

なるほど、インドア派の才能の持ち主ならばここで表彰されることで、パトロンを得られる可能性があるのかとカインも周りに合わせて拍手をしながら表彰を楽しんだ。

面白そうな研究内容などはディアーナとの会話のきっかけにもなり、晩餐会を楽しんだ。

一通りの発表や表彰が終わった後は、王宮お抱えの楽団が演奏するゆったりとした音楽を聴きながら食事を進めていく。

デザートも終わって夜更けも過ぎると、順次広場の桟敷席へと移動することになった。外は寒いので、爵位の低い家から順次広間を退出していく。

「エルグランダーク公爵夫人、よろしければエスコートさせていただけませんか？」

会場に、カインたちエルグランダーク家を含む公爵家と王族だけになったところで、シルリィレーアの兄がエリゼにそう声を掛けてきた。

「あら、セレルディーノ様。婚約者様はよろしいのですか？」

シルリィレーアの兄はセレルディーノっていうのかー。と顔は知っていたのに名前を知らなかったことにカインは気がついた。そっとミティキュリアン家のテーブルの方へと視線を動かせば、そこにシルリィレーアはいなかった。

さらに目を移動すれば、いくつかある王家のテーブルのうち、子どもたちだけで固まっているテーブルにジュリアンと並んで座っているのを見つけた。

「神渡りの日は、家族で過ごすものですから。彼女も今日は家族と一緒なのですよ」

セレルディーノがにこりと笑ってそう言った。後ろで、シルリィレーアがジュリアンの隣に座っているのを見ればそのように決まっているわけではなさそうだ。

おそらく、パートナー不在で参加している母エリゼへの心遣いなのだろう。

すでに婚約者のいる家格が同等の公爵家の令息、という不貞を疑われにくく家同士のお付き合いだろうと一目でわかる相手である。

「うふふ。どうもありがとうございます。お言葉に甘えさせていただきますわ」

差し出されたセレルディーノの手を取って、エリゼが立ち上がる。それに合わせて、カインも立ち上がってディアーナに手を差し出した。

「さ、ディアーナ嬢。お手をどうぞ」

「うふふ。ありがとうございます、お兄様！」

会場に残っている王族へと挨拶し、カインたちは神渡り会場である王宮前広場へと移動した。

途中、クロークで預けていた外套や帽子を受け取って羽織り、寒さに備える。

ぴょこんぴょこんと、ディアーナが歩くのに合わせてニット帽のウサギ耳がはねるように揺れている。背中に回したマフラーの端の大きめのポンポンもポコンポコンとあわせてはねている。

ジャンルーカの勉強や、ディアーナへのお土産選びのためにサイリユウムの絵本も読んでいるカインは、この国でもウサギはかわいい動物としてアイコン化されていることを認識していた。

貴族はあまりニットを身につけないとジュリアンは言っていたが、今のところカインたちエルグランダーク家一行の姿に何か言ってくるような声は聞こえてこなかった。

「ディアーナ嬢のその帽子は、うさぎでしょうか？　かわいいですね」

エリゼをエスコートしていたセレルディーノがちらりと振り返って目を細めた。

「お兄様が、編んでくださったんですよ。あまり公式な場にはふさわしくないと思うのですけれど、今夜は寒いそうなので一番暖かいこの帽子にしたんですの。お褒めいただけて、ほっといたしましたわ」

ディアーナが、朗らかに笑いつつも令嬢らしく丁寧に返している。

世を忍ぶ仮の姿として、淑女のフリをしようねと言ってカインと一緒に貴族仕草で大人と接するようになってから、ずいぶんと時間がたっている。

今ではディアーナは完璧に貴族令嬢として振る舞うことが出来るようになっていて、セレルディーノもディアーナの返しを違和感なく受け止め、ふむふむと頷いていた。

「なるほど、そのかわいい帽子はカイン君が編んだのだね。……ということは、先日シルリィレーアとジュリアン殿下が身につけていたマフラーも、もしかして？」

ちらりと、カインの方に視線を移したセレルディーノに、カインは目を合わせてうなずいて見せた。その次の瞬間、わずかな間だけセレルディーノの目が鋭く光ったが、すぐに柔和な笑顔に戻っていた。

シルリィレーアの隣でニコニコしているお兄さんというイメージがあったので、カインはその一瞬の鋭い目を見間違いかと思ったのだが、

「余計なことを……。あのスケベ小僧とあんなにくっついてシルリィレーアに何かあったら……」

という小さい声がかすかに聞こえてきた。

セレルディーノも中々のシスコンだったようである。


王宮前広場の桟敷席に囲まれた円形広場の真ん中には、立派な祭壇がしつらえられていた。

騎士行列の時には、広場のフチをぐるりと囲むように桟敷席が組まれているだけだったが、今は祭壇の周りにも椅子が並べられており、下位貴族たちがすでに座って待機している状態だった。

「お兄様。暗いから息が白いのがよく見えますわね」

「はぁー。本当だね」

カインとディアーナは「はぁっ」と空に向かって息を吐き出し、白い小さな霧が消えていくのを

見守った。

雪や雨が降ってきても大丈夫なように桟敷席の上には布の屋根が掛けられているのだが、前方の広場側が開けているので星空がよく見えた。

「星がとてもよく見えますけど、今夜は月が見えませんわね」

「本当だね。新月なのかな。それとも、低い位置にあって向かい側の桟敷席に隠れているのかな」

空をキョロキョロと見渡しながら、カインとディアーナでそんな何気ない会話を交わしている。

まだ王族が不在のため、他の貴族たちも近くの席の人同士で雑談をしながら待っているようで、会場はざわざわとざわめいている。

「神渡りだから月が出ていないのよ。今までの神渡りでも月が出ていたことはないでしょう?」

二人の会話に、エリゼが交ざってきた。

「そういえば、鐘を鳴らす列に並んでいるときに、月を見た覚えがないですね」

「前にも、お兄様とお月様がでていないですねって話した覚えがありますわ」

エリゼの言葉にカインが記憶を掘り起こしてみれば、確かに過去の神渡りで月を見た覚えが無かった。ただ、リムートブレイクの神渡りは街中をたいまつや光の魔石で飾り立てて、一晩中昼間のように煌々と明るく照らし続けるというお祭りだったので、見えないだけだと思っていたのだ。

街が明るいので、そもそも空に星が見えないのだから月が見えなくても気にならなかった。ディアーナが言うように「月が見えない」という会話も何度かした覚えがあった。

「神渡りだから、月が見えないのですか?」

月が見えない理由が『神渡りだから』というのは初耳だった。

リムートブレイクでは一晩中宴を開いて騒ぐだけのお祭りだったので、『神渡り』という名前と『新旧の神が入れ替わる』という謂《いわ》れを聞いていても神事だという意識が薄かったのだ。

「月があると、空が明るすぎて帰る神様が月につられてしまう……だったかしら？」

頬に指を添えて、首をかしげながらエリゼが教えてくれるのだが、どうにもあやふやだ。神渡りの日に月が見えない理由そのものはうろ覚えのようだった。

「やってくる神様が地上の明かりと間違えて月に行ってしまうから、という理由もありますね」

前の列に座っていたセレルディーノが振り返って補足してくれた。

前世の記憶でいえば、中学生レベルの天体知識であっても「神事があるので月が隠れる」なんていうのは迷信であると言い切れる話ではある。

しかし、転生後のこの世界には魔法もあるし魔獣もいる。ジュリアンによれば呪いもあるらしいし、昔は魔女もいたらしい。

そうであれば、神事の行われる夜には月が隠れるなんてことも、まぁあるかもしれないなぁとカインはセレルディーノの言葉に頷いておいた。とにかく、記憶にある限り神渡りの日に月をみた覚えがないので、そういうことなのだろう。

もしかしたら天文学的に説明できる現象の可能性もあるかもしれないが、カインは前世でも天体に対して興味があった訳ではないのでわからなかった。子ども向け知育玩具の一つとしてスライド式の星の早見表を使ったことがある程度の知識しかない。

「お兄様、見て。祭壇にうさぎさんがいます」

ディアーナが、広場の真ん中に作られている祭壇を指差した。つられてカインもそちらを見れば、白い神官服を着た人間が数人、小動物の入ったかごを祭壇に置いて戻っていくところだった。目をこらせば、確かにかごの一つに茶色いウサギが入っているのが見えた。なにやらもぞもぞと動いている。

「ほんとうだね。小鳥やリスなんかもいるみたいだけど」

神事に使われる祭壇に小動物が置かれると、生け贄にでもされてしまうのかと勘ぐってしまうカインだが、こんな広場をぐるりと埋め尽くす貴族たちの前でそんな血なまぐさいことをするとは思えないと考え直した。

「うさぎさん、寒くないのかな」

「寒いと思うよ。早く終わって部屋に戻してもらえると良いね」

ウサギを気にするディアーナに、カインがそう答えたところで王族入場を告げる声が響いた。

カインを含め、先に広場に来て着席していた貴族たちが一斉に立ち上がり入場口に向かって頭を下げた。

「国王陛下、ご着席」

側近らしき人物の声を聞き、貴族たちが一斉に顔を上げる。

桟敷席の中央の一番上の席に、悠々と座るサイリユウムの国王陛下の姿があった。カインがすっと視線を移動させれば、国王より二段下の席に、ジュリアンとシルリィレーアが並んで座っていた。

あちらもカインを見ていたようで、にやりと口角を上げてみせ、目が合った事を知らせてきた。

他にも、王妃やジャンルーカや二人の王女、三人の側妃たちも王の周りの席に座っている。

カインとディアーナは母に促されて前に向き直り、もう一度座り直した。

改めて広場を見れば、祭壇の周りに足の長い燭台が三重の円になるように並べられており、その上には火のついていないろうそくが立てられていた。

座ってしばらくすると、カランカランと鐘の音が聞こえてきた。

リムートブレイクで神渡りの日に鳴らす大鐘のような音ではなくて、ハンドベルのような手を振って使うタイプの鐘の音だった。

王宮側の門が小さく開き、そこから神官服を着た男が大きなハンドベルを鳴らしながらゆっくりと歩いてくる。そうして祭壇前にたどり着くとハンドベルを振る間隔を長く、ゆっくりに変えた。

神官服を着ている男女数人が続いて広場に入ってきて、祭壇をぐるりと囲っているろうそくに順番に火を付けていく。

広場のろうそく全てに火がついたところで、桟敷席にしつらえてあったランタンの明かりが消されていく。広場は、カラーンカラーンとゆっくりと鳴り響く鐘の音と、ゆらゆらと小さく揺れるろうそくの明かりに包まれた状態になった。

周りが暗くなったので、ディアーナが怖がっていないかとカインは横をちらりと確認する。ディアーナはこれから何が始まるのかわくわくしているようで、貴族令嬢としてギリギリのラインで身を乗り出してじっと祭壇の方を見つめていた。カインはほっと息を小さく吐いて、自分も祭壇の方へと向き直った。

鐘の音がやみ、祭壇前の神官が今年一年あった良いことを朗々と歌うように告げだした。古い言い回しをしているせいか、歌うように変な位置にアクセントを付けているせいか、異国人であるカインには聞き取りにくく、何を言っているのか半分もわからなかった。

前世で初詣に行った神社で聞いた祝詞《のりと》ぐらいわからなかった。

後日談だが、年明けに学校でジュリアンとシルリィレーアに聞いてみたところ彼らもわかってぃなかったので、世界が変わったところで神へ奉じる言葉というのはわかりにくいものなのだろう。

神官の祝詞がおわり、シンと静かになったところで風もないのにろうそくの火が揺れだし、火の粉のような光の粒が空へ向かって浮かび始めた。

「わぁ。きれい」

ディアーナがぽつりとつぶやいた。その向こうから母の感嘆のため息も聞こえてくる。ディアーナの声を横に聞きながら、カインもその幻想的な光景に目を離せないでいた。

ろうそくの火からつぎつぎと小さな光が浮かび上がり、どんどんと空へと飛んでいく。うわぁと感動しながら光の粒を追って空を見上げていたら、肘で脇腹をつつかれた。ディアーナが指さす方を見ると、祭壇の上にいた小動物たちが次々に眠るように体を横たえていき、その体から白く光るひときわ大きな光の粒がうきあがり、空へと上がっていった。

「うさぎさんが、倒れちゃった。小鳥さんも止まり木から落っこちてしまって……どうしたのかしら」

「光が抜けていったように見えたね……」

貴族たちの前だから、生け贄といった生臭い神事ではないだろうと思っていたカインだったが、その光景はどう見ても魂が抜けたウサギの体が力を失ってコロンと倒れたようにしか見えなかった。魔法の無い国であるサイリユウムで、こんな場面を見ることになるとは思っていなかったカインは、一体どういうことなのかと眉間にしわを寄せていた。

その動物からでた光が空高く舞い上がっていき、見えなくなったところで広場のろうそくがすべて消えた。

カインとディアーナ、エリゼは小さく声をだして驚いたのだが、周りにいるサイリユウム人たちは特に驚いた感じはなかったので、毎年このようになるらしい。

「一年を振り返って反省し、次の一年の抱負を胸に思い浮かべる時間なんですよ」

前の列に座っていたセレルディーノが振り向いて、こっそりと教えてくれた。カインたちは小さく頷くと目をつむり、今年あったこと、来年の希望を頭に思い描いた。

カインは、もちろん無理矢理留学させられた事を思い出し、来年は飛び級して三年生になることを改めて誓ったのだった。

真っ暗な広場は五分ほど静寂に包まれていたが、またカラーンカラーンと鐘がなりだした。ゆっくりゆっくりと、一回ずつ鐘の余韻が消えてから次の鐘を鳴らすという感じで鳴っていた。

鐘が鳴り出したことで目を開けたカインたち。今度は周りの貴族たちが空を見上げていることに気がついて、つられて空を見上げてみた。

「？　お空に何かあるのかな」

ディアーナが空を見上げつつそうつぶやいた。カインも一緒に空を見上げているのだが、相変わらず月のない空には星が瞬いているだけだった。

「相変わらず、星がきれいに光っているだけだね」

「うん」

兄妹そろって小さく首をひねっていると、空の星が少しずつ大きくなっていることに気がついた。

「お星様が、ちょっと大きくなっているみたい」

「んん？　いや、違うよディアーナ。よく見て」

カインが指差す方、瞬いている星が大きくなっているように見えたのは、星ではなく光る粒のような何かであった。今度は空から光の粒が降ってきているのだ。

小さな小さな光が雪のように降りてきて、消えていたろうそくに灯がともる。そうして、今度は一回り大きな光が降りてきたと思うと小動物の体を包み込み、光が体に吸収されると小動物が起き上がった。

「『うさぎのみみはなぜながい』で、神様が連れて行った動物さんたちが帰ってきたのと似てる」

ディアーナのつぶやいた声が、カインの耳に入った。

『うさぎのみみはなぜながい』というのは、小さい頃のディアーナのお気に入りの絵本のタイトルである。神渡りの日に、神の国に帰る神様が動物たちを神の国に連れて行ってくれるという習わしがあるのだが、体が運びにくいからと断られた小動物たちが工夫を凝らして次の年には神様に連れて行ってもらうという内容である。

その中で、神渡りで神の国に行った動物たちは、翌年の神渡りでやってくる神様と一緒に帰ってくるのだ。ディアーナの言ったとおり、光が空へと上がっていくのに合わせて小動物が横たわり、光が空から降ってくるのに合わせて小動物が立ち上がった光景は、その絵本で語られる神渡りの仕組みにそっくりだった。

やがて空から降ってくる光もなくなった頃、神官たちは恭しく小動物たちの入ったかごを持って広場から退場していった。どうやら、それで神渡りの神事は終わりらしく、宣言の声が響くと王様から順番に広場から退場して行った。

「なんだか、幻想的で不思議な光景だったわね」

「リムートブレイクの神渡りと全然違いましたね」

魔法の無い国であるサイリユウムの方が、神秘的なイベントになっているという事を不思議に感じるカインであった。

エリゼとカインとディアーナが会場を出るとき、祭壇の周りをぐるりと囲っていたろうそくのうちの一本ですといわれて、ガラスでできた提灯のような物を渡された。このろうそくを、燃え尽きるまで家に置いておくと神様のご加護があるといういわれがあるらしい。

「これでは、ごちそうを作って一晩中無礼講よと言われた使用人たちが動揺するのも当然だったわね」

エリゼが、ガラスの中で揺れるろうそくの火を見て困ったような顔でそうつぶやけば、カインとディアーナもうんうんと深く頷いたのだった。

そうして、三人は火が消えないようにゆっくりと馬車停まりまで歩いていった。

雪遊び

神渡りの翌日、というか元旦。

サイリユウムの王都サディスは雪で真っ白になっていた。

「静かだと思ったら、雪が降っていたのか」

年を越してから屋敷に帰ってきたカイン達。軽食をつまんで入浴を済ませて、布団に入ったのはもう深夜二時を回った頃だった。屋敷に到着するまでは雪が降っている様子は無かったのだが、寝入った頃から明け方すぎまでしんしんと雪が降っていたらしい。

あまりにも静かすぎるので、イルヴァレーノが部屋のカーテンを開けるまで、まだ夜中だと思っていたカインである。

しぱしぱとする目で白く光る中庭をのぞき込んだ。ブランコの上にも、シーソーの上にもこんもりと雪が積もっている。風向きの関係なのか、東側の壁際は土が見えているのだが他は真っ白になっている。

「今何時ぐらい？」

夜中に帰宅し深夜に寝て、外が静かだからと寝続けていたカイン。体内時計も狂ってしまったのか時間がわからなくなっていた。

「昼食の時間です、と呼びに来たらまだ寝ていたんで驚いたところです」

「お昼なのね」

相変わらず窓から外を見ているカインの後ろで、イルヴァレーノが着替えの準備をしながら皮肉交じりに時間を教えてくれた。

窓越しに冷気が伝わりぶるりと身を震わせたカインは、自分の腕で体をさすりながらイルヴァレーノの元へ移動する。

「寒い寒い。こんな日は暖炉の前から動かないのが大正解だよね」

寒いのが苦手なカインは、学校も休みだしもうお昼だしということで、今日は残りの時間を暖かい部屋でのんびり過ごす事に決めた。

食堂へと移動すると、すでにエリゼとディアーナが席に着いていて、

「お兄様おそーい！」

「日を跨いでからの帰宅だったし、多少のお寝坊は仕方がないと思っていたけれど、さすがに寝過ぎね」

と、二人から苦言を呈されてしまった。

軽く謝りつつも席に着き、食事を始める。温かいスープと焼きたてのパン、温野菜にクリームディップ。暖房で温められた食堂で温かい食事を取り、体の中からぽかぽかしてきたカインはご機嫌である。

昨晩の神渡りで見た幻想的な風景について感想を語り合い、貰ってきたろうそくはどのくらい持

つのだろうね、と予想を立てあったりしながら和やかに食事は進み、最後にデザートとして小さなシュークリームを食べながらお茶を飲んで食休み。

そんな穏やかな時間が流れる食堂に、ダレンが静かに入ってきた。

「カイン様、ジュリアン王子殿下とジャンルーカ王子殿下がいらっしゃいました」

「え?」

昨日は桟敷席で別れてそのまま、特に約束もしていない。

「まぁ大変。応接室にお通ししたの? それともティールームかしら?」

カインが怪訝な声を上げたまま呆けたので、エリゼが代わりにダレンに問う。それに対して、ダレンも困惑気味に顔を横に振り、

「それが、すぐに出かけるからここで良い、とおっしゃいまして玄関においでです」

「え?」

カインの困惑再び。さすがに王族を玄関に立たせたままにするわけにもいかず、ダレンは椅子を用意したらしいのだが、それにしたって玄関に長々と居てもらうわけにはいかない。

カインはカップに残っていたお茶をグイッと飲み干すと、慌てて食堂を出た。

「カーイーン! あっそびーましょーー!」

玄関へと顔をだせば、完全防寒でまん丸になったジュリアンとジャンルーカが椅子に座って待っていた。

「まぁ、まん丸だわ」

と、後を付いてきていたディアーナも二人の様子を見て目を丸めつつもくふくふと笑った。

「どうしたんですか？　特にお約束とかしていませんよね」

「約束は無いがな、いつでも遊びにいらしてね、と夫人から言われておるので、遠慮なく来たのだ」

「いや、確かにいつもの放課後や休息日ならそうですけど」

「雪が降って、積もったであろう？　だから、誘いに来たのだ。遊びに行くぞ、カイン」

カインの言葉はするりと受け流し、ジュリアンがニカッとわらって手招きをした。着ぶくれていて、関節があまり曲がらないのか腕ごと動かして来い来いとやっている。

「やですよ。なんでわざわざ寒い中に出かけなくては……」

寒がりなカインは、こんな雪の日に外に出るのはイヤだった。だからジュリアンの誘いも断ろうとしたのだが、ジュリアンは一枚上手だったようだ。

「ディアーナ嬢、王家御用達で新雪踏み放題の丘があるのだ。遊びに行かぬか？」

「行きます！」

相手を変え、ディアーナを雪遊びに誘ったジュリアン。寒さよりも楽しさを優先させたいディアーナは即決で元気よく返事をした。

「では、カインは留守番であるか？」

ニヤニヤと顔をゆがませながら、意地悪そうにジュリアンが聞いてくる。

「……行くに決まってるじゃないですか。雪遊び楽しみだなぁ」

攻略対象であるジャンルーカとディアーナの破滅先であるジュリアン、その二人と一緒にディアーナだけを遊びに送り出す事など、カインには出来ないのである。

エルグランダーク邸の前に止められていたのは、馬車ではなく大きなソリだった。

「数年ぶりに出したのだ。しっかり掃除はさせたが行き届いていない所があっても許せ」

「ディアーナ嬢、足下気をつけてくださいね」

ジュリアンとジャンルーカに促されて乗ったソリは、二人座れる椅子が前向きに二列配置されていた。クッションがフカフカと置かれており、足下にはそれぞれ小さめの火鉢が置いてあった。

「火鉢……だと⁉」

カインが目を丸くして火鉢を凝視する。

「ソリや馬車に暖炉を付けたりストーブを持ち込む訳にはいかぬからな」

ジュリアンは当たり前のようにそういうが、カインはこれまで火鉢を見たことは無い。前世でも『ファイアーピット』という火鉢的な暖房器具が海外にもあったのだが、目の前にあるツルンとした丸っこい鉢に灰と炭が入れられているのはどう見たって日本的な火鉢である。

「これ、どういうこと？」

「なんだ？　もしかしてリムートブレイクには火鉢はないのであるか？」

「兄上、リムートブレイクには暖房の魔法道具があるから火鉢が必要ないんですよ、きっと」

「ああ、そういうことはあるかもしれぬな」

火鉢を凝視するカインを置き去りに、ジュリアンとジャンルーカは話を進めていく。

「中に入っているのは木炭といってな、石炭みたいに山をほらずに作れるから便利なのだ。鉄を作れるほどには熱くならぬのでな、工業用とは行かぬが局所的な暖房にはちょうど良かろう」

「薪と違って火や煙も出ませんからね。あ、でもとても熱いのでやけどに気をつけてくださいね」

火鉢をのぞき込んでいるディアーナに、ジャンルーカが注意する。ぱっと離れたディアーナは、今度は両手をかざして火鉢で暖を取った。

「暖かいですね。じんわりと、熱が伝わってきてほかほかしますわ」

「この火鉢って、どこか外国から伝わった物とかなのですか？」

火鉢の由来がどうしても気になるカインは、思い切ってジュリアンに聞いてみた。昔、リムートブレイクで年末に始まった「オセーボ」もそうだし、自分以外の転生者の気配をどうしても感じてしまって気が急いてしまうのだ。

「火鉢の由来？　たしか、二十年ぐらい前の神渡りではなかったか？」

「神渡り？」

カインは、前世のアニメや漫画のファンタジー物語で『東の島国』とか『極東の異国』などから日本的な食材や文化が入ってくる、という展開を見たことがある。もしかしてこの世界にも、日本的な文化発展を遂げている東方の国などがあるのではないかと考えたのだ。

そういった国から火鉢が入ってきたのだとすれば納得も行くし、そうであれば米や醤油なども手に入る可能性が出てくるという希望もあった。

それが、神渡りが由来というのはどういうことなのか。話がかみ合っていない気がする。

「神渡りの日、ろうそくを持ち帰るであろう？　それを枕元に置いて寝ると新しく来た神からの啓示を受けることがまれにあるのだ。この火鉢もその一つであるぞ」

ジュリアンとジャンルーカによると、神渡りの日に空から舞い降りてきた光によって点いたろうそくには本当に御利益があり、まれに夢枕などに神が立って啓示を授けてくれるのだという。

「おいおい。マジモンの神事だったじゃないか」

「リムートブレイクの神渡りは内容が違うそうだな」

「神様がさみしくないように賑やかに見送って、神様が迷子にならないように一晩中明かりを付けて楽しむんですよ」

「わははは。それはそれで楽しそうであるな！」

カインのつぶやきは聞こえなかったらしく、ジュリアンとディアーナ、ジャンルーカで神渡りの違いについて盛り上がる。

サディスの街では大通りの曲がり角が丸くなっているのも、カインの前世で取り入れられ始めていた「ラウンドアバウト」という信号機がいらない交差点について教えてくれた神がいるからだという。

啓示は全く無い年もあるし、王都ではなく地方の一領民にもたらされることもあるという。魔力を持たない国民性のため、魔法が使えないサイリユウム。しかし、宗教が力を失っておらず、神事がきっちり残っているからこその恩恵といえるのかもしれない。

カインはふと、『黒衣の女性』を思い出す。

いつか、ディアーナと初めて神渡りの鐘を鳴らした夜に出会った女性。

「ここは違う、別の世界があるって信じるかい？」

と、カインに問いかけてきて、そしてすぐに姿を消したひと。

「転生のヒントがここにある？」

サイリユウムの神渡りで一度倒れて動かなくなり、そして光が戻る事で息を吹き返した小動物達。

冬生まれのカイン。

そこに何か意味があるような気がしてしまい、カインは思考の渦に沈みかけた。

「殿下、公子様と公女様。ここからは徒歩でお願いいたします」

「うむ。雪山をソリを引いて登らせるほど鬼ではないでな。行くぞジャンルーカ」

「はい！　行きましょう、ディアーナ嬢、カイン」

声をかけられて頭を上げる。いつの間にかソリは丘の下へと到着していたらしい。

ざくざくと雪を踏みしめながら少しだけ丘を登れば、目の前にはまっさらな新雪の平原が広がっていた。

「わぁ！　綺麗！　一番乗りですわね！」

「あ、でもあそこ。何か動物の足跡が残っていますよ」

小高い丘の上、真っ白い大地の向こうには煙突から煙が伸びている家々が小さく見える。空はすっかり晴れ上がっていて青く澄み渡っている。太陽の光をキラキラと反射して、雪の原はとてもまぶしく輝いていた。

「ソリ遊びをするか？　あちらにある築山からくだると楽しいぞ。それとも、雪だるまでもつくるか？」

護衛を兼ねている騎士が後ろから雪遊び用のソリを背負って丘を登ってきていた。スコップも持ってきているようで、希望すればかまくらだって作ってくれるらしい。

「雪合戦をしましょう。私とディアーナ組対ジュリアン様ジャンルーカ様組で対戦しましょう」

「ふふふ。受けて立とうではないか！　負けて泣いても知らぬからな」

「ジャンルーカ様！　負けませんわよ！」

雪合戦に始まり、ソリ遊び、雪だるま作りと雪原を四人で駆け回った。走り回って汗をかき息切れしてきた頃に、お茶ですよと野太い声で呼ばれた。

今回はメイドを連れてきていないので、騎士達がラグを引いてお茶を沸かしてといった身の回りのことをやってくれていた。

ソリから降ろした火鉢の上にヤカンを置いて湯を沸かし、持ってきたビスケットをあぶって温めた後にバターを載せた物を用意してくれた。

「そのままにすれば風邪をめされますから」

と、騎士達からタオルを渡されて汗を拭い、渡されたお茶を飲むと体がじんわりと温まっていく。

「走り回って体が温まってるって思っていても、こうやって熱いお茶を飲んだりすると冷えていたんだなぁって気がつきますね」

「ディアーナ、手袋ぬれていない？　今のうちに火鉢で乾かしてもらう？」

「大丈夫ですわお兄様」

両手で包むようにカップを持ち、少しずつお茶を飲んでいく。半分溶けたバターの載ったビスケットは味が濃くて走り疲れた体に染みるように美味しかった。

そうやってしばらく休憩した後、ジュリアンとジャンルーカはまた雪だるま作りをするために走り出していた。今度は三段の雪だるまを作るのだそうだ。

「ディアーナは？」

カインが声をかければ、ディアーナはふるふると首を横に振り、カップを少し持ち上げた。

「もう少しお茶を飲んでいます。お兄様は先に行っていてもいいのよ」

「ディアーナがそういうのなら、僕ももう少しここに居るよ」

猫舌のディアーナは、ゆっくりゆっくりお茶を飲む。カインも猫舌だが、喉が渇いていたので我慢してぐいぐいと飲んでしまっていた。

ラグから立ち上がったカインは、すぐそばの垣根から葉っぱをもぎ、赤い南天のような実をブチブチと摘んで戻ってきた。

ラグの隅っこに座り込んで何事かを始めたカインに、ディアーナが声をかけながら手元をのぞき込む。

「お兄様？」

「ほら、これなーんだ」

カインの手の上には、葉っぱの耳と木の実の目が付けられた雪ウサギがちょこんと乗っていた。

「うさぎさんだ！」

「うさぎさんだよー！」

目をらんらんと光らせて、ディアーナがカインの肩越しに身を乗り出す。カインは手の上の雪うさぎをそっと地面に下ろすと、また雪をかき集めてぎゅっぎゅっと俵形に固めていく。肩越しに身を乗り出しているディアーナをそのままに、カインはまた雪玉に葉っぱと木の実を取り付けて、雪うさぎを作って掲げて見せた。

「簡単でしょう？」

「ディもやる！」

久々に自分をディと呼んだディアーナは、残っていたぬるいお茶を慌てて飲み干すとブーツを履いてラグを降りた。パタパタと近くの生け垣や森の入り口あたりをうろうろとして、いろいろな材料を集めて戻ってきた。

「これはねぇ、お耳が短いうさぎさんね！」

ディアーナは、俵形の雪玉に赤い実の目とどんぐりの耳を付けて見せた。

「うさぎのみみはなぜながい、の最初のうさぎだね」

「こっちはねぇ、胴が短いへびさんで、こっちは首の短いうまさん！」

「よく出来てるねぇ！」

絵本を題材に、ディアーナが次々と小さな雪像を作っていく。カインも一緒に雪うさぎを作り続け、周りはさながら雪の動物園のようになっていった。

「かわいいねぇ。楽しいねぇ」

「こっちはね、少女騎士ニーナね！」

小さな雪だるまに、木の枝を刺したのをニコニコとディアーナが指差して、カインがうんうんと満足そうに頷いている。ディアーナと二人きりで楽しく遊んでいる今、カインは幸せの絶頂だった。

「カイン！　ディアーナ嬢！　逃げろ!!」

そんなカインの幸せを壊す叫びが上がった。声のした方を鋭く振り向いたカインとディアーナの目前に、大きな雪玉が転がってきていた。

「はぁー!?」

「すまん！　手が滑ってそちらに転がってしまったのだ！」

「でかすぎるだろーっ！」

「わははは、うまく避けてくれー！」

カイン達が休憩していたのは、丘に上がってすぐの入り口に近い場所。丘はそこから緩くではあるが少しのぼっているのだ。

「ディアーナ、あっちへ」

そう言ってディアーナを振り向けば、その足下には沢山の雪の小動物達が居た。カインとディアーナの共同作業の集大成。愛するディアーナの作った芸術作品の山である。

カインはキッと顔を引き締めると、

「大丈夫、ディアーナの愛は僕がきっと守るから」

といって転がる雪玉へと向き直った。

火か？　火で雪玉を溶かしきるか？　しかし雪玉の転がる勢いは増してきているし万が一火の付いたままの雪玉がこちらに転がってきてはディアーナが危ない。では風で押し戻すか？　転がり係数があがっている雪玉を押し戻すには大風力が必要になるしそうなると雪原の雪を全て吹き飛ばしてしまう可能性がある。丘の向こうには街があるから万が一それがきっかけで雪崩でも起きたらしゃれにならない。そうだ、壁だ。氷の壁を目の前に立てて雪玉を食い止めよう。

カインの思考、ここまでコンマ五秒である。

「お兄様かっこいい！　少女騎士ニーナみたい！」

「氷よ！　少女騎士ニーナとなり雪玉の壁となれ！」

奇跡が起きてしまった。

カインは、ただ氷の壁を目の前に立てて巨大な雪玉をせき止めようとしただけだった。

ディアーナは、マフラーを翻してディアーナを守るように立ち上がったカインがニーナみたいで格好良いと声を上げただけだった。

絶妙のタイミングでその声が上がったことで、カインが魔法の詠唱で、そして脳内のイメージで影響をうけてしまった結果。

剣を地面に突き立て、勇ましく雪玉に立ち向かう巨大な少女騎士の氷像が現れたのだった。

「わははは。凄いではないかカイン！　魔法というのはこんなことまでできてしまうのだな」

「カイン、ファッカフォッカは出来ますか？　ファッカフォッカの氷像も作ってください！」

「少女騎士ニーナおっきい！　すごーい！　お兄様すごーい！」

「こんなはずでは……」

その日「王家御用達の丘の上に突如として巨大な少女騎士像が現れた」という情報はあっという間に街中に知れ渡り、見学希望者が殺到したため王家は一時的に丘の上を一般開放することになった。

街の色々な所から見える小高い丘の上の氷像は、溶けるまでの間街の人達の挨拶の枕詞として使われたのだった。

ディアーナ帰国する

「お別れ会をしよう」

そう言い出したのは、ジュリアンだった。

神渡りが終わって年が明け、数日間の休暇が終わり学校も始まったところで、次の休息日にエリゼとディアーナが帰国することになった。

父であるディスマイヤから泣き言が綴られた手紙が届いたのだ。さらに、王妃殿下からも帰ってきてほしいという手紙が届いたので、母エリゼは満足したように「帰るわ」と宣言したのである。

ディアーナの幸せな未来を考えれば、家庭教師による勉強をこれ以上中断すべきではない。そんな事はわかっているカインは、泣きながらも引き留める事はせず、きちんと見送る事にした。

神渡り休暇が明けてすぐ、次の休息日には二人が帰国するということを学友たちに伝えたところで、ジュリアンが送別会を提案してきたのだ。

「ジャンルーカも大分世話になったことであるしな。学校を休むわけには行かぬゆえ、放課後からのささやかな物になるが」

「帰国の荷造りなどもありますから、あまりお邪魔するわけにも行きませんわよ？」

「どこかにご招待するには準備する時間が心許ないですわね」

「カイン様のウチ、使用人の半分は残るんだよな？」

そんな会話を昼食の場で交わし、その日の夕方にカインが邸に戻って母とディアーナに確認した結果、お別れ会は帰国の前日にエルグランダーク公爵邸で行われることになった。

エリゼとディアーナの「来ちゃった」事件での「遊びに来てね」というエリゼの言葉をあえて真に受けて、カインの学友たちは良く遊びに行っていた。

シルリィレーアとユールフィリスはエリゼやディアーナとお茶をしながら令嬢的な会話を楽しんでいたし、ジュリアンはジャンルーカの魔法の練習を楽しそうに見ていた。

アルゥアラットとジェラトーニとディンディラナは、中庭のブランコやシーソーで遊んだり、ジュリアンと一緒にジャンルーカの魔法の練習を見学したりしていた。

ジャンルーカの魔法の練習にはカインやディアーナも一緒になって魔法を使っていたので、全員で魔法を使って中庭で遊び、制服を焦がしたり濡らしたりして一まとめに執事のダレンに叱られたりしたのも良い思い出だった。

「短い間だったけど、結構一緒に遊んだから名残惜しいね」

「ディアーナ嬢をお嫁さんにもらいたい」

「それ、カイン様の前で言うなよ」

お別れ会は、エルグランダーク邸のティールームで行われた。普段は椅子に腰掛けて夕方にお茶を楽しむ部屋なのだが、今日はそれぞれ会話を楽しむために立食形式に適切な家具の配置になっている。

壁際に置かれたテーブルの上に、持ち寄ったお菓子やお別れのプレゼントを置きつつ、アルュアラットとディンディラナ、ジェラトーニが入り口付近で皆を出迎えているエリゼとディアーナを見ながら雑談をしている。

カインと学友たちは学校が終わってから来ているので皆制服である。

カインとその友人の他、ジャンルーカも邸に来ており、なぜかそれについてくる形で二人の王女もやってきていた。

「どおりで、玄関からやたら近衛がおるなと思ったわ」

ティールームに入ったところで、すでに茶菓子を頬張っていた王女二人を目にしたジュリアンは、そう言ってため息を吐いた。

「私のライバルが帰るのですものね！　見送ってさしあげようと思ったのですわ！」

「お兄様もジャンルーカも、こんな催しがある事をだまってるなんてずるいですわ！」

目一杯のおしゃれをした二人の王女が胸をはってジュリアンに抗議している。

「このお別れ会のことをどこで知ったのだ」

ジュリアンは二人の王女にこの会のことを話したつもりはなかった。初回のお茶会のイメージがあったので、王女とディアーナの相性が良くないと思っていたのだ。

「お兄様とジャンルーカがお話しているのを盗み聞きしたのですわ！」

「こそこそお話しているから、怪しいと思って聞き耳を立てたのですわ！」

胸を張ってそう答える二人の王女に対し、ジュリアンと並んで立っていたシルリィレーアが困ったような顔を作った。

「まぁ。フィールリドル様、ファルーティア様。実際にそうだったとしても、盗み聞きをしたなど口にしてはいけませんわ。はしたない女の子だと思われましてよ？」

「シルリィレーアお姉さま！　はぁい。気を付けます」

「私はいってませんわ！　シルリィレーアお姉さま！」

「ファルーティア様。聞き耳を立てるというのも同じことですわよ」

「……はぁい。きをつけます」

シルリィレーアにたしなめられて、二人の王女は素直に頷いた。

「あの二人、なんでシルリィレーア様にはあんな素直なの」

ジャンルーカと二人、苦労してわがまま王女を褒めて癇癪を起こさないように、勉強の邪魔をさせないようにと行動していたカインは、素直な王女たちに眉をひそめた。

「デリ母上……。あの二人の母がシルリィレーアに好意的な態度をとっているからであろうな」

答えるジュリアンの顔も苦笑いである。

ジュリアンとシルリィレーアに一礼した二人の王女は、ディアーナのそばへと駆け寄って声を掛けている。

「お母さまからお預かりしたとっっってても美味しいお菓子を持ってきてあげたわ！　きっとリムートブレイクでは食べられないだろうから、感謝して食べると良いわよ！」

「まぁ、フィールリドル王女殿下、有難うございます。味わっていただきますわね」

「お母さまからお預かりしたとっっってもかわいらしいレースのリボンを持ってきてあげたわ！　リムートブレイクに帰ってもこれを着けると良いわ！」

「ありがとうございます、ファルーティア王女殿下。頂いたリボンを着けて、お二人の事を思い出しますわね」

贈り物置き場のテーブルを指差しながら自慢げに話す二人の王女に、ディアーナはあくまで令嬢らしく受け答えをしていた。

「そうよ！　国に帰ってもちゃんと私たちの事を思い出すのよ！」

「私とお姉さまの事を、忘れてはだめよ！」

二人の王女の眉毛が下がり始める。

「お二人とも印象強いもの、忘れたりはしませんわ」

にこりと笑って、ディアーナが返す。

「きっとまた遊びに来るのよ！」

「ちゃんとまた遊びにくるのよ！」

「よろしければ、お二人もぜひリムートブレイクに遊びにいらしてくださいね」

「私たちが遊びに行くまで、さみしがってはダメよ！」

「お手紙を書いてもいいのよ！　お返事を書いてあげるわ！」

「まあ。さみしがってはダメですか？　私、きっとリムートブレイクに帰ったらさみしくなってしまいますわ」

「……さみしくなんか」

「……さみしくなんか」

素直にさみしいと告げるディアーナの言葉に、二人の王女の顔がくしゃりとゆがんだ。

「うわぁああーん。帰らないでぇ～」

「うわぁああーん。帰っちゃやだぁあ」

とうとう泣き出してしまった二人の王女に、ディアーナはそっと近づいてそれぞれの肩に手を載せた。

「来年も再来年も、お兄様はこちらに留学中ですもの。きっとまた遊びに来ますわ。ですから、そんなにお泣きにならないで。かわいい顔が台無しですわよ」

「わぁああーん」

「ああーぁん」

ディアーナの一つ年上のフィールリドルと、一つ年下のファルーティア。その二人の肩を優しくさすりながら、ディアーナは小首をかしげつつ慰めていた。

「うわ。さすがカインの妹であるな……たらしだ」

「なんであんなになつかれてるの、ディアーナ」

一歩下がった所からその様子を眺めていたジュリアンがこぼした言葉をカインは無視した。

「エルグランダーク公爵夫人は、滞在期間中に何度か王妃や側妃からお茶会に誘われておったようだからな。その時に一緒に参加しておったのではないか？」

「僕が魔法を教わりにこちらにお邪魔したのと入れ違いで帰って行くのを何度か見ましたよ」

「今まで箱入りでしたのよ。第一側妃さまが過保護なものですから、お城の中の大人たちとしか関わりが無かったのですわ。年が近くて同性となると、今までは私ぐらいしか身近におりませんでしたから」

「初めてできた、同年代のお友だちってことでなついてしまったのであろうなぁ」

ジュリアンとジャンルーカ、そしてシルリィレーアが大泣きする二人の王女を見ながらそんなことを言う。

「さすがディアーナは人格者だなぁ。泣いている子にあんなに優しく慰められる子なんて他にいる？　いやいないよね」

一人満足そうに深くうなずくカインである。

ディアーナが慰めるにもかかわらず、別れを惜しんで泣き続ける二人の王女。微笑ましく眺めていたカインだったが、「帰らないでぇ」「さみしいよぅ」と素直に泣く王女達の声を聞いているにつれて、だんだんとディアーナと明日でお別れという実感が湧いてきてしまった。

「うわぁーん。ディアーナ帰らないでぇ〜。さみしいよぉ〜。僕も帰るーっ」

二人の王女に感化され、突然泣き出したカインにジュリアンやアルゥアラット達もドン引きである。

その後も、エリゼやディアーナとこの二カ月ほどの思い出話を語り合ったり、持ち寄った贈り物を開けて見せたりしつつ、エルグランダーク邸でのお別れ会はカインを除いて終始和やかな雰囲気で行われたのであった。


お別れ会で夕方までお菓子やお茶を楽しんでいたため、その日の夕食は遅めの時間に軽く済ませることになった。

「カインは、もうすぐ進級試験があるのよね」

「はい。この休息日が明けた一週間が準備期間で、再来週が進級試験になります」

エルグランダーク公爵サディス邸の食堂。温野菜と肉団子のスープのみでメイン料理なしという軽めの食事をエリゼとカインとディアーナの三人で取っていた。

食事中の軽い会話といった感じでエリゼがカインに話しかけ、カインがそれに答えている。カインは飛び級をするつもりなので、再来週には二年生への進級試験と三年生への進級試験を受けるつもりで申請もすでにしてある。

「お兄様、試験をうけるんですの？」

「そうだよ。ちゃんと一年間勉強してきたことが出来ているかなって確認されるんだよ」

「出来ていなかったらどうなってしまいますの？」

「もう一回一年生をやりなさいって言われてしまうんだ」

「まぁ！」

ディアーナも家庭教師による授業でテストを受けることがあるので『試験』という言葉とその意味は知っている。しかし、当然ながら家庭教師たちはテストなどしなくても勉強の進捗や理解度については把握しているので、勉強に緊張感を出したり区切りを付ける以外の意味は無い。

ディアーナにとって試験がうまくいかなかったときのペナルティーは宿題が増えたりご褒美がもらえなかったり程度でしかなかったので、進級できないと聞いて驚いたようだった。

「カイン、エルグランダーク公爵家の嫡子として恥ずかしくない結果をだしてちょうだいね」

「もちろんです、お母様」

自信ありという顔でエリゼに笑いかけ、大きくうなずくカイン。もちろん、本来なら二年生が受ける分の進級テストまで合格するつもりで準備してきているので、一年生の分の進級試験は余裕の成績で通る予定である。

カインのそんな余裕の顔に、片側の眉を持ち上げるという器用な表情をしたエリゼ。

「当然ですけど、三年生への進級テストの方も落ちるなどもってのほか、ギリギリでの合格なんて許しませんからね」

「げほっ」

エリゼの言葉に、カインがむせた。壁際に控えていたイルヴァレーノがサッとやってきてカインの口元をナプキンで拭いながら背中をさする。

『飛び級して三年で卒業するからアンリミテッド魔法学園への編入手続きよろしくね！』という手紙を父に出している為、飛び級すること自体は親にも隠していない。しかし、ディアーナと適切な距離を取らせるための留学だったのだから、親としてはそれを歓迎していないのだとカインは思っていたのだ。

それなのに母から「飛び級の試験も頑張れ」という言葉を掛けられたので混乱し、むせてしまった。イルヴァレーノに口を拭かれて背中をさすられ、水の入ったコップを手渡され、と介護されていたカインがようやく落ち着くと、エリゼは頬に手を添えて困ったような顔を作った。

「カインはもう少し落ち着かないといけないわね。貴族の、しかも公爵家の長男としてそんなに感情を表にだしてはいけないわ」

「お兄様、三年生になるための試験を受けるの？」

「受けるのですって。来年は四年生と五年生の進級試験を受けて、再来年は六年生の進級試験と卒業試験を受けるのよ。ねぇ、カイン」

「げふっ」

ようやく落ち着いてきたところだったのに、さらに話を振られたカインがまたむせた。ぐいぐいとイルヴァレーノに口を拭かれつつ、二回目だったので復活は早かった。

「はぁー……ふぅ。もちろん、どちらの試験も恥ずかしくない成績で通るつもりです。でも、お父様やお母様は反対されるかと思っていました」

落ち着くために飲んでいた水のコップをテーブルに置くと、首をかしげつつ改めて母エリゼの顔を見た。その顔は苦笑いに近い笑顔だった。

「別に、私は反対したりしていないわよ。カインがいないと寂しいし、まだ十二歳なのに一人で隣の国にいるなんて心配ですもの。……それに、離れている時間がある事で却ってディアーナと再会した時に爆発してしまうようなら、適度に一緒にいた方が良いのかもしれないと思うようにもなったしね」

そこまで言って、エリゼはスープを掬って口に入れた。ディアーナもハッとして食事を再開する。カインの食事はほぼ終わっていた。

「反対されていないのであれば、良かったです。来年も再来年も、お母様やお父様のご期待に添える成績が出せるよう頑張ります」

「では、お兄様と一緒に学校に通えるのですね⁉」

最後に残っていたスープを一生懸命に食べ終えたディアーナが、弾むような声で隣に座るカインを見上げてきた。

「うまいこと試験に合格できれば、ね」

国を跨いでも通じる学問については、カインはド魔学卒業分まで家庭教師の授業で修了済みであり、やるべき事は復習ということになる。この国独特の学問であるサイリユウムの歴史や経済、法律などの勉強については一からの学習となるがこれも今のところは順調にこなすことが出来ている。

「合格できれば、ではなくて合格なさい」

「お母様？」

珍しい、母の強い口調にカインは違和感を感じてディアーナからエリゼへと視線を移した。母もちょうど食事を終えたところらしく、給仕たちが皿を下げ始めていた。

「サイリユウムの王妃殿下から伺ったのですけどね、ジャンルーカ第二王子殿下が二年後、我が国に留学するかもしれないのですって」

「……へぇ、そうなのですね」

ゲームのシナリオとしてジャンルーカが留学してくることを知っていたカインは、特に驚くこともなく相づちを打った。ディアーナと同じ年のジャンルーカ。ディアーナの入学に間に合うように飛び級するということは、ジャンルーカの留学と同時に帰国すると言うことでもある。

「カインを慕ってくださっている上に、ディアーナとも友誼《ゆうぎ》を深めたということで、留学中の滞在先に我が家が選ばれる可能性があるの」

「はぁ!?」

カインがガタンと音を立てて立ち上がった。後ろに倒れそうになった椅子をサッとイルヴァレーノが押さえて置き直す。

「なぜですか!?　王子殿下ですよ？　アル殿下とも同じ年なのですから、王宮に滞在するべきなのではないですか？　我が家が筆頭公爵家といえども、警備やお世話の質でいえばやはり王宮には敵いませんよね？　何より同じ年の男女が一つ屋根の下で暮らすなど言語道断じゃないですか！」

そんなことになって、ディアーナとジャンルーカ殿下で婚約をなんて話になって、なのにヒロインはジャンルーカルートを進むなんてことになったら目も当てられない。一応、ジャンルーカはディアーナを『自分の友人』として認識し始めているので、ホイホイと兄に譲ったりはしないだろうが、わずかでも可能性がありそうであれば潰しておきたいと思うカインである。

「落ち着きなさい、カイン。可能性よ。まだ可能性の話。大体、カインの家庭教師ぶりを評価されてのお話なのよ」

「僕の、家庭教師ぶりが？」

ジャンルーカがヒロインに惚れる原因が、『他国の文化と魔法の授業というなれない環境に戸惑うジャンルーカと、平民だから貴族文化に詳しくないし魔力は多いけど魔法の勉強はこれからだというヒロインの境遇の近さに親近感を持つ』というものなのだ。だからこそ、カインはジャンルーカのリムートブレイク語の家庭教師という立場を利用して、リムートブレイクの文化や貴族のしきたりについても教えていたし、魔法の基礎についても教えたのだ。ヒロインと仲良くなるきっかけを潰すために。

それなのに、その家庭教師ぶりが評価されてジャンルーカの留学時の滞在先が寮ではなく王宮でもなく、エルグランダーク邸になるきっかけになってしまったというのだ。

もちろん、ジャンルーカが寮住まいにならなければそれだけヒロインとの接触も減る。そういう意味ではフラグ回避に近づいたともいえるのだが。

「そんなに嫌なの？　もしかして、ジャンルーカ殿下のことがあまり好きではないのかしら？」

「いいえ。ジャンルーカ殿下のことはかわいいと思っていますし、好きですよ」

ジャンルーカ本人に対して、カインは何も思うところは無い。出会った頃は少し卑屈で自信の無いところがあったが、カインと勉強をしていくうちにだんだんと自信を持ち始めたし、欲しいものを欲しいと言えるようになってきた。その成長を間近で見ることが出来たのは単純にうれしいと思っている。

本当に間近で成長を見守りたかったのはディアーナなのだが。

「ジャンルーカ様が、わたしのおうちに来るかもしれないのですか？」

カインが黙り込んだ隣で、ディアーナがわくわくしたような顔をして母エリゼに問いかける。最初のお茶会でジャンルーカをかばって二人の王女と喧嘩をしたディアーナは、その後サディスの街をジャンルーカに案内してもらったり、騎士行列後には中庭のブランコで一緒に遊んだりして大分仲良くなっているのだ。

お友達が泊まりに来て、ずっと一緒に遊べるかもしれないという事にわくわくしているようだった。

「そうよ。ディアーナと一緒にアンリミテッド魔法学園に入学する予定なのですって。留学先に、ディアーナの他にカインもいれば心強いものね」

「一緒に学校に通えたら、きっと楽しいですわね！」

つまり、サイリユウムの王家はカインにジャンルーカの留学先での面倒を見させたいということだろう。ジュリアンの女好きを多少ではあるが控えめにさせ、ジャンルーカの性格を前向きにし、わがままで乱暴な二人の王女を手懐けたカイン。そういった評価になるのは仕方のないことだった。

「お兄様！　飛び級頑張ってくださいませ！　お兄様もジャンルーカ様も一緒に学校に通うことに

なったら、きっと楽しいですわね！」

「そうだね」

ディアーナのまぶしい笑顔に、カインは心の中はどうであれにこりと優しく笑い返す以外に選択肢は無いのであった。

翌日。朝食を皆でとった後馬車で邸を後にした。

門まで見送りに来た使用人一同と、代表して一歩前に出ていた執事のダレンが名残惜しそうに別れの挨拶をしてくれた。

「お嬢様が次に遊びに来るまでに、中庭に新しい遊具をご用意いたしますからね」

とダレンが決意表明していたのが印象深かった。「ね！」という同意を求めるような視線をカインに投げていたので、遊具作りの共犯にさせる気満々のようだ。

それでディアーナが喜んでくれるというのであれば、カインに否やは無い。

「リムートブレイクから連れてきた使用人のうち、半分ほどが邸に残っていましたね」

馬車の窓から遠ざかる我が家を眺めながら、カインがそう言うと、

「これからも、サイリユウムに滞在する時に使うのですもの。私たちの好みなどを引き継いでもらう為に残ってもらったのよ。元々魔法が得意でない子なんかは、こちらの方が過ごしやすい様子だったしちょうど良かったわ」

暖房器具など、魔力を持った使用人が残らないと使えない魔法道具も置いてあるので、魔力のあ

る使用人がいくらかは残る必要があったのだとエリゼは言う。

なるほど、と納得しかけたカインに隣に座っているディアーナが背を伸ばして耳のそばに手をメガホンのようにして添え口を寄せた。

「あのね、こちらの人を好きになってしまったり、恋人同士になっちゃったから帰らない人もいるのよ」

「へぇ？　そうなの？」

執事のダレンが『孫娘がサディスにいるから』という理由で元々の主家について行かなかったという話を事前に聞いていたので、まぁそういうこともあるかもしれないと納得は出来た。しかし、それで生まれ育った国とは別の国に残ろうというのはどれほどの情熱なのだろうかと少し驚いたのだ。

「そうなの！　でもね、誰が誰と恋人同士なのかは内緒なのよ。うふふ」

「内緒なの？　そこをこっそり教えてよ」

「お兄様でもダメ～。女同士の秘密なの！」

「秘密を持つ女は美しいっていうもんね。ディアーナはかわいいから仕方がないかぁ」

女同士の秘密というからには、恋人が出来た為に残るのは女性の使用人なのだろう。サディスの邸に残った使用人は十人ほど。そのうち半分は留守宅の警備のために残った騎士たちで、残り半分のうち女性は二人しかいない。ディアーナがここまで言ってしまえばカインには大体誰がそうなのかはわかってしまうが、だからといってそれを暴露するのは野暮というものである。

カインはニコニコしながらディアーナの頭を優しく撫でた。

次に会えるのはまた夏休みだろうか。バイト代も貯まってきたので、花祭り休暇に飛竜を使って帰省できるだろうか。自分がそばにいない間に、アルンディラーノとの婚約が調ってしまわないだろうか。目を離した隙に、両親から甘やかされてわがままな悪役令嬢的性格に育ってしまわないだろうか。

カインの心配はつきないが、あと少しでお別れしなければならないディアーナには、笑顔のカインを印象づけておきたかった。

何事にも動じない、いつだって余裕のあるかっこいい兄でいたいカインは笑ってディアーナと談笑するように努めた。

ディアーナは『お兄様は私が困ったことになると頑張りすぎてしまう』ともう気がついているので、なるべく寂しそうな顔をしないように頑張って楽しい話題をカインに話しかけていた。

気遣い合って、馬車の中は和気藹々《わきあいあい》としていた為か、あっという間に目的地へと到着してしまった。

カインたちが馬車から降りると、少し先の広場に飛竜が一匹いるのが見えた。

遠目でもわかるほどに豪華なかごが背中に乗せられた飛竜は、首を下げてもそもそと草を食べていた。馬のいななきに驚いて飛竜が気絶してしまうことがあるらしく、馬車はここより先には行けないという。

「飛竜に乗って帰るんですか？」

かごの豪華さからいえば、この飛竜は竜騎士団の所属ではなく民間の輸送業者のものだろう。

カインはジュリアンの付き合いで騎士団の飛竜に乗せてもらったことはあるが、民間の飛竜には乗ったことが無い。

帰省するのに利用しようと思っていたが、とんでもなく料金が高いのだ。

「馬車で三日かかる距離を、半日でいけるのですもの。乗らない手はないでしょう？　こちらに来るときにも乗ったけれど、見晴らしは良いし風は気持ちよいしとても楽しかったの。ディ……お父様も、早く帰っておいでってお手紙をくださっているのだもの、奮発して帰りも飛竜を使っちゃうわよ」

つまり、飛竜の代金は父持ちと言うことである。

サクサクとまだ雪が少し残る広場を、草を踏みながら歩いて行く。ガントリークレーンほど大きな飛竜の周りに馬より二回りほど大きい、飛竜に比べると大分小さく見える騎竜が数匹いるのが見えてきた。

「騎竜がいますね。あれもお母様が手配したのですか？」

「いいえ？　頼んでいないけれど、何かしら？」

「こっちに来るときは、おっきい飛竜さん一匹だけだったよ」

首をかしげながらも近づいていけば、騎竜の周りにいるのは見覚えのある騎士だった。ジュリアンと旧魔女の森まで飛竜で行ったときに一緒だった騎士のセンシュールである。

「やあ。カイン様お久しぶりです」

カインに気がついたセンシュールが、そばにいた従卒に手綱を預けてカインのそばへと駆け寄ってきた。ニコニコとカインに挨拶の言葉を掛けた後、背筋を伸ばして母エリゼへと向き直った。

「お初にお目に掛かります、エルグランダーク公爵夫人。近衛騎士団飛竜隊のセンシュールと申します。本日は、ジュリアン第一王子殿下より申しつかりまして、国境まで護衛いたします」

「はじめまして、センシュール殿。ジュリアン殿下のお心遣い、ありがたくお受けいたしますわ」

母のエリゼが驚きつつも、素直に護衛を受け入れる事にしたようだった。

どうやら、飛竜は母エリゼがお金を出して手配した物のようだが、それを国境まで護衛しながら送り届けるためにジュリアンが騎士を送り出してくれたらしい。

しかし、センシュールの言葉を聞いてカインが首をかしげた。

「騎竜の方は、さほど高度がとれないのではありませんでしたか？　飛竜と並んで飛ぶことは出来ませんよね」

「よく覚えていましたね。カイン様のおっしゃるとおり、騎竜は飛竜ほど高くは飛べません。ただ、下から来る脅威に備えることは出来ますし、体が軽いのでスピードは飛竜にもひけを取りません。飛竜はありとあらゆる障害物の上を飛ぶことが出来るのでさらに速いというだけです」

飛竜と騎竜ではスピードはさほど変わらないが、障害物を無視してまっすぐ目的地に向かえる分飛竜の方が速いという事らしい。

今回は、お見送りも兼ねてということで飛竜の方がある程度道にそって飛ぶらしい。それでも国境までの到着時間はさほど変わらないという。

「では、そろそろ出発いたしましょうか。公爵夫人、お嬢様、どうぞお乗りください」

伏せをしている姿勢の飛竜の胴体にタラップが寄せられ、かごへと乗れるようになっていた。飛竜の御者らしい男性が手招きをしていた。

「良いですか、ディアーナ様。今度は絶対に絶対にぜぇぇぇえったいに、安全ベルトを外してはいけません。飛竜が飛んでいる間に立ってはいけませんからね」

「イル君。そんなに念を押さなくてもわかってるよ」

「落ちそうになっても、今度は僕はいないんですからね」

「飛竜さんの足につかまれて飛ぶの、ちょっと面白かったね」

「ディアーナ様……」

飛竜の前で、ディアーナとイルヴァレーノがそんな会話をしている。それを聞いたカインは色々と突っ込みどころがありすぎて慌てた。

「ちょっとまって。色々、聞き捨てならない事があるんだけど、ディアーナ飛竜から落ちそうになったの？　掴まれて飛んだってなに？　っていうかイルヴァレーノは飛竜に乗らないの？」

カインはあわあわと両手を上げ下げしながら、視線をディアーナとイルヴァレーノの間で行ったり来たりさせた。

「来るときにね、川の向こうで手を振ってるキー君とコーディがいるよってお母様が言ったときに、私からは手すりで見えなかったからちょっと立ち上がっただけなんだけど」

「ディアーナ様が、かごの端で立ち上がって身を乗り出して手を振ろうとして転がり落ちたんですよ」

「イル君すごかったんだよ！　飛び出して空中でディの事キャッチしたら、ベルト外して飛竜さんの爪に引っかけてぶらさがったの！　その後、飛竜さんの反対の足に掴まれちゃって、飛竜さんが降りられるところまでそのまんま飛んだの。景色がよく見えて楽しかったのよ！」

ディアーナはあまり反省していないようで、飛竜から落ちたときのことを思い出しているのか興奮したように早口気味に話しだした。

「ディ、ディアーナ。帰りはちゃんと座っていてね」

「はい！」

ディアーナはいつだって返事だけは良い。

さすがにもう九歳なのでわかってくれていると思いたいが、楽しさを優先してしまうところがまだあるのでちょっと不安を感じるカインである。

「で、帰りはイルヴァレーノは飛竜に乗らないの？　馬車組？」

カインがイルヴァレーノを振り返って小首をかしげた。飛竜には定員があるため、ほとんどの使用人たちは馬車で帰国することになっている。エリゼたち飛竜組は国境まで飛竜で帰り、ネルグランディ城で使用人たちを待ってから一緒に王都まで帰るということだった。

「僕はこちらに残ります。カイン様の侍従ですので」

「え？」

イルヴァレーノの思わぬ言葉に、カインが目を丸くした。

「貴族学校の寮が、使用人の連れ込み禁止ということで入学時にはついてくることが出来ませんでしたが、今はお屋敷がございますから」

なんてことない顔でイルヴァレーノが言う。カインは目を丸くしたまま、今度はエリゼの顔を窺った。

「カインはしっかりしているように見えて、意外と抜けているところがあるのよね。イル君に助けてもらって、何が何でも最短で帰ってきなさいね」

「イル君、お兄様の事お手紙で沢山教えてね」

エリゼもディアーナも承知の上のようだ。

「でも、ディアーナのことを見ててもらわないと」

カインも、イルヴァレーノが残ってくれるのはうれしい。カインのいないところでイルヴァレーノがヒロインと遭遇してしまったり、何かのきっかけで闇落ちしたりしても困る。何よりカインがイルヴァレーノがそばにいる方が気が休まるのだ。

イルヴァレーノはカインの腹心といっても良い。

六歳の時に裏庭で拾ってから一生懸命構い倒した成果か、イルヴァレーノはカインが信頼するに値する存在となっている。そんな信頼できるイルヴァレーノだからこそ、自分がそばにいられない間にディアーナを任せられるのだとカインは思っていた。

「ディアーナ様には、専属侍女のサッシャがいます」

「おおおおお、お、おまかせください。わ、わたくしが、ディアーナ様をおまもりいたします。たとえかえりのひ、ひひひ、飛竜から再び落ちそうになったとしても、こんどは、わわわ、わたくしがきっとおたすけしししして、み、みせますから」

イルヴァレーノに話を振られたサッシャは、見てわかるほどにガタガタと身を震わせながら、それでも顔はキリッと引き締めた状態で請け負った。

「サッシャ……。飛竜が怖いなら、馬車でも良いのよ？」

「いえ！　わわわ、私はお嬢様の侍女ですから！　イルヴァレーノが居なくてもバッチリやり遂げられるところを、おみせします！」

エリゼにまで心配されるサッシャだが、決意は固いようだった。サッシャは、前からイルヴァレーノをライバル視しているところがあるので、ここで引くわけには行かないのだろう。

カインがイルヴァレーノに視線を戻せば、

「この一年、ウェインズさんから色々と学びました。サイリユウムでもきっとお役に立って見せます」

イルヴァレーノは頼もしくうなずいて見せたのだった。

「お兄様！　私もまた遊びに来ますけど、お兄様もお休みがあれば帰ってきてくださいね！」

飛竜の背中から、ディアーナが大きく手を振っている。その背中にしがみつくようにサッシャがディアーナを支えていた。

「ディアーナ、気をつけて帰ってね！　キールズやコーディリアにもよろしく！　ついでに父にも！　お母様も気をつけて！」

「ついでみたいな挨拶ね」

「イル君お兄様をよろしくねー!!」

飛竜がその大きな翼を羽ばたかせ、地上から飛び立つ。そばに立っていたカインとイルヴァレーノは風圧に飛ばされないように足を踏ん張りながら、手を振って飛んでいく飛竜を見上げた。

大きな飛竜と、王家から差し向けられた一人乗りの騎竜三匹が並んで飛んでいくのを、カインとイルヴァレーノが手を振って見送る。

笑顔で見送ろうと思っていたカインだったが、最後は涙が止まらなかった。

飛竜に乗って手を振るディアーナに、涙を流しながら手を振り返すカイン。一匹の大きな飛竜と三匹の小さな騎竜が編隊を組んで飛んでいくのを、見えなくなるまで見送った。

新学期

進級試験の準備期間を、ディアーナの居ないさみしさに泣きながら勉強して過ごしたカイン。その翌週の進級試験を通過して無事に三年生になることが決まった。

進級試験週間が終われば、翌週は進級進学の準備のために丸々一週間休みとなる。新規に入学してくる一年生などは、この期間に寮へと入ってくる事になる。

そのため寮内はざわざわと騒がしくなり、カインとジュリアンの部屋にも廊下や窓の外から喧噪が聞こえてきていた。

「既存学生の部屋替えは無いんですね」

「よっぽど相性が悪いとか、親の派閥替えが合ったとかの事情でもなければ無いな」

進級決定後の準備休み初日。カインは寮の部屋で一年生の教科書を片付けたり三年生の教科書を用意したり、新学期に向けた準備をしていた。

カインが飛び級したことでジュリアンとは学年もクラスも別れることになるが、寮の部屋替えは無いということなのでまた一年間同室である。

「まぁ、また一年よろしく頼む」

ジュリアンがニカッと笑って右手を差し出した。

「ジャンルーカ様の語学と魔法の家庭教師も引き続き引き受けましたし、同室の方が連絡とりやすいかもしれませんね」

カインはジュリアンの右手を軽く握るとペシッとはたきながら手を離した。

新学年向けの準備を一通り済ませたカインは、クローゼットから外套を出して服の上から着込む。

「なんだ、カイン。どこかに出かけるのか？」

「今日は家に帰ります」

「愛しのディアーナ嬢はもうおらぬのに？」

「イルヴァレーノから、今日はどうしても帰ってこいと言われているんです」

ジュリアンから、ディアーナがいなければ家に帰らないと思われている事に眉をひそめつつ、カインは外套のボタンを留めてマフラーを巻き、帽子をかぶる。

「そうだ、カイン。その帽子なのだけどな。フィールリドルとファルーティアが耳付き帽子かわいい欲しいとうるさいのだ。買い取るゆえ編んでくれぬか？」

「そういえば、ディアーナも二人の王女からねだられた上に強奪されそうになって喧嘩したと言っていました」

「……すまぬ。言って聞かせておく」

「進級準備休暇中に、編めたら編んでおきます」

カインはそう言ってジュリアンに手を上げると寮を後にした。

エルグランダーク邸の玄関を開けると、イルヴァレーノが待っていた。

「お帰りなさいませ、カイン様」

そう言いながら、カインの外套を脱がせて軽くたたんで片手で抱えた。

「今日って何か用事あったっけ？　学校は休みだけど、寮室の整理をするからジャンルーカ様の授業は休みにしておいたと思うんだけど」

「ええ。ジャンルーカ様はおいでになっておりません」

イルヴァレーノに先導されて、たどり着いたのはティールームだった。

カインは茶葉で入れるお茶よりも砂糖漬けの果物を湯で溶かす果実茶の方が好きなので、積極的にはティールームを利用しない。イルヴァレーノもそれは知っているはずなので、ここに連れてこられたということは誰か客が来ていると言うことである。

母とディアーナは帰った。こちらの国での知り合いと言えば学友ばかりなので、家に訪ねてくるということはあり得ない。

カインは全く想像できない来客に、緊張しながらティールームのドアを開けた。

「来ちゃった♡」

かわいくポーズを決めつつ、そう言ったのはカインの従姉妹、コーディリアだった。

「めちゃくちゃ既視感なんだけど」

カインが目頭をもみながらそうこぼすと、コーディリアが首をかしげながら口をとがらせた。

「おっかしいなぁ。おばさまとディアーナから、これをやればカインが大ウケするの間違いなしって言われたんだけど」

「コーディリアは僕にウケたくてここまでやってきたの？」

「違うけど」

カインはコーディリアの向かいの席へと座ると、背もたれに体を預けて腕を伸ばした。思ったよりも緊張していたようで、肩がこっていた。

「久しぶりだね、コーディリア。元気そうで何より」

「カインもね。兄さんがよろしくって言っていたわよ」

「キールズは元気？　スティリッツとの仲は進展してる？」

「兄さんはすこぶる元気よ。結婚までに痩せようと頑張るスティリッツと、そのままで良いってお菓子を食べさせようとする兄さんで良く喧嘩してるわ」

コーディリアが肩をすくめた。

「犬も食わない奴だ」

カインも従姉妹たちの元気そうな様子に破顔すると、イルヴァレーノが用意してくれた果実茶を飲んで一息ついた。

夕飯前なので小さな砂糖菓子を少しだけつまみつつお茶を飲み、カインとコーディリアはしばらく近況を報告し合った。

「ところで、コーディリアはどうしてここにいるの？」

飲んでいたお茶のカップが空になったのを機に、カインが尋ねた。

コーディリアも、カップをソーサーに戻すと両手を膝の上に置いて背筋を伸ばした。

「今年からサイリユウム貴族学校に入学することになりました。カイン先輩、よろしくお願いします！」

そう言って元気よく頭を下げたコーディリアのつむじを、カインは目を丸くして見つめるしかなかった。

何でこうなった？

「アンリミテッド魔法学園にも入学できるけど、私の魔力的には成績が真ん中ぐらいになっちゃいそうだなぁと思って。かといって、領地の学校だとどうしても騎士養成と農地管理の方に力を入れているから、それはちょっと学びたいこととは違うかなって思ったの」

コーディリアの乳兄弟であり侍女見習いであるカディナが、空になったコーディリアのカップにお茶を注ぐ。その姿をみて、カインは小さく頷いた。

「カディナもついてきたんだね。寮には使用人は連れて行けないよ」

「承知しております、カイン様」

カディナがすまし顔で一礼しつつ返答し、静かに壁際に下がった。

「一人でこの国に来て、一人で勉強しなくちゃいけないんだったらサイリユウムの貴族学校という選択肢は思いつきもしなかったと思うの。でも、伯母様がこちらにおうちを購入されたからカディナも連れてこられる事になったでしょう？　寮には一緒に入れないけれど、今なら先輩にカインがいるし、近くに居てくれると思えば心強いと思うの」

学力や魔力、学びたいこと等を鑑みたときにちょうど良いが、不便さや心細さなどの理由で選択肢から外されていたサイリユウム貴族学校だったが、カインが先に留学していることやエルグランダーク別邸が出来たことによって最有力の選択肢になったと。

「言葉は大丈夫なの？」

「ネルグランディ領はサイリユウムとの国境だからね。領民も半分ぐらいはサイリユウム語が話せるのよ。もちろん私も日常会話なら話せるし、読み書きは……頑張ればなんとか」

カインの心配の言葉に、コーディリアは胸を張って答えた。確かに、前にキールズもそんなことを言っていた気がする。

何にしろ、もう入学が決定している状態でカインが何を心配しても覆ることはないのだろうから、反対するよりも、今後お互いに楽しい学園生活を送れるように協力すべきだろう。

「わかった。僕もこっちに来て戸惑ったり困ったりした事もあったし、たぶんコーディリアも同じような事で困ることになるかもしれないから、先に色々アドバイスするよ。入寮の準備は明日からら？　それも手伝うし、必要なら書き込みされている教科書とノートもあげるよ」

「至れり尽くせり！」

「でも、僕に頼りすぎないでちゃんと友人も作るんだよ？　コーディリアは立場が子爵家令嬢って事になるんだよな。もし立場を笠に着ていじめられたら言いなよ？　公爵家令息の立場でやり返してやるからね。あと、寮は二人部屋になると思うからルームメイトと仲良くするんだよ。カディナは連れて行けないんだから、おなか出して寝ないようにね」

「カインは私の乳母なの⁉」

「かわいい従姉妹が心配なだけだよ！」

カインとコーディリアは一歳しか違わないが、カインがアラサーまで生きた記憶を持っているせいか、十二歳で親元を離れて寮暮らしをするという立場に対してつい親心が出てしまっている。

その後、コーディリアに「カインにかわいいとか初めて言われた気がする」とか言われてしまったカインだが、照れ隠しだろうと流していた。

入寮の準備や作業については使用人や外部の人足を雇って寮内に入れることも可能なため、カインやイルヴァレーノ、カディナ、その他邸の使用人たちに手伝ってもらってコーディリアの入寮準備はつつがなく済んだのだった。

カインだけが「女子寮の方がきれいで広くて調度品が豪華だった」と若干の不満顔になっていた。


入学・進級準備休みも終わり、授業が始まってしばらくが経った。

級友たちと別れて一人三年生へと進級したカインだったが、学内アルバイトなどで知り合った先輩が数人同じクラスに所属していた為、スムーズにクラスに溶け込むことが出来ていた。

進級に伴ったクラス替えなどは無いのだが、二年生から選択授業が始まるため、クラス外に仲の良い友人などが出来たりするらしい。

三年生ともなると、二年生の時の選択授業で意気投合した友人などと昼食を取る者も多く、クラス内の人間で固まって何かをするという事は少なくなっていた。

そのため、カインは引き続きジュリアンやアルゥアラットたちと昼食を取っている。

「カイン様は、三年生で選択授業何を選んだの？」

ディンディラナがフォークで鶏肉を突きつつ話しかけてきた。行儀が悪いとジェラトーニが肘でその脇腹を突いているが、ディンディラナは気にしていなかった。

「選択授業を選ばないのも有りって話だったから、今のところ何も取ってないよ。飛び級の為の勉強で一杯一杯だったから、選択授業の事調べるの忘れてたよ」

サイリユウム貴族学校の選択授業は、カインの前世のような「美術か書道か」「工作か家庭科か」といった物ではなく、「騎士科」「家政科」「他国言語・文化科」といった将来の就職に結びつく選択となっている。特に騎士科は貴族の三男以下の者には人気が高く、熱心な者は一年生の頃から騎士科の放課後訓練に参加していたりする。ジュリアンの乳兄弟で側近候補のハッセなどがそうである。

また、子爵家以下の家格の子どもなどは、高位貴族家に侍女や侍従、執事などとして働きに行く可能性も高いので、そういった将来を目指すのであれば家政科などを選択するようだった。

自分で調整ができるのであれば、選択授業を複数受けることも可能である。

「騎士になる気は無いし、一応公爵家の長男だから家政科も必要ないしなぁ。あぁ、でも髪の結い方とかドレスの手入れの仕方とか習っておくと、ディアーナを着飾ったり出来るようになるのかな」

「でた、ディアーナ嬢の為。隠す必要がなくなったらシスコン発言が止まらなくなったね」

「いっそディアーナ嬢の侍女になって嫁入り先までついて行けば良いんじゃないか？」

ディアーナの為に家政科を取ろうかと言うカインに対して、ディンディラナとジェラトーニがからかい、

「それは良いな。カインならきっとメイド服すら美しく着こなすであろうからな」

と、二度もカインに女装をさせたジュリアンがニマニマと笑いながら乗っかってきた。

「それもありかもねぇ。私はディアーナの侍従として働き、ディアーナは婿を取って公爵家を継げば良い」

ディアーナが嫁に行かず婿を取って家を継ぐのであれば、王太子ルートと隣国の第二王子ルートは潰れるのだ。そう考えて真剣な顔で頷くカインに、

「いや、本気にするでない」

「怖いよカイン様」

友人達はドン引きである。

「そう言えば、最近のカインは髪の毛がツヤツヤしてますますまぶしくなってきておるな？」

「イルヴァレーノがこちらに残ったんで、進級準備休暇中ずっと手入れされてましたから」

話題を変えつつ食事を進めながら雑談をし、そろそろ食後のお茶でも取ってこようかとじゃんけんをしようとした時だった。

「カイン！　助けて！」

食堂の奥から、コーディリアが早足で助けを求めてやってきた。

「コーディリア嬢！　私はもうあなた以外考えられないのです！　今日こそこの心の叫びを聞いて

いただきたい！」

「おぉ、コーディリア嬢！　俺は君のことを考えて昨夜も眠れなかったんだ！　どうか俺の魂の願いを聞いてくれ！」

コーディリアは令嬢らしく走らないようにと気を遣っていたせいか、逃げたかったらしい人物にはすぐに追いつかれてしまっていた。

そして、カインたちの座るテーブルの前に立ち尽くすコーディリアと、その前にひざまずいて手を差し伸べる男子生徒二人が芝居がかった口調でコーディリアに話を聞けと請うという、よくわからない場面を見せられていた。

「私は次男だが、兄に万が一があれば侯爵を継ぐ可能性だってあります。侯爵家を継がなくとも兄の補佐として領地運営に携わることになるでしょう。なぁに、兄には王都で王へとお仕えすることを勧めれば、領地の実質支配権は私の物です。何も不自由をさせる気はありません。どうか私にあなたを幸せにさせてください」

「俺は三男だが、次男のこいつとは同じ年だ。腕っ節が強いから騎士を目指しているし最終的には騎士伯の称号を取るつもりだし、何ならウチの領地は僻地だから魔獣退治のために領に騎士団を結成させて辺境伯を名乗ったって良いと思っている。そうなれば、領地の実質支配者は俺ってことになる。絶対に幸せで楽しい人生にしてやるから、俺と一緒に生きてくれ！」

コーディリアの前に跪き、手を差し伸べて愛を告げる二人の男子学生に対して、コーディリアはこわばった顔をして自分の腕で自分の身を抱いている。

「お断りします！」

はっきりと断りの言葉を告げたというのに、男子生徒二人はちっともショックを受けた様子は無かった。

「コーディリア嬢は照れ屋さんですね」

「コーディリア嬢は素直じゃないな！」

「ねぇ⁉　あなたたち前向き過ぎなのではなくって？」

悲劇なのか喜劇なのかわからないが、とにかくコーディリアが困っているということはわかった。

カインは椅子から立ち上がるとコーディリアの前へ行き、男の子達の視線を塞ぐように立った。

「カイン！　困ってるの。なるべく、自分で解決しようと思ったんだけどもう全然話をきいてくれなくって」

カインの袖の肘のあたりをぎゅっと握り、眉毛をさげて見上げてくるコーディリアの顔は心細そうだった。肩越しに小さく頷いてみせると、カインは跪く二人の男子学生を見下ろした。

その顔立ちはまだ若干幼いので、おそらくコーディリアと同じ一年生だろう。学内バイトで寮の厨房に居たり図書館にいたり、神出鬼没なカインは貴族学校の生徒たちの顔を大体覚えている。会話をしたことが無かったり接点が無かったりで名前を知らない人は大勢いるが、顔はなんとなくわかる。まったく見覚えが無いのであれば、新一年生で間違いない。

「君たちは、誰かな？」

ひとまずカインは優しく声をかけてみた。

男子生徒二人はお互いに顔を見合わせると、立ち上がってカインと対峙した。

「あなたこそ、どなたですか」

「コーディリア嬢の関係者なのか？」

逆に誰何《すいか》されたカインは、口元に手を当てて思案顔だ。

先ほどのプロポーズまがいの台詞からすると、この二人は侯爵家の次男と三男の兄弟であるらしいことがわかる。

侯爵家より上の地位と言えば公爵家と王族しかいない上に、公爵家というのは大体王家からの派生なので数は少ない。その上、今現在貴族学校に在籍している公爵家といえばシルリィレーアをはじめとして女子生徒だけだったとカインは記憶している。

王族であるジュリアンの姿は、姿絵なり行幸やイベント毎の王室挨拶などで顔を見ることもあるだろうことを考えれば、ジュリアンではない男子学生に対して「同等か下位の家格」であると判断してもおかしくはない。

彼らの、無礼ではないが慇懃でもない態度はそういった判断からされたものだろう。

「私は、カイン・エルグランダーク。コーディリアの身内だよ」

カインと対峙しながらも、背中に隠れているコーディリアの様子を見ようと体を左右にずらしてのぞき込もうとする男子生徒に合わせて、カインもコーディリアを背中にぐっとくっつけて視線を塞ぐように体を移動させた。

「あぁ、もしかしてコーディリア嬢のお兄さん？　お話は聞いておりますよ。騎士になるために地元の学校に通っていたのではなかったのですか？」

「コーディリア嬢の兄上か！　では俺の兄上ということだな！」

どこまでも前向きな子たちだな、とカインは苦笑した。

キールズの存在は知っているようだが、名前までは知らない様子だ。カインとコーディリアは従姉妹ではあるが、髪の色も瞳の色も異なるし、顔つきもあまり似ていない。

先輩にリムートブレイクからの留学生がいると知っていれば、兄よりもそちらの方を先に思いつくだろうに、兄であった方が都合が良いからだろうかそう思い込んだようである。

どうしたもんかとカインが考えていると、クツクツと笑いをこらえようとしてこらえ切れていない声が聞こえてくる。チラリとテーブルを見ればジュリアンがうつむいて肩をふるわせていた。面白がっているのだ。そして、向かいに座っていたディンディラナが頭を抱えて机に突っ伏してしまっていた。

「ひとまず、今日のところはお引き取り願えないだろうか。コーディリアも混乱しているし、ここは人目が多い。君たちも、コーディリアに恥をかかせたいわけではないでしょう？」

カインはその場で二人を言いくるめて追い返し、コーディリアを同じテーブルに座らせた。

「コーディリアはもうお昼ご飯は食べた？　まだ？　じゃあ取ってきてあげるよ、何が良い？　鶏肉ね、わかった。ジュリアン様、コーディリアに手を出したら怒りますよ。アルゥアラット、私が居ない間にコーディリアによってくる奴がいたら追い返しておいて」

カインがテキパキと動いてコーディリアの世話を焼き、ジュリアンがそれを面白く眺めつつ手を上げて、近くの席に座っていたシルリィレーアとユールフィリスを呼び寄せた。アルゥアラットとディンディラナが近くの席から椅子を拝借してきて、六人用テーブルに八人座ってようやく落ち着いたのは昼休みが終わる十分ほど前だった。

「申し訳ない。あの二人は僕の弟たちだ。後できつく言っておくよ」

コーディリアが食事を終え、カインの分のデザートを急いで食べようとしていたところで、ディンディラナがそう切り出した。

「ディンの弟だったのか。カイン様のこと言ってなかったのか？」

「言っていたよ。隣国から凄い魔法使いが留学してきたって。花祭り休暇と夏休みで帰省した時にね。弟たちは凄い凄い、来年お会いできるのが楽しみだって跳びはねていたんだけどなぁ」

どうも、ディンディラナが帰省時にカインの事を色々と話していたらしい。もちろん、第一王子であるジュリアンと同じクラスになったとか、アルゥアラットやジェラトーニといった楽しい友人が出来たということも併せて話してあったという。

「あの二人、最初はクラスの別の女の子に可愛いねとか愛らしいねとか声を掛けていたのですわ。でも、先生が入ってきて自己紹介をするようにおっしゃって。私がリムートブレイクからの留学生だって聞いた途端に、私に言い寄ってくるようになったんですの！」

その場にジュリアンを含む上級生の男子が居て、そしてお嬢様オーラを身にまとったシルリィレーアとユールフィリスに挟まれているという状況で、コーディリアはがんばって身につけてきた令嬢仕草と言葉で一生懸命、丁寧に怒っていた。

「君がいれば夏に冷たい飲み物を飲めるのかい？　とか、君がいたら水場の近くでなくても野営が出来るんだろう？　とか言うんですのよ！　私の事を、便利道具としてそばに置きたいだけなのよ！」

プリプリと怒るコーディリアの前に、ディンディラナが申し訳なさそうに自分の分のデザートを差し出していた。

話を聞いてみれば、コーディリアが怒るのも無理はない。カインたちの目の前ではあなた以外考えられないだの夜も眠れないだの、甘い言葉とも思える台詞を言っていたが、幸せにしてやると言いつつ好きだの愛してるだのという言葉は言っていなかった。

「そういえば、同じ学年ってことはあの二人は双子なんですの？」

コーディリアがディンディラナのデザートに手を付けたことによって文句が途切れたので、シルリィレーアが疑問を口にした。ディンディラナは「あぁ」と今気がついたように目を開き、なんてことないように肩をすくめると、

「上が第二夫人の子で、下が第三夫人の子なんですよ」

と答えた。ディンディラナの話によれば、三人の夫人はとても仲が良く、結婚当初から仲良く同時に子を産みましょうねなんて言っていたそうだ。ただ、跡継ぎ問題が面倒くさくならないように第一夫人の子が一番先になるようにしてくれと祖父母から頼まれたらしく、ディンディラナが一年早く生まれたという事らしかった。

一夫多妻の家庭にも色々あるのだなぁとカインは少し遠い目をした。

ディンディラナが弟たちをたしなめることを約束し、シルリィレーアとユールフィリスも仲の良い令嬢たちにコーディリアを気に掛けてあげてほしいとお願いしてくれることになった。

「確かに、魔法が使えれば便利だと思いますが、その言い様はひどいですね」

「ですよね！」

学校が始まって最初の休息日。エルグランダーク邸のティールームにジャンルーカとコーディリアが並んで座っていた。二人とも両手のひらを胸の前でお椀のように差し出して、その中に魔法で小さな炎を燃やしていた。

これはコーディリアとキールズの魔法の先生が教えてくれた魔力制御の練習方法だそうで、一定の時間、一定の大きさで炎を維持し続けることで魔力の放出量を調整できるようになるのだそうだ。

「だいたい、今のこの国の法律ではコーディリアと結婚したところで『便利道具としての妻』にはならないから意味が無いと思うけどね」

ジャンルーカの書いた、ディアーナとエリゼ宛ての手紙を添削しているカインが顔を上げずに口を挟んだ。

「どういう意味？」

「この国では、魔力を持っている人は魔力封じのブレスレットをして暮らさなくちゃいけないってルールがあるからね。今、僕とコーディリアは留学生で他国の人間だから免除されているけど、この国の人と結婚してこの国の人間になったなら、魔力を封じられる事になるだろう？」

カインは頭を上げると、手元の便せんをそろえてジャンルーカの前へと差し出した。

「大体問題ありませんでした。リムートブレイク語の記述が上手になってきましたね。何カ所か、口語文になってしまっているところがあったので、そこだけ直しましょうか」

「はい！　あと五分、魔力制御の練習を続けてから見直します！」

王都サディスにエルグランダーク邸が出来、ここで授業をするようになってから、二人の王女に邪魔されることもなくジャンルーカのリムートブレイク語の授業は順調である。

コーディリアが留学してきたことで、魔法の練習をコーディリアとやって、その間にカインがリムートブレイク語の宿題等の添削をする、ということが可能になりジャンルーカの勉強が効率よくなっていた。

「でも、今の私たちみたいに家の中であれば魔力を封じないで魔法を使っていても罰せられるわけではないのでしょう？」

「魔力は持っていても魔法の使い方を学ばなければ意味が無いから、家の中と外で着けたり外したりする意味は無いのだけどね。……確かに、コーディリアのように魔法が使えるのであれば家の中で生活に便利な魔法を使うのは可能かもしれないね」

「やっぱり、あの二人と結婚なんかしたら家の中に閉じ込められて便利な生活道具として使われるんだわ！」

「ディンディラナは良い奴なんだけどな。昼食は僕たちと食べる事にするかい？　コーディリア」

「ありがとう、カイン。でもいいよ。あの二人のおかげ？　でクラスの女の子たちが一致団結して仲良くしてくれるようになったの。もし爵位でごり押しされるようなことがあったら助けてね。今のところはそんなことないんだけど」

カインは公爵家の嫡男で、コーディリアはその従姉妹ではあるが、立場としては『子爵家の令嬢』である。

学びの場では平等と言われてはいるものの、それはクラスを爵位で分けない、テストの結果に立場で忖度したりしない、といったことをさしての事である。声かけは高位の者から、挨拶は低位の者から、といった礼儀作法などについてまで撤廃されるわけではない。

万が一、爵位を盾にごり押しされればコーディリアの立場は弱い。ディンディラナの家は侯爵家なのだ。

「五分経ったね。魔力制御の練習をとめて一旦休憩しましょうか」

そう言ってカインが振り返ると、イルヴァレーノとカディナが頷いてお茶の用意をし始める。テーブルへと向き直ったカインは、まだ魔力制御の練習の炎を手の上にともしているジャンルーカを目にした。その目は真剣そのものだったが、魔力制御に集中していると言うよりも、魔法の炎を見ながら何か深く考え事をしているようだった。

「ジャンルーカ様？　休憩しましょう。根を詰めると疲れてしまいますよ」

カインがテーブルの上に身を乗り出して、肩を優しくたたく。ハッと顔を上げたジャンルーカは、照れたように笑うと魔法の炎を消して両手をグッと握りしめた。

「大丈夫ですか？　ジャンルーカ様」

「大丈夫。ありがとう」

カインの優しい声に、ジャンルーカもにこりと笑って答えた。三人の前にお茶の入ったカップが置かれ、カインが茶請けの菓子とお茶を一口ずつ飲んでジャンルーカへ頷いて見せた。

そこから、カインが学校の話をしたり、ジャンルーカが読んだ本の話や今日学んだ魔法について質問し、それに回答しつつ、それにつられて思い出したカインやコーディリアの魔法初心者時代の失敗談などを披露して盛り上がった。

魔法の先生が二人になり、リムートブレイク語での話し相手も増えたことで、ジャンルーカの語学と魔法の実力がぐんぐんと伸びている。

また、この日以降。ジャンルーカは魔法の練習をしながら時折考え事に集中している事が増えた。

カインやコーディリアが席を外した時などに、イルヴァレーノやカディナに積極的に話しかけ、魔法がある国での使用人の仕事の仕方や、待遇などをそれとなく聞いたりして、また考え込むといったことを繰り返していた。

コーディリアの「魔法使いを家に囲って便利道具として使う」という言葉について、ジャンルーカにも思うところがあったようで、色々と考えているらしかった。

花祭り・ジャンルーカの失恋

今年も、花祭りの季節がやってきた。

花祭り休暇は二週間あるので、カインは飛竜を使ってリムートブレイクに帰ろうとしたのだが、ディアーナから「今は帰ってきちゃダメ！」という手紙が届いたので今年もミティキュリアン公爵邸で給仕のアルバイトをすることになっている。

手紙を読んだ直後は三日寝込んで、イルヴァレーノからパンを無理矢理口に突っ込まれていたカイン。なんで？　どうして帰っちゃ駄目なの？　もしかしてディアーナに嫌われた？　と落ち込み、理由を聞こうと手紙を立て続けに出し、仕舞いには「嫌われても帰る」と言い出したカイン。

イルヴァレーノから、

「本当に嫌われて良いのか？」

と怖い顔で責められ、

「カイン大好きディアーナが帰ってくるなっていうんだからよっぽどの理由があるんじゃない？」

とコーディリアに窘められ、

「過保護すぎじゃない？　愛情って押しつけ過ぎると嫌われるよ」

とアルゥアラットに言われてようやくカインは諦めた。

「そういえば、ウチは庭園開放しなくていいのかな？」

昨年とは違い、今年はエルグランダーク家も王都サディスに家がある。しかも、隣国とはいえエルグランダークは公爵家なのだ。庭園開放の条件に照らし合わせれば対象となるはずでは？　とカインは心配していたのだが、ダレンによれば主人不在の家はやる必要が無いだろうとの事だった。

庭園開放は、種まきや畜産の種付け等で王都から領地へと移動する貴族がいることに対して、王都に残った貴族に散財させてバランスを取るのが目的の一つなのだ。

隣国の貴族であり、主人である公爵本人や公爵夫人が自国に戻っていて不在であるのならば、領地に戻っている貴族家と同じと考えて良いだろうという判断だった。

また、貴族に対する王都民の心証を良くするという側面もあるのだが、それについても隣国の貴族がこちらの王都民と親密になりすぎてもあまり良くないのではないか、という心配もしていた。

どちらにしろ、エルグランダーク家サディス邸に今いるエルグランダークはカインとコーディリアだけで、どちらも学生の身分である。王都民への軽食の振る舞いや挨拶に来る貴族への対応などをするには若すぎる。何かあったときに責任を取る立場の者がいないのでやらない方が良いだろうというダレンの意見にカインも賛成だった。

そういうわけで、カインは今年も給仕バイトに精をだすことにしたのだ。

「コーディリアはどうするの？　ネルグランディ城までなら馬車で三日だし、帰省しても結構ゆっくりできるんじゃないか」

「来たばかりだもの、まだ帰らないわよ。カインと違って私は兄さんと会えないからってじんましん出たりしないから」

「僕だってディアーナに会えないからってじんましんは出ないよ」

「出るのは涙ですよね」

「ぷっ……」

花祭り休暇前最後の授業を終え、エルグランダーク邸へと帰ってきていたカインとコーディリアは、夕飯前の一休みとしてティールームでお茶を飲んでいた。

明日からの花祭りをどう過ごすかを話しているが、コーディリアは帰省しないという。では、給仕のアルバイトを一緒にやるかとカインは誘ってみたが、それについては断られた。

「クラスの友達が、一緒に花祭りを見に行こうって誘ってくれたの」

「友人ができたんだね、良かった」

「……あの二人も一緒なんだけどね」

コーディリアは、相変わらずディンディラナの弟二人から声を掛けられているらしいのだが、カインに助けを求めた頃にくらべれば大分おとなしくなってはいるらしい。兄であるディンディラナから叱られた上に、コーディリア以外のクラスの女の子たちからもけん制されているらしく、今ではちょっとなれなれしい男友達程度に落ち着いていているらしい。

「イルヴァレーノとカディナはどうするの？」

カインは振り向いて、壁際に控えている使用人コンビを見た。コーディリアは学校の友人と出かけるのに乳兄弟であり侍女であるカディナは連れて行かない予定だ。友人たちも連れて行かないのであれば、自分も連れて行くわけには行かないと申し訳なさそうな顔をしていた。

イルヴァレーノも、最初はカインと一緒にミティキュリアン家の給仕をすると申し出たのだが、シルリィレーアの直接の友人でもない子どもを給仕として使うわけにはいかないと断られてしまった。

「平民の客として、ミティキュリアン邸にお伺いしてカイン様のおそばにいようと思います」

イルヴァレーノはしれっとカインのそばにいると宣言した。

「ミティキュリアン邸の振る舞う食事はおいしいからね。小さい子も沢山あつまる庭だからお菓子も沢山あるから楽しむと良いよ」

イルヴァレーノの言葉に、カインはそう言って頷いた。

「私は、侍女仲間と一緒に出かける予定です。こちらに来てからあまり外に出ていないので、街の案内や買い物先などの説明などをこの機にしていただく予定です」

エリゼがリムートブレイクから連れてきてそのままこの邸に残っている使用人も何人かいるので、まだ若干言葉に不安のあるカディナも彼女らと一緒であれば気安いのだろう。寮住まいのコーディリアと離ればなれになっているが、カディナなりになじんできているようだ。

「街中でナンパされてもついて行っちゃダメよ。カディナは可愛いんだから」

「コーディリア様こそ、知らない人について行ってはいけませんよ。露店が多く出るそうですが、食べ過ぎも注意してくださいね。お肉ばかり食べてもいけませんからね」

それぞれの花祭りの過ごし方を確認して、お茶の時間は終わりになった。

花祭りも五日目ぐらいになると、給仕アルバイトをしている者同士で仲も良くなってくる。貴族の庭園開放を巡る庶民たちもお気に入りの庭というものが出来てきはじめるのか、何度も来るので顔なじみになってくる庶民も増えてくる。

シルリィレーアの実家であるミティキュリアン邸の庭にも、五日目にして主となっている客がいる。赤い髪に赤い瞳、無口ではあるが同じく客としてきている子どもたちの面倒を何かと見ている少年。イルヴァレーノである。

「イル兄ちゃん、ベリージャムの乗ってるビスケットはぁ？」

「ビスケットは同じオーブンで三種類を順番に焼いていて、ついさっき薔薇ジャムのビスケットが出てきたばかりだから後三十分は出てこないよ」

「えーっ」

去年のカインの対応が好評だったのか、ミティキュリアン邸の庭には、メイン広場からすこし外れた場所にラグが敷いてある。そこは椅子ではなくラグに直接座ってお菓子を食べている子どもたちが集まっていた。

イルヴァレーノはそのラグの隅っこにちょこんと座っているだけなのだが、何かと子どもたちに話しかけられては端的に答えたり、暴れたりはしゃぎ過ぎそうになるのをそれとなく気をそらしておとなしく遊ばせたりしていた。

それが、初日から五日目である今日まで毎日である。

「いや、正直助かるんだけどね？　イルヴァレーノも遊びに行ってきていいんだぞ」

カインがビスケットの乗った皿を片手に、子どもたちのいるピクニック区画にやってきた。

「あ！　ベリージャムのビスケットだ！」

「あちこちのテーブルで半端に余っていたの集めてきたぞ。次の分が焼けるまでみんなで分けて食べるように！」

「やったぁ！」

ベリージャムビスケットを楽しみにしていた子どもに皿を渡すと、カインはサロンエプロンを外してイルヴァレーノの隣に腰を下ろした。

「僕はここに遊びに来てるんですよ」

「ちゃんと楽しんでる？」

「人混みをするするよけて歩くカイン様をみて楽しんでます」

真顔でそんなことを返すイルヴァレーノに肩をすくめたカインは、

「そうかい」

と答えると薔薇ジャムのビスケットを口に放り込んだ。

「酸っぱ」

薔薇ジャムは、色をきれいに出すために柑橘の果汁がふんだんに入っているから酸っぱいのだ。

花祭りの中日にはジュリアンがやってきて、庭にいる庶民たちに穏やかに手を振って見せた。ユールフィリスは自分の家の庭園開放そっちのけで一日おきにやってきていた。

「お兄様が仕切っているから私がいなくても大丈夫ですのよ」

と笑っていたのだが、いつも昼過ぎに侍女がやってきて引きずられて帰って行った。いなくても大丈夫じゃないんじゃん、とカインとシルリィレーアで苦笑いをして見送った。

客として子どもたちに交じって居座り続けていたイルヴァレーノは、時々ふらりとテーブルの間を歩いて回り、銀食器などをこっそりとポケットに入れている人から取り返してテーブルに戻すという作業をこなしていた。

コーディリアは学校で出来た友人たちと一緒に遊びに来たが、その中にディンディラナの二人の弟も交じっていた。何くれとコーディリアの世話を焼いて気を引こうとしている二人だったが、コーディリアは冷めた目で軽くあしらっているし、周りを女子友だちが囲ってガードしていた。

しつこいようにも見えたが、弟たちの行動は貴族令息の礼儀正しさの範囲内であったのでカインは微笑ましく見守るにとどめていた。

イルヴァレーノが居座っているので、カインは休憩時間を子どもピクニック区画で過ごしていたのだが、髪をいじりたいという女の子たちに好きにさせていたら日を追う毎に奇抜な髪型になっていってしまい、日々寝る前のお手入れ時にイルヴァレーノがブチブチと不満を漏らしていた。

そんな感じで過ぎていった花祭りの、六日目。貴族の庭園開放最終日にジャンルーカがやってきた。

「ちょっと、カインに相談事があってきたんだけど。なんだか凄い豪華な髪型になっているね」

いつも通りに休憩時間を子どもたちと一緒に過ごしていたカインの髪型は、耳の上ぐらいから無数の細い三つ編みになっていて、その三つ編み同士を蝶の形にしてリボンで結んでいたり輪っかにして鎖のように互い違いに絡ませたりされていた。

「似合いますか？　彼女たちの渾身《こんしん》の作品ですよ」

「……。に、似合っていると思うよ」

困ったような顔で笑いつつも、小さな女の子たちに向かってジャンルーカがそういえば、女の子たちはきゃあきゃあと喜んだあと、恥ずかしくなったのかそそくさと薔薇の垣根の後ろへと行ってしまった。

「それで、相談事とはなんでしょう？　場所を変えた方が良い話ですか？」

カインが腰を浮かせながらそう言えば、ジャンルーカは手でそれを制した。

「ここで良いよ」

ジャンルーカはそう言ってカインの隣へと腰を下ろした。イルヴァレーノがさりげなく子どもたちをシートの反対側へと連れて行ってみんなでできる手遊びを始めると、カインとジャンルーカの周りには誰もいなくなった。

出来る侍従である。

会場の賑わいが子どもたちのピクニックコーナーまで届いており、そのざわめきに紛れて二人の会話は周りの人には聞こえない。

「前にカインは、有力な人材を兄上が直接手に入れるのではなく、僕が手に入れた上で兄上を支えるのでも大丈夫なのだって教えてくれたよね」

カインの髪を編みながら、女の子たちが食べていた薔薇ジャムのビスケットがその場に残されていた。ジャンルーカはカインに声をかけつつ、ビスケットを一つつまんで口に放り込んだ。

「酸っぱ」

顔を思い切りしかめたジャンルーカの様子にカインは笑いそうになるのをこらえながら、小さく振り向いて片手をあげた。子どもたちと遊んでいたイルヴァレーノがそばにいた子の頭をひとなでして立ち上がると、飲み物を運んでいる給仕のところへと向かっていった。

「確かに、言いましたね。一人で全てを仕切ることは出来ないのだから、役割分担ができる優秀な人がそばにいる方が良いって話でしたよね」

「うん」

何でもかんでも兄であるジュリアンに譲ろうとするジャンルーカに、カインは騎士団の指揮系統を例に挙げて説明したことがあった。

ジャンルーカはジャンルーカで独自に人脈をもち、それらを兄のために有効活用する方がジュリアンの手間が省けるのだから、優秀な人材を譲るのではなく自分の人脈として活用する方が良い、という説明をした。

ただ、カインとしてはジャンルーカが友人になりたいと思った人と自由に友人になれば良いという思いがあるだけで、ジュリアンに譲らなくて良い理由をこじつけて説明しただけなのだが。

戻ってきたイルヴァレーノがジャンルーカとカインに果実水の入ったコップを手渡した。

「ありがとう、イルヴァレーノ。……それで、ジャンルーカ様。どなたか有力な人材でも見つけられたのですか？」

イルヴァレーノに礼を言いつつ、ジャンルーカに話の続きを促した。ジャンルーカはイルヴァレーノから受け取った果実水で口の中の酸っぱい薔薇ジャムを流して人心地つけてから、改めてカインに向き直った。

「有力な人材を兄上が直接手に入れるのではなく、僕が手に入れたうえで兄上を支えるのでも大丈夫なのだったら、シルリィレーア姉さまを僕のお嫁さんにしてもいいよね⁉」

一般に開放されているミティキュリアン邸の庭園。ジュリアンと談笑しているシルリィレーアの方をうっとりと見つめながら爆弾発言をこぼしたジャンルーカ。

その発言に思わずカインが果実水入りのカップを取り落とし、イルヴァレーノが地面落下の直前でカップをキャッチした。

「ジャンルーカ様は、シルリィレーア嬢の事がお好きなのですか？」

なんとか正気を取り戻したカインは、なんと言って説明をすれば良いのか迷い、しかし黙ったまま というわけにもいかないのでとりあえずといった感じで基本的なことを聞いてみた。

ジャンルーカはその質問に、照れくさそうに笑いながら頬を染めて小さく頷いた。

「シルリィレーア姉さまは、顔も御髪もお美しいですし、いつだって僕にお優しくて、フィールリドルとファルーティアを躱すのもお上手です。ふたりから僕をかばってくれたのも一度や二度ではなくって、その」

シルリィレーアの良いところをあげながら、うつむいていった顔は真っ赤になっている。

ジャンルーカは、ジュリアンと同じくサイリユウム国王陛下と王妃殿下を両親にもつ第二王子である。

今のところ、ほぼほぼジュリアンが王位継承者という雰囲気で物事は進んでいるようだが、ジュリアンはまだ立太子していない。二人の王子の他は、王の血筋は第一側妃の子である二人の王女しかおらず、サイリユウムは基本的に男児が跡を継ぐ事になっている。

そうなると、第二王子を次代の王に！　とジャンルーカを担ぎ出す第二王子派みたいなのが出てきそうなものなのだが、今のところそういった物騒な話はカインの耳には入ってきていない。

もしかしたら、ジャンルーカが魔力持ちであることも要因の一つである可能性はあるが、ジュリアンが意外と優秀であることと、公爵家令嬢のシルリィレーアと婚約関係にあって後ろ盾がしっかりしている事が主な理由であろうと思われる。

カインが留学してきて、騎士たちの前で魔法で魔獣を一掃してみせたり、火をおこさずに湯をわかして見せたり。公爵家や侯爵家の子息令嬢の前で魔獣を翻弄してみせたり結界を張って身を守ってくれたり。

そういった『魔法の便利さ、有用性』を目にした若い世代が、サイリユウムでも魔法を解禁しようと考えはじめれば、ジャンルーカが魔力持ちであることは却ってプラスに作用する事になる。

その上で、シルリィレーアという婚約相手まで得てしまえば、ジャンルーカは後ろ盾まで得ることになる。

「ちょっと、政治的な意味でも難しいですね……」

カインが渋い声でそうつぶやくのを聞いて、ジャンルーカは顔を上げた。

ここまで、語学と魔法の家庭教師として優しく接してくれていたカインは、このうちあけた恋についても応援してくれるとジャンルーカは思っていたのだ。

魔力を持っていることを肯定してくれて、使い方を教えてくれて、やってみて出来れば褒めてくれていたカイン。

仲の悪い姉と妹に対して、「兄弟なんだから仲良くしなさい」なんて言わずに「じゃあ嫌いになりましょう」と言ってくれたカイン。

悪口を言うことを肯定してくれた上にやっぱり嫌いになれないという気持ちも肯定して「それでいい」と言ってくれたカイン。

ジャンルーカの事をずっと肯定して、応援してくれていたカインだからこそ、この「シルリィレーアを兄ではなく自分のお嫁さんにしたい」という相談にも頷いてくれると思っていたのだ。

目を見開いて、ショックを受けたような顔をして見上げてくるジャンルーカに、カインも眉毛をさげて困った顔で視線を返した。

「まず、友人や知人、そして有力な人脈、それらと恋人や伴侶というのは違うんです。友人は共通の友人という立場が許されます。私はジュリアン様の友人でもありますし、ジャンルーカ様の友人でもあります」

「うん」

ジャンルーカは、カインの言葉に素直にうなずく。

「でも、恋人は違います。お互いを愛する人はお互いだけ。複数の人を同時に愛してしまった場合、愛されている方はそれを裏切りだと感じる事もあります」

「でも、父上は妻を四人娶《めと》っています。シルリィレーア姉様のお父上も奥方が三人います」

「ミティキュリアン家はわかりませんが、王家はそれで王妃殿下と第一側妃殿下の仲がおわるいのではなかったですか？」

「それは……」

王家と距離を置こうとしているカインでも、噂話などは耳に入ってくるし二人の王女が『母の教育』によってジャンルーカを下に見ていじめていたことを見てもわかる。

第一側妃の方は明らかに「王の寵愛を王妃より得ている」と誇示しようとしている。それが愛から来る嫉妬による物なのか、立場を確固たる物にするための政治的な物なのかはわからないが。

「それに、この国の一夫多妻制は旦那さんがお嫁さんを沢山もらえますという制度ですが、その逆はありませんよね。これは、沢山の人を同時に愛せるから出来た制度ではなく、血筋を残す為の仕組みとしての制度でしかないからですよ」

ディンディラナの家は、当主がまんべんなく三人の夫人を愛しているらしいがとりあえず今は置いておくことにした。

カインは置いておくことにしたのだが、

「その通り！　この国の一夫多妻制は間違っています！」

「そうだ！　爵位関係なく、多夫多妻制にするべきだ！」

すぐ後ろで、そんな声が上がった。

カインとジャンルーカ、二人が振り向いてみればそこにはディンディラナの二人の弟と、頭を抱えているコーディリアが立っていたのだった。

「そもそも、サイリユウムも昔は一夫一婦制でした。子を残す必要のあった王家ですら、一夫一婦制だったんですよ」

「それが、ある時から王家と侯爵家以上の家では一夫多妻が義務づけされたわけだ」

ディンディラナの弟たちは靴を脱いでラグの上に上がってくると、ハンカチをそれぞれ取り出して二枚重ねてラグの上へと敷いた。そして二人でコーディリアに向かって両手を広げてそこに座るようににこりと笑う。

「コーディリア防衛隊はどうしたの」

「今日は最終日だから、みんなそれぞれ目当てのお庭に遊びに行っているわ」

ジャンルーカとカインの秘密のお話だと思って、小さな女の子たちは気を利かせて場所を空け、男の子たちはイルヴァレーノが遊んでやることで遠ざけていたというのに、ディンディラナの弟たちは遠慮なく話へと入り込んできた。

さぁさぁと言わんばかりに重ねて敷いたハンカチの上をパシパシとたたいてコーディリアを促す二人の男子に、コーディリアは困ったような顔をしてカインを見た。

「このラグの上はきれいだから、ハンカチの無いところでも大丈夫だよ。好きなところに座るといいよコーディリア」

もう、ディンディラナの二人の弟はラグの上に上がり込んでしまっている。カインとジャンルーカの二人で内緒話というわけには行かないのだから、コーディリアだけ追い返しても仕方がない。コーディリアがよそへ行けば二人の男子もいなくなるとは思うのだが、それではあまりにもコーディリアが可哀想だとカインは思った。おそらく、コーディリアは花祭りの庭園開放最終日に、カインに会いに来たのだろうから。

コーディリアは、靴を脱がずにラグの端っこにちょこんと座った。カインの隣に。

「この国が一夫多妻制になったのは、魔獣大発生という災害が起こった時に貴族の戦える男性が総動員されて数が減ってしまったせいなんですよ」

「男が死んで女が余ったんで、結婚できない女の為の救済措置として制定されたんだぜ」

数十年前に魔獣の大発生が起こり、それに対処したことで男性の数が減った。それによる寡婦や、婚約者を失った令嬢、婚約者や恋人はいなかったものの男性貴族の数が減ったことで嫁ぎ先を見つけるのが困難になってしまった女性に対する救済措置として制定されたのが一夫多妻制度なのだと、二人は言う。

結婚できない貴族令嬢というのは、生活に困窮する事が多い。低位の貴族令嬢は今でも王宮や上位貴族の家で侍女として働くこともあるが、それは上位貴族家に同じように働きに来ている貴族男性と出会って結婚する為であるともいえる。しかし、そもそも男性が少ないのであれば働きに出たところで結婚相手が見つかることも無い。

爵位が高く経済的にも余裕がある侯爵家以上の家に、妻として複数の女性を引き受けることを『義務』とすることで、魔獣討伐という国家事業で男性の人数を減らしてしまった事に対する保証としたのではないかと言うことだった。

「それで、義務なのか」

二人の話を聞いて、カインが頷く。

カインも以前から「一夫多妻が義務」というのが腑に落ちていなかったのだ。高位貴族の「権利」だというのであればまだわかる。貴族の爵位は上がるほど王家に血筋が近かったりするし、その家の事業とされていてもほぼ国家事業といえる仕事を抱えていることも多い。

故に、国としても没落してもらっては困るので血筋を残す為に妻を多く取るのを推奨するというのであれば理解が出来るのだ。

しかし、サイリユウムの「侯爵家以上は一夫多妻」というのは義務なのだ。

「しかし、魔獣の大発生というのはもう何十年も過去の話です。今では高位貴族が一夫多妻となっているために下位貴族では男子が余っている事すらあります」

「領地の北の方を管理してる男爵なんて、三十超えてるけど嫁が見つからないってぼやいてたしな」

「男性貴族の方が余っているのであれば、今度は多夫一妻制を導入すべきですね」

「それだ！　そうすれば、俺たち二人でコーディリアと結婚出来るな！」

「しませんっ！」

調子よく話を進めていく男子二人に、コーディリアがきっぱりと声を上げ、そしてカインの向こうに王子様がいることを思い出して顔を赤くしてうつむいてしまった。

「賑やかだと思ったら、ディンの弟たちではないか」

「コーディリア様もまた来てくださっていたのですね、楽しんでいただけているかしら」

ディンディラナの弟たちが張り切って声を上げているのを聞きつけて、ジュリアンとシルリィレーアが子どもたちエリアへとやってきた。

最終日なので、ジュリアンは主立った高位貴族たちの庭を巡り、最後に婚約者であるシルリィレーアの元へ訪れたところらしい。

ジュリアンの少し出した肘に、シルリィレーアが手を添える形でエスコートされている。

「ジュリアン第一王子殿下！　私はディンディラナの弟でエスターと申します」

「ジュリアン第一王子殿下！　俺はディンディラナの弟でアスクと申します！」

ディンディラナの二人の弟、エスターとアスクはやってきたジュリアンに向かってラグの上を膝でにじにじと歩いてにじり寄り、頭を下げて臣下の礼を取った。

「うむ。ディンから話はきいておるし、先日もその顔は見たな。頭をあげよ。今は花祭りの庭園開放中である。かしこまらずとも良い」

学校の後輩に対しているせいか、いつにも増して偉そうな言葉遣いでジュリアンが答えた。エスターとアスクはバッと顔をあげると膝立ちのままジュリアンに詰め寄り、眉をつり上げてその顔を見上げた。

「殿下！　一夫多妻制は魔獣討伐による男性減少に対する社会保障としての制度でした！」

「殿下！　一夫多妻制の社会保障としての役目はもうとっくの昔に終わってるっす！」

膝立ちの状態で下から熱心に話しかけてくるエスターとアスクに、ジュリアンはタジタジである。

「お、おう」

半歩退いてしまったジュリアンに、二人はさらにラグの上を膝で進んで距離を詰めた。

「一夫多妻制度を廃止し、多夫多妻制度を制定しましょう！」

「もちろん、義務ではなくて権利として！」

「爵位に関係なく、皆が享受できる制度として制定しましょう！」

「私たちが、コーディリアと結婚するために！」

「俺たちが、コーディリアと結婚するために！」

「しないってば！」

勢いにおされ、いまいち二人が何を言っているのか理解できていないジュリアン。

それまでカインの隣でおとなしく座っていたジャンルーカが何かに気がついたように身を乗り出した。

「兄上！　多夫多妻制になったら、兄上と僕と、どちらもシルリィレーア姉様と結婚出来るんじゃありませんか⁉」

「何を言っているんだ！　ジャンルーカ？」

エスターとアスクの勢いにおされ、訳のわからないことを言われて混乱しているジュリアンが、ジャンルーカの声を聞いてさらに混乱している。

混乱しているジュリアンを一旦無視して、ジャンルーカはラグから立ち上がるとシルリィレーアの前に立ち、ジュリアンの腕に添えていない方の手を取ってそっと握った。

「シルリィレーア姉様、僕は他の女性のお胸を凝視したりしません。誘われたからって知らない女性について行ったりしません。反省文として書きなさいって言われる前に恋文をお書きします。怒られてイヤイヤ言うのではなく、率先して気持ちをお伝えします」

「ジャンルーカ様……」

真剣な顔で言いつのるジャンルーカと、それを少し困った顔をしながら見つめ返すシルリィレーア。

カインとしては、ディアーナの他国への嫁入り阻止を考えるのであれば一夫多妻制廃止は賛成だが、それで多夫多妻制になるのであれば意味が無い。

ディンディラナの二人の弟エスターとアスクの言う通り、一夫多妻制が一時的な社会保障の為の制度なんだとすれば、一夫一婦制に戻してもらうようジュリアンに働きかけるべきなのだが。

「シルリィレーア姉様、僕。ぼくは、シルリィレーア姉様のことがっ」

ジャンルーカが、思い切った顔をして口を開いた。とっさに、まずいと思ったカインがラグから立ち上がろうとしたが、それよりも早くジュリアンが動いていた。

「もがっ」

「それ以上はならぬ。国を割る気か、ジャンルーカ」

腕に添えられていたシルリィレーアの手をほどき、ジャンルーカを抱き込むようにして自分の胸にジャンルーカの顔を押しつけ、黙らせた。

チラチラと、庭園の中央からこちらの様子をうかがう人の視線を感じる。カインがチラリとそちらを見れば、数人の大人がサッと視線を外したのが見えた。

高位貴族による、花祭りの庭園開放は主に平民向けのイベントではあるが、邸に庭を持たない低位の貴族や休暇中に帰省しない貴族学校の生徒なども やってくる。庭園開放をしている貴族同士も、お互いの庭の様子や振る舞っている料理の内容などを確認するために、挨拶という名の偵察に来たりもする。

そんな中、この国の第一王子と第二王子が何やらもめているような様子を目の端に捉えれば、気にならない訳がない。正式に婚約がなされているジュリアンとシルリィレーアの間に、第二王子であるジャンルーカが横恋慕する等という話が広まってしまえばどんな影響があるかわからない。

幸い、大人たちが楽しんでいる立食パーティーと、子どもたちが気兼ねなく遊べるピクニック区域はざわつきとして声は届くが内容までは聞き取れない程度には離れている。

それでも、王子同士がもめているというように見られるのはやはりまずい。

「あ、あー。やだなぁ、ジュリアン様もジャンルーカ様も。庶民派のおやつに興味津々だからって取り合いなんてしなくても、私が新しい物をお持ちしますよ！」

若干棒読みになりながら、カインがわざとらしく大きな声でそう言うと、こちらの様子を見ていた大人たちは「何だ、お菓子の取り合いか」「大人びて見えても、王子たちはまだ子どもですな」といった顔をして自分たちの雑談へと戻っていった。

その様子を見つつ、カインはシルリィレーアのそばまで行くと、

「今のうちに、お二人をどこか別の場所へお連れしてください」

と耳打ちした。それに頷いたシルリィレーアが、

「あ、あー。ジュリアン様、ジャンルーカ様。別室にて庶民派お菓子を用意いたしますわー。どうぞこちらにいらっしゃってぇー」

と、大きめの声で超棒読みでしゃべった。

ジュリアンはそれに苦笑しながら頷くと、ジャンルーカを胸に抱えたままシルリィレーアの後についていった。

別に二人の王子をそっと客室か屋内の応接間にでも案内してくれるだけで良かったのに、と思いながら、カインにつられて棒読み演技をしたシルリィレーアの背中を見送ったのだった。

ジュリアンとジャンルーカが子ども向けピクニック区域から離れると、散らばっていた子どもたちがわらわらと戻ってきた。場は一気に賑やかになり、少し微妙になっていた空気は瞬く間に霧散した。

なおも、コーディリアとの結婚について熱く語っていたエスターとアスクに対し、いい加減うんざりし始めていたカインは、

「コーディリアと結婚したかったら、私を倒してからにしてください」

と言い放った。

腕に自信のあるらしいアスクが、腕まくりをしながらカインに飛びかかってきたがカインにその勢いを利用されて一本背負いで投げられ、巴投げで放り投げられ、足払いで転ばされて半泣きになり、

「強くなって再挑戦してやる！」

と吠えていた。

「一学年上ですよね！　それぐらいなら学問で勝負できそうです！」

と、過去問によるテスト勝負を挑もうとしたエスターは、コーディリアが、

「カインは飛び級しているから今三年生よ」

と言ったことで勝手に落ち込んでいた。

「私を倒しても、第二第三のコーディリアの兄が君たちの前に立ちはだかるだろう！」

と悪役のノリでカインがうなだれる二人の頭上から声をかけ、コーディリアが、

「私の兄といえる存在はあと一人しか居ないわよ」

とつぶやいていた。

落ち込んでいたエスターとアスクだったが、夕暮れ時には立ち直り、

「無責任に女の子を置いていくなんて紳士ではありませんから」

「カイン様を倒す努力だって必要だけど、コーディリアに好かれる努力を辞めた訳じゃねぇから！」

といって、コーディリアをエルグランダーク邸まで送って行った。思い込みと行動力は激しいが、さすが侯爵家の次男と三男というか、紳士としてのしつけはされているようだった。

夕方になり、花祭り最終日の庭園開放も終了し閑散としたミティキュリアン邸の庭園。カインは会場の後片付けをしていて、ふと邸の方を振り仰いだ。ジュリアンとジャンルーカ、シルリィレーアはあれから戻ってきていない。

客として来ているというのに手伝っているイルヴァレーノと二人で、ピクニックコーナーに敷いてあったラグを畳んでいると、邸の方からジャンルーカがとぼとぼと歩いてきた。

そばに、ジュリアンとシルリィレーアは居なかった。

「カイン」

「はい」

ジャンルーカはカインの目の前まで来て立ち止まると、うつむいたままカインの名を呼んだ。

「一夫多妻制度を廃止して、多夫多妻制度を制定するにはとても手間と時間が掛かるそうです」

「ジュリアン様が、そうおっしゃったんですか？」

「うん。だから、僕と兄上でシルリィレーア姉様をお嫁さんにすることはできないって」

二人がかりで畳んでいた大きなラグを、イルヴァレーノがカインから引き取って使用人棟へと運んでいく。

カインは片膝をついてジャンルーカと視線の位置を合わせるが、うつむいているジャンルーカとは目が合わない。

「法律を変えるには、沢山の貴族に根回しをしたり、山ほどの書類を用意したりしないといけないそうです。兄上も、公務を一部持っていますが、法律を変えられるほどの権限はまだないそうなんだ」

「そうですか」

「お、大人になるまで法律は変えられないけど、大人になるまで待っていたらシルリィレーア姉様がいきおくれになっちゃうって」

「はい」

平民であれば、成人してしばらくしてからの結婚も珍しくはない。女性も労働力として数えられて働くことが多いため、生活が落ち着いてからさて結婚という話になることも少なくないからだ。

しかし、貴族はそういうわけにはいかない。結婚することで家と家の結びつきが強くなるし、跡継ぎを作る事は必須である。

結婚は若ければ若い方が良いし、条件の良い相手は早くから確保しておかないと別の家に取られてしまうこともある。政略結婚が多い貴族の世界では婚約も結婚も早く、なかなか結婚しない者は本人に何か瑕疵《かし》があるのではないかと勘ぐられる。

それにしても、シルリィレーアが行き遅れるから駄目、というジュリアンの説得はいかがなものか。一体、ジュリアンはどんな説明でジャンルーカを説得したのか。カインは小さく苦笑した。

「あと、シルリィレーア姉様との結婚は、王位継承順位を変えてしまうほどの影響力があるから、簡単に僕には渡せないって」

ジャンルーカのその言葉に、カインは顔をしかめた。その言葉では、まるで王位継承権を守るためにシルリィレーアと結婚するみたいではないか。両片思いの二人であることは見ていてわかるのだが、ジュリアンのそういうところが駄目なのだ。

ジュリアンとジャンルーカがこの場を離れる直前、おそらくジャンルーカがシルリィレーアに思いを告げるのを邪魔した時のジュリアンの言葉。

「国を割る気か」

これは、ジャンルーカがシルリィレーアを妻にと望むことで、第二王子も王位継承の意思があると受け止められてしまうことを危惧した言葉だったのだろう。シルリィレーアと結婚した方がこの国の次代の王となる。そういった風潮が出来てしまえば、野心のある貴族などは『第二王子派』といった派閥を勝手に作り、盛り上がってしまわないとも限らない。

とても政治的な考え方である。それを、まだ十歳のジャンルーカにシルリィレーアを諦めさせるための理由として述べたジュリアンに対し、カインは苦い物を飲み込んだような気持ちになった。

ラグをしまい終わったイルヴァレーノが、二脚の椅子を持って戻ってきた。持ち運びのしやすい小さくて軽い椅子で、王族を座らせるような物ではなかったが、今の状況には合っているような気もした。

カインはジャンルーカの肩に手を載せて、そっと椅子に座るように促した。カインも向かい合うように椅子に座り、手を伸ばして優しくジャンルーカの頭を撫でた。ジャンルーカの頭が小さく震えている。

「僕は、兄と王の地位を争う気はありません。いつだって、兄上をお支えするつもりで勉強も剣術も頑張ってきました」

「はい」

カインは、静かに相づちを打って頷くだけだ。

「でも、僕は兄上みたいに他の女の人に目を奪われたりしません。お胸の大きさで女性を判断しません。きっと幸せにしますってシルリィレーア姉様にお伝えしたんです」

「はい」

声が震え、撫でる頭からも体が小さく震えていることがわかるジャンルーカ。目の中にためて、こぼすのを我慢していた涙がついにこぼれた。

「シルリィレーア姉様が、兄上のお嫁さんになりたいんだそうです」

「そうですか」

カインは、優しい声で返事をした。そうか、シルリィレーアがそう言ったのかと感心する。政治的な理由や、法制度を理由に説得しようとしていたジュリアンと違い、シルリィレーアは真摯だった。

「僕、フラれてしまいました」

そう言って、嗚咽を漏らし始めたジャンルーカを、カインはぎゅっと抱きしめた。

王族が泣いているところを誰かに見せるわけには行かないからね、と子ども扱いされるのを嫌がるジャンルーカの為の言い訳をつぶやきながら。

花祭り休暇終了後、ジュリアンは寮の部屋でカインに、

「どこまでできるかわからないが、自分が王になったら王族と高位貴族の一夫多妻を義務から権利へと変更する」

と宣言をした。

どうやら、ジャンルーカにシルリィレーアを取られそうになったことで、シルリィレーアへの恋心を自覚したらしい。

ジャンルーカも、王宮の図書室でカインと勉強をしている時に、

「シルリィレーア姉様が幸せなら、それが一番だから」

とさみしそうに笑い、これで最後だからとカインの前で少しだけ泣いたのだった。

誰だとおもう？

花祭り休暇が終わり、いつも通り教室で授業を受ける日々が再開した。カインは、午後授業のない日や休息日には、引き続きジャンルーカの家庭教師のアルバイトをしている。

魔法の練習についてはエルグランダーク邸にて行っているので、コーディリアが一緒になって練習することもしばしばある。コーディリアとジャンルーカは、お互いにリムートブレイク語とサイリユウム語の砕けた話し方を教え合ったりしているようで、良い影響を与え合っているようだった。

コーディリア任せに出来る部分が出来たことで少しあいた時間を、カインは自分の勉強に充てている。次も飛び級で五年生に進級するつもりのカインは、入学当初に思っていた以上に勉強に追われていた。

カインは、留学前の時点で「アンリミテッド魔法学園」卒業までの学習はほぼ終えている。学校へは魔法や剣技といった実技を必要とする教科を同年代と切磋琢磨することによって磨いたり、社会性を身につけたり人脈を作ったりする為、という理由の方が強い。

だから、カインはサイリユウム貴族学校での飛び級もある程度は楽勝だろうと考えていたのだ。

実際、一年生終了時に二年生の修了試験を一緒に受けて合格するのは苦ではなかった。

三年生になり、三年生の教科書が学校から配布され、四年生の教科書をバイト仲間の先輩から譲り受け、それぞれの中身を見たカインは焦った。難易度が格段に上がっていたのだ。

算術や物理や地学、外国語（リムートブレイク語）については、引き続きリムートブレイクで学んだ知識で乗り越えることが出来そうなのだが、それ以外の教科が急に難しくなっていた。

歴史は、一、二年生の頃はざっくりとした流れをさらっただけだった。それが、三年生以降は詳細に学んでいくことになる。歴史授業にはサイリユウムの国内歴史とサイリユウムやリムートブレイクを含めた大陸史の二つがあるのだが、そのどちらも大変なのだ。

サイリユウムは百年ごとに遷都するという伝統があり、それぞれ王都の名前を取って『〝王都名〟歴〇〇年』と表すのだが、同じ都市でも王都になる度に都市名を変えていたりするし、慶事にあやかって過去の別地域の王都名を再利用していたりする。単純に覚えるのが大変なのだ。

王家も、三代ほど前から一夫多妻制が始まっているため子だくさんになっており、継承争いによる事件や事故も増えているし、何より単純に王族の人数が増えているので名前を暗記するのにも苦労していた。

大陸史も、リムートブレイクで習ってきた内容と、サイリユウムで教えられる内容で異なる部分などがある。自国と隣接していない国についてはどうしても浅くさらっと教わる事になるし、隣接している国については深く学ぶことになる。

リムートブレイクとサイリユウムではお互い以外では隣接している国も違うし、その関係性も違うのだから当たり前と言えば当たり前なのだが、一度たたき込んだ情報との差異に戸惑うことが多い。

基本的に歴史は暗記教科のため、単純に暗記対象が膨大であるという事がカインを苦しめていた。

地理や宗教学、法律といった国によって変わる物についてはリムートブレイクの知識はほとんど役に立たないため一から勉強する必要があったし、倫理や経済といった根っこの部分が同じ物でも、過去の論説やそれを提唱した人物の名前などはまた違うためにやはり暗記のし直しとなっている。

文学についても、魔法の有無や貴族と平民の距離感、道徳観などの国毎に違う背景を理解した上で読み込まないと、物語の解釈が異なってしまう事になる。ただ文を読むだけでなく、登場人物の心情や行動理念を理解するためにはその背後にある物についても勉強をする必要が出てきてしまう。

そんなこんなで、大卒アラサーサラリーマンの記憶を持っているカインではあったが、その知識が生かせる教科というものが異世界の学校では少なく、一度勉強すればほぼ忘れないという優秀な脳みそを持っていても、単純に覚えることが多い教科の修得には時間をかけねばならなかった。

そんなこんなで、割と根を詰めて勉強をしていたカインであるが、あるときから喉の調子が悪い日が増えるようになっていた。

大きな声を出そうとすればかすれ、喉が詰まるような感じがして声が出しにくくなった。それと並行して膝や肘などの関節が痛むことがあり、歩くのに苦労する日もあった。

「もしかして、風邪だろうか」

カインは最初、喉が痛み、関節痛があるということは風邪による喉の炎症や発熱痛だろうかと疑った。

この世界には、正確に熱を測る道具というものがまだ存在していないので、関節痛を伴うほどの高熱を自分が出しているかどうかの判断が出来なかった。同室のジュリアンが額に手を置いてくれたところで冷たいとも思わなかったので発熱はしていないだろうと判断した。

勉強に集中しすぎて水分を取るのを怠ったせいかなと思い、水を飲んで三日ほど自主勉強を休んで早寝してみたりもした。

うつすといけないからと、ジャンルーカの家庭教師も一時中断して休息日も休んでみたりした。

十二時間寝たらすごいすっきりとして晴れ晴れとした気持ちになれたが、やはり体調はいまいちだった。

そんな喉の違和感と関節痛を抱えながら、授業を受けたり四年生分の勉強を予習して三カ月も経った頃、さすがにおかしいと思ったダレンがエルグランダーク邸へと医者を呼んでくれた。

その医者が言うところによると、

「声変わりと、成長痛ですね」

という事だった。

喉を潤す効果のあるハーブティーと関節用のテーピングを置いて医者は帰っていった。

骨の成長に肉体がついて行くように、しっかりと食事と睡眠を取って、適度な運動をするように、という医者からのアドバイスを受けて、カインは少し勉強のペースを落としたのだった。

「ところで、声変わりと言うことは……。これが終わったら俺の声ってばあの人の声になるって事じゃやね!?」

カインは一人、この世界で誰にも共有出来ない事柄で興奮し、歴史の教科書の自分の名前の後ろに（CV：）とお兄さん系イケメンボイス声優の名前を書いてもだえていた。

夏休み直前にはすっかり声変わりも終わっていたのだが、自分の声は自分には違って聞こえるということを思い出し、果たして自分の声が本当にお兄さん系イケメンボイス声優の声になっているのか確かめようがないことにがっかりしたのだった。

夏休み（二年目）

花祭り休暇後、声変わりや成長痛により学内バイトを減らしていたカインではあったが、庭園開放でのミティキュリアン邸給仕バイトや、花祭り休暇後半にマディ先輩と一緒に行った寮の食堂での食事提供、ジャンルーカの家庭教師などなど、花祭り休暇中にしっかりと働いた事で、夏休みに飛竜を借りるだけの資金を稼ぐことがギリギリできていた。

そのうえ、今年は同じ国に帰る従兄妹のコーディリアがいる。カインは飛竜での帰省費用を折半しようとコーディリアに持ちかけた。

「飛竜は速いよ！」

「別に、馬車で良いわよ」

実家が国境近くのネルグランディ城であるコーディリアは、馬車で帰省したとしてもかかる旅程がカインの半分しかない。

なので、コーディリアは三日かかるが馬車で構わないと言っていたのだ。

カインとコーディリアとそれぞれの付き人、四人分の馬車代と二泊分の宿泊費用が、夏休み前にコーディリアあてに送られてきていたし、コーディリアの両親であるエクスマクスやアルディも「カインが一緒だから」と特に迎えをよこすという事もなかった。つまり、コーディリアが預かっているお金の半分はカインの帰省費用という訳なのだが、「お金だけ半分くれ」と言って自分だけ飛竜で帰り、女の子に二人旅をさせるほどカインは非情ではない。

故に、カインはコーディリアの方を飛竜の帰省に引っ張り込みたかったのだが、コーディリアとカディナの女の子二人組は未知の生物であり未知の乗り物である飛竜に否定的だった。

しかし、ディンディラナの弟であるアスクとエスターが、

「女性二人旅は危険ですし、途中まで送りますよ！」

「カインとイル君がいるから結構ですわ」

「むしろ、一緒にいって両親に挨拶させてもらおうぜ！」

「絶対やめて！」

とか言い出したので、コーディリアはカインと一緒に飛竜に乗ることに決めたのだった。

「コーディリア！　飛竜代金折半な！」

「カインのケチ！」

四人の帰省費用として預かったお金では飛竜代には全然足りない為、不足分をカインとコーディリアで折半することになった。おかげでディアーナへのお土産が沢山買える！　とカインはイルヴァレーノを連れて街へと繰り出して行った。

王都サディスから少し離れた、飛竜乗り場で初めて飛竜を間近に見たコーディリアとカディナは、目を大きく開いて固まっていた。最初は近寄るのも怖がっていたコーディリアだが、飛竜が雲と同じほどの高さまで上がるとその景色の良さに喜び、飛竜が羽ばたくたびにうねる背中に歓声を上げていた。

コーディリアの侍女であるカディナは、終始イルヴァレーノの腕にしがみついて震えていたが、サイリユウムとリムートブレイクの国境の門の前に着地して地面に降り立つと「たいしたことありませんでしたね！」と強がっていた。

イルヴァレーノは「今度は誰も落ちそうにならなくてほっとした」と胸をなで下ろしていた。

三日かかる旅程を、飛竜を使う事で半日に短縮したカインとコーディリアとイルヴァレーノとカディナがネルグランディ城へと顔を出すと、カインの叔父叔母であるエクスマクスとアルディが到着の早さに驚いた。

その日はネルグランディ城で一泊し、カインとイルヴァレーノは翌日馬車を使わず馬で王都へと出発した。

飛竜に載せて沢山持ち帰った土産については、叔母に頼んで後から送ってもらう手はずになっている。

国境の土地ネルグランディ領から王都までは馬車で四日かかるのだが、カインとイルヴァレーノは馬で二日で到着した。

「ただいま！　ディアーナ！」

「⁉　誰⁉」

「ディアーナ⁉」

領騎士団の屈強な軍馬を借り、かなりの強硬手段で帰ってきたカインはディアーナが大歓迎で迎えてくれると信じて疑っていなかった。

しかし、ディアーナの第一声は「誰⁉」である。

「良く、幼い子どもが居るお父さんが単身赴任から帰ってきて『おじさんだぁれ？』って言われるアレ？　アレなの？」

強行軍で帰ってきて、くたくたのヘロヘロになっていたカインだが、ディアーナの笑顔を見ればそんな疲れは吹っ飛んでしまうのだ！　と思っていた。しかし、「誰？」と言われたショックで一気に疲労が足下から這い上がり、その場にヘロヘロとしゃがみ込んでしまった。

「ディ、ディアーナに忘れられてる……。やっぱり、嫌といわれても花祭り休暇に帰ってくれば良かった」

地面に手をつき、しくしくと泣き出してしまったカインに、ディアーナが困惑した顔をする。

「花祭り休暇の時はまだ飛竜代もたまっておりませんでした。帰ってきても半日しか居られなかったんですから、帰らず正解だったんですよ」

馬を厩舎に預けて戻ってきたイルヴァレーノを見て、ディアーナが目を丸くした。

「イル君！　じゃあ、本当にお兄様⁉　偽物じゃなくて⁉」

「正真正銘のカイン様ですよ。なんで偽物だなんて思ったんですか」

イルヴァレーノがあきれたような顔をしてディアーナの顔を見下ろした。仕える家の人間に見せる顔ではないが、この場にはディアーナとサッシャしか居ないのでとがめる人も居ない。

イルヴァレーノの質問には、ディアーナの後ろに控えていたサッシャが代わりに答えた。

「カイン様は、お見かけしないうちにずいぶん背がお高くなりましたね。冬にお会いした時にくらべてお声も大分低く、大人っぽくおなりです」

十三歳のカインは、絶賛成長期のまっただ中である。花祭り休暇後から急激に身長も伸びていて現在百六十センチ後半ぐらいある。声変わりもほぼ終わり、自分ではわからないがお兄さん系イケメンボイスになっているはずである。

「そう！　お兄様のお声と違うし、お兄様よりずっと大きいんですもの！　お兄様のフリをして悪いことをしにきた怪盗かと思ったわ！」

「か、怪盗？」

身長も伸び、声も変わったとはいえ金髪ロン毛で青いつり目というのは変わらない。それで「誰だ！」というのもおかしいのに、怪盗ときた。カインはなんとか身を起こして膝を払い、改めてディアーナの前に跪いた。

「間違いなくディアーナの兄、カイン・エルグランダークだよ。仮の姿でないときも、お嬢様らしい言葉遣いになってきたね、ディアーナ」

「仮の姿の事を知っている……。本物のお兄様なのね！」

ようやく、疑いが晴れて本物のカインだと認識したディアーナは、にぱっと花が咲いたような笑顔になると跪くカインに飛びつくように抱きついた。

「ディアーナも大きくなったね！」

首にぶら下がるように抱きついているディアーナをカインも抱きしめ返し、そのまま持ち上げて抱っこすると玄関に向かって歩き出した。

「お帰りになるのはもう少し先と伺っておりましたので、奥様と旦那様が出かけております」

「わかった。お父様とお母様がご帰宅するまでに、旅の汚れを落として着替えることにするよ」

「ご用意するよう、指示して参ります」

カインと言葉を交わしたサッシャは早足で先に邸へと戻っていった。

ディアーナを抱っこしているカインは両手が塞がっているので、イルヴァレーノが先に立って玄関を開けて待っていた。

去年の夏休みは領地の城で過ごし、それ以外の休暇には戻らなかった。約一年半ぶりの帰宅である。

壁に掛けられている歴代当主の肖像画、手すりを滑り台代わりにして遊んで怒られた階段、ディアーナとボール遊びをして壊したせいで一部分だけ飾りガラスの形が違うシャンデリア。

精神年齢はアラサーであると自認しているカインは、この世界でホームシックにかかることはないと思っていた。実際、留学直後にディアーナシックにはかかったものの、実家に対して懐かしむ事はほとんどなかったのだ。

しかし、こうして改めて戻ってくると、胸にグッと熱い物がせり上がってくるのを感じる。

「お帰りなさいませ、カイン様」

玄関ドアをくぐると、パレパントルを筆頭に使用人が勢揃いして待っていた。

カインの腕に抱っこされて首にしがみついていたディアーナも、グイッと腕を伸ばしてカインと顔の距離を開けると、にこーっとカインに笑いかけた。

「お帰りなさい！　お兄様」

「……ただいま、みんな。ただいま、ディアーナ！」

前世の記憶があったとしても、もうここがカインの帰る場所なのだ。カインは、改めてそう思う。

馬上で朝食と昼食を取り、深夜に宿に入って早朝に出発するという強行軍で帰ってきたカイン。体が大きく走り方も荒い（しかし速い）軍馬をなんとかかんとか二日間乗りこなしてきて体力は底をつき、ふとももや二の腕もぷるぷると小さく震えている。

疲労困憊の状態ではあったものの、そんなのは愛しいディアーナの笑顔の「おかえりなさい」の言葉一つで吹っ飛んでしまうのだ！


「……と、思っているのは本人だけで、そんな気になっていただけでしたとさ」

と言いながら、イルヴァレーノが寝ているカインの額に濡れふきんをベシリと勢いよく置いた。

「つめたっ」

「気合入れすぎて熱だすとか、どんだけ」

カインは、帰宅して使用人やディアーナに「ただいま」と告げた後、自室へと移動しながら腕上のディアーナに頬ずりをして、頬やおでこにキスをした後に脳天のにおいをかいだところで力尽きて倒れたのだった。

「玄関ぐぐるまでは全然平気だったし、ディアーナを抱っこした時だってまだまだ元気いっぱいだったんだけどなぁ。安心して力ぬけちゃったかな」

「ディアーナ様の頭のにおいかいで安心するとかちょっと……」

イルヴァレーノが渋い顔をして一歩下がった。わざとらしく「近寄りたくありません変態」という顔を作っている。

「イルヴァレーノはなんで平気なんだよ」

「平気ではないです。もう、眠くてだるくて倒れる寸前ですよ。もう休みたいので、カイン様さっさと寝てください」

イルヴァレーノはカインの従者なので、カインが起きていると休めないのだ。実際は、イルヴァレーノもカインに付き合って強行軍で帰ってきたことをみんな知っているので、誰かに代わってもらって休んだって良いのだが、それをすればカインの方が気を遣うだろうとイルヴァレーノが断ったのだ。

「はいはい。夕飯まで一眠りするからイルヴァレーノも下がって良いよ」

「かしこまりました。では、御前を失礼いたします」

イルヴァレーノは深々と一礼すると、カインの部屋から出て行った。

時間は、午後のお茶の時間を少し過ぎたぐらい。母のエリゼは他家のお茶会に呼ばれており、父は王城で仕事中である。ディアーナも、カインが帰宅するのはもう少し後だと言われていたので今日はダンスのレッスンが入っていた。

家人の私室がある棟は、家族用の食堂や居間などの他にはリネンや茶器などの一時保管場所と使用人の待機場所しかない。昼間は、掃除メイドや洗濯メイドが行き来するだけの静かな場所となっている。

遠くからかすかに聞こえてくる、ディアーナのダンスレッスンの音楽を耳にしながら、カインとイルヴァレーノはそれぞれの部屋で仮眠したのであった。

十三歳のカインの回復力はすさまじく、しっかり食べてぐっすりと寝たら翌日には元気いっぱいになっていた。

昨年の夏には領地までしか帰らず、収穫休暇も建国祭休暇も帰ってこなかった（ディアーナの方が遊びに来たから）。

一年半ぶりの帰国となったカインは、刺繍の会や近衛騎士の訓練への参加に誘われたり、西の孤児院への慰問を催促されたりと夏休みの前半はとても忙しかった。

そういった外部からのお誘い系を一通り消化し、いち段落となったところで「さて何して遊ぼうか？」という話題になった。

カインと一緒に刺繍の会に行ったり近衛騎士の訓練を見学したり、孤児院への慰問に行ったりと一緒になって忙しかったディアーナも、やっとカインを独り占めできると顔がうれしそうである。

今後の予定を話しつつ、カインの長い髪をイルヴァレーノとディアーナで手分けして梳いて編んで「どちらがよりカイン様・お兄様を可愛くできるか競争」をして遊んでいた所に、サッシャがやってきた。

「鳥男爵と呼ばれている、ちょっと変わった男爵がいるのだそうです」

冷えた果物とお茶をセッティングしながら、サッシャがそう切り出した。

「鳥男爵？」

なんだろう？　とカインとディアーナでそろって同じ角度で首をかしげながら、サッシャの言葉の続きを待った。

「昨日はお休みをいただいて実家に戻っていたのですが、そこで姉から聞いたのです」

そう言ってサッシャが話し出したのは、鳥に人生をかけているという変わった男爵の話だった。

サッシャには二人の姉がいるのだが、実家に帰った時に家に居たのは長女だけだったのだそうだ。その長女が、サッシャが以前にポロリと話した『ディアーナが青い鳥の羽根を欲しがっている』というのを覚えていたらしく、手に入れるのに鳥男爵を訪ねてみてはどうか、と助言してくれたのだそうだ。

なんでも異常なほどの鳥好きで、多種多様の鳥を飼育しているらしい。色鮮やかで状態の良い羽根を装飾用に販売することを生業にしているらしく、おしゃれに敏感な貴族の間で最近名前が知れ渡り始めているのだとか。

しかし、流通量が少ない上に『いつ抜けるかわからない。鳥からむしるなんてとんでもない！』

と言って予約も受け付けないということで、希少価値が爆上がりしてとても高価なのだという。

「エルグランダーク公爵家の財政状況で買えないって事はないだろうけど、予約も出来ないとなると難しいね」

金を積んでも手に入らない物もある。希少な物や、人の思いのこもった物。繊細だったり生ものだったりして長距離の移動に耐えられない物など、その理由は様々。今回は、鳥の健康を慮ることによって回収量が少なくなっている鳥の羽根なので、希少な物と言えるだろう。

「噂によると、欲しいと思っている人が直接訪れて、鳥男爵に気に入られれば譲ってもらえる事もあるそうなんです」

子ども達だけのお茶時間なので、サッシャも座ってお茶を飲みながら説明している。カインの部屋の応接セットは相変わらずソファーが一つ足りないのでイルヴァレーノが文机の椅子を持ってきて座っていた。テーブルが低くてお茶が飲みにくそうだ。

「男爵なのにそんなことしていると、高位貴族に目をつけられたり嫌がらせされたりするんじゃないの？」

「実際に嫌がらせをした貴族がいて、その時に鳥が一羽死んでしまったそうです。その後しばらく、鳥男爵が羽根の取引を一切しなくなったそうで、嫌がらせをした貴族は他の貴族から総スカンを食らったそうですよ」

カインの質問に答えたサッシャは、カップをテーブルに置いて果物を一つ口に入れた。甘くて柔らかいウリ科の果実のようで、メロンのような味がする。なぜか色は青いのだが。

「鳥さんが死んでしまって悲しかったのかしら」

「鳥を死なせた事で怒っていたのかもしれませんよ」

ディアーナが悲しそうな顔で言い、イルヴァレーノが肩をすくめながら言った。

カインは、ディアーナが言った通りに悲しみで仕事をする気が無くなっただけかもしれないし、イルヴァレーノの言う通りに嫌がらせした貴族への復讐として出荷を止めたのかもしれないが、ディアーナの言うような男爵であれば話がしやすくて良いんだけど、と考えていた。

「まあ、会いに行けば羽根を譲ってくれる可能性があるのなら、会いに行ってみようじゃないか」

カインが膝をたたきながらそう言うと、

「青い羽根があるとは限りませんけれど、よろしいでしょうか？」

と、サッシャが心配そうな顔をした。手に入るかもしれないと話題を振ったのはサッシャだが、相手は生き物である。都合良く青い鳥が飼われていて都合良く羽根が抜けるとは限らないのだ。

そんな心配をするサッシャの顔を下からのぞき込んだディアーナが、ニコッと笑ってサッシャの手を取った。

「鳥さんが沢山いるのでしょう？　見学させてもらうだけでもきっと楽しいわ」

「よし、早速手配して鳥男爵に会いに行ってみよう！」

ディアーナが楽しみにしているのであれば、なんとしても叶えねばならぬ。カインの一言で、夏休みの予定が一つ決まった。

早速、パレパントルを通してアポイントメントを取り付け、カイン、ディアーナ、イルヴァレーノ、サッシャの四人で鳥男爵の屋敷へと向かったのだった。

貴族街から外れ、商店の並ぶ通りを抜けて、平民たちの住む庶民街も越え、小さな畑や家畜小屋なども増えてきた頃、城壁ぎりぎりに背の高いレンガ壁で囲われた一角が見えてきた。

エルグランダーク家の家紋入り馬車が止まり、四人が降りた目の前にはレンガ壁に直接はまっている鉄の扉がしつらえられていた。

「ここ、使用人用の出入り口じゃないの？」

「いえ……。確かに、ここが入り口のようです」

王都に居を構える貴族といえば、爵位が一番低い男爵といえども庭を持っているものである。そして、庭を含めた敷地を囲むように塀や垣根などがあり、前庭を挟んで屋敷や家があるという造りが一般的だ。

つまり、鉄製の柵であったりレンガの壁であったり、植木による生け垣だったりで示された境界から敷地内に入るための門があるはずなのである。

しかし、目の前にあるこの扉はどうみても門ではなく扉である。しかも、見上げるほどの高いレンガ壁に直接はめ込まれた扉。エルグランダーク家の裏側にある通用門よりも小さい。

四人ですこし壁沿いに歩いてみたが、やはり他に入り口は見当たらないようだったので、仕方なく扉についているノッカーを叩いた。

「お待ちしておりました。エルグランダーク公爵家の方でございますね」

「うわぁ！　びっくりした」

コンコンというノック二回目が鳴り終わると同時にドアが開き、執事らしき男性が頭をさげてきた。いつも無表情だったりしかめっ面だったりすることが多いイルヴァレーノがあからさまに驚いた声を上げて一歩下がった。小さな平民の家だったとしても、ノックしてからノータイムでドアが開くことなど無いのに、貴族の家の門をたたいてすぐにドアが開いたので不意を突かれたのだ。

後ろでカインが噴き出している。

執事に促されてドアの中へと入ると、通路のような小部屋のような場所だった。四畳半ぐらいの広さで、壁も天井も焼きレンガで出来ており、足下は固められた土がむき出しになっていた。

「あれ？　もしかしてこの邸の塀はすごい厚いのか？」

「いいえ。鳥が逃げないように二重扉にする必要がございまして、そのための前室のようなものでございます」

カインがぼそりとつぶやくと、耳に入ったらしい執事がそう説明してくれた。壁の内側に、ぽこっと小さな小屋が付いているような形らしい。前世でいう所の風除室やエアロックのような感じだろうかとカインは頭の中で想像してみた。

「一度真っ暗になりますから、お気を付けください」

そう言って執事が外向けのドアを閉めると、本当に真っ暗になってしまった。

「きゃっ」

「わぁ」

暗闇の中、ディアーナとサッシャの声が響いた横で、人が一人通り抜けていく気配を感じた。何も見えないながら気配をたどって振り向くと、入ってきたのと反対側のドアが開いて光が入ってきた。

「どうぞ、足下にお気を付けておすすみください」

逆光の中に浮かぶ人影、執事がそう言って手を差し向けた。ここは本当にドアを二重にして同時に開かないようにするためだけに存在する部屋らしく、明かりをはじめに何の設備もないらしい。

「明かりぐらい付けようよ」

カインは苦笑いしつつ、ドアをくぐって先に進むと、そこはまた外だった。

「わぁ」

カインに続いて出てきたディアーナも感嘆の声を上げて周りを見渡した。

真っ暗な前室を通り抜けると、そこは大きな温室だった。ぐるりと見渡せば、外から見たレンガの外壁が内向きにゆるくカーブして敷地を囲っている。

レンガ壁を上方へと見上げていけば、大人の身長の三倍ほどの高さがあり、そのてっぺんにはこの空間全部を塞ぐようにガラスの天井が乗っかっていた。

「大きな温室みたい」

ディアーナが大きなガラス天井を見上げながら感想を漏らす。サッシャやイルヴァレーノも言葉はこぼさないものの、同じように天井を見上げて目をまるめていた。

相変わらず足下は固められただけの土で、人があまり歩いていない場所には細かく雑草のような背の低い草が生えている。見通しが悪くならない程度の密度で様々な木が植えられているのだが、その位置はばらばらで規則性などは感じられない。

「お屋敷は、ございませんの？」

サッシャが、思わずといった感じで執事へと声をかけた。まばらに植えられている木々の隙間の向こう側にはレンガ壁が見えているのだが、そのてっぺんには天井のガラスがつながっているのだ。つまり、反対側の外壁が見えていて、視界を遮るはずの男爵邸がどこにも見えないのである。

「ご覧の通り、邸と言える物はございません。ご商談の為の席はご用意しておりますのでご安心ください」

前を歩く執事が、淡々と答えてくれた。

「ここは、巨大な鳥の飼育場所であって男爵のお住まいは別の所にあるのかも」

カインが、思いつきを口に出してみるものの、

「いいえ、当主もこちらで寝起きしております」

と完全否定されてしまった。鳥男爵がやばい人なのは確定事項のようである。

こんな所にお嬢様を連れてきてしまった、とサッシャの顔色がどんどん悪くなっていき、逆にディアーナの顔はわくわくがあふれそうな笑顔になっていった。

どこからともなく聞こえる鳥の鳴き声の中をしばらく進み、赤い小さな実を付けた低木の脇を曲がると小さな東屋が見えてきた。その手前に、肩に赤くて大きな鳥を止まらせた背の高い男性が立っている。おそらく鳥男爵当人だろう。

「やぁやぁこんにちは、偉い人のお子様！　そんなお小さい頃から鳥に興味津々とは見込みがあり

ますね！　人の名前は覚えられないので名乗りは結構ですよ！　わたしのことも鳥男爵とお呼びください！」

「ギョアぁ！　ダンシャク！　デス！　オーチャンカワイイネ」

　鳥男爵は、変な人だった。


　東屋の中へと案内されると、先ほどの執事がお盆にティーセットを載せてやってきた。下が地面むき出しでティーワゴンを使う事が出来ないため、人数分のティーカップとソーサー、砂糖やミルク、ティースプーンとお茶菓子用のカトラリー、と順番に何往復もしていた。

「お手伝いさせてくださいませ」

　なかなかそろわないお茶の準備にしびれを切らしたサッシャが声を上げると、イルヴァレーノも一緒になって執事について行った。

　執事とサッシャとイルヴァレーノがそろって持ってきたお茶菓子は、目玉焼きだった。それぞれが自分の主人の前に目玉焼きの載った皿を置くとき、執事を除いた二人はとても複雑な顔をしていたのがおかしかった。

「さて、ご訪問の目的は羽根ペン用の羽根が欲しいとのことでしたが」

　茶と茶菓子（?）がそろったところで鳥男爵が口を開いた。テーブルの上に肘をつき、組んだ手の上に顎を乗せている。その行儀の悪さにサッシャは顔をしかめたが、会話の邪魔するつもりはないらしく口は閉じていた。

「羽根ペン用の羽根であれば、道具屋でも文具屋でも売っておりますよ。むしろ、お貴族様でしたら完成している羽根ペンをお買いになればよろしいでしょう」

　鳥男爵の言うことはもっともである。ディアーナが欲しいのは青い羽根で出来た羽根ペンであり、青い羽根ペンというのは高級な文具屋に行けば無い事はないのだ。

「青い羽根が欲しいのですわ。白い羽根を染めた物ではなく、元から青い羽根を使った羽根ペンが欲しいんですの」

　ディアーナが、仮の姿を発揮して答えた。

　元々は、幼い頃のディアーナがデリナという名の使用人が持っていた青い羽根ペンをほしがったのが始まりである。それは、デリナの孫が拾ってきた羽根を、デリナの息子が羽根ペンに加工してくれたという家族の仲の良さを象徴するような物だった。

　使用人という立場では、ディアーナが強くわがままを通せば羽根ペンを譲ってしまうところだっただろうが、カインが間に入ってそれを止めたのだ。

　そして自分たちで羽根を見つけて、デリナの息子にペンに加工してもらおうと言うことになって、庭などの邸の周りを探し回ったけど鳥の換羽期ではなかった為にその時は羽根は見つからなかったのだ。

　その後も、領地へと遊びにいけば領地の庭や森でも鳥の羽根探しはやっていたのだが、あいにくきれいな青い羽根は見つからなかったのだ。

「青い羽根ですか。羽根ペンに出来るとなると結構な大きさですしね。ディールガ鳥かアボディス鳥でしょうか」

「オーチャンハアカヨ！　アカイハネキレイネ！」

真面目な顔で青い羽の鳥について考える鳥男爵の肩で、赤い鳥がまるで会話を理解しているかのようにしゃべった。

しっかりと肩に食い込んだ鳥の爪は鋭くて、鳥男爵の着ている服は肩の部分に穴が開きそうになっている。痛くないのか？　いや、痛いだろう！　とカインは鳥の足下から目が離せなくなっていた。表情はなんとか貴族らしく朗らかな笑顔を浮かべているが、鳥が肩の上を移動するたびにハラハラしていた。

そんなカインの気持ちはしらず、鳥男爵は紅茶を一口飲むと東屋の外を振り仰ぎ、指笛でピューイと響くように口笛を吹いた。

「？」

ディアーナが首を小さくかしげつつもお茶を上品に飲んでいると、上空からバサバサと大きな羽の羽ばたき音が聞こえてきた。

「鳥さん？」

東屋の外、ガラス天井から日の光がさして明るくなっていた地面を大きな影が横切った。驚いたディアーナが慌ててカップをソーサーの上に戻すと、バサバサと先ほどよりも大きな羽音をならして東屋の手すりの上に青みがかったグリーンの大きな鳥がやってきた。

さらに、鳥男爵がピューピュッピュッピュと先ほどとは違うリズムで指笛を鳴らすと、同じように東屋の前の地面を影が横切り、先ほどの鳥の隣に今度は紺色から水色にグラデーションがかった色をした尾の長い大きな鳥が止まった。

「いまウチにいる青い鳥というと、この二羽ですかね。緑っぽいほうがディールガ鳥で、頭から尾にかけて色が薄くなっているのがアボディス鳥です。つがいで飼っていますが、雌は赤系の色なのですよ」

「おっきい！」

「きれいな青色！」

鳥男爵が胸を張り、どや顔で解説をしてくるが、ディアーナとカインはその鳥の大きさときれいな色に興奮してほとんど聞いていなかった。

「サシティルという鳥も青いのですが、小型の鳥なので羽根ペンには向きませんね。ただ、群れで飛ぶ姿がそれはもう美しくて美しくて。本当はサシティルの為にもうちょっと広くて天井の高い邸を作れれば良いんだけど、大工の棟梁がそれなら柱を増やせとか言うしね。柱なんか増やして鳥がぶつかって怪我したらどうするんだってはなしですよ。木々よりも高い位置には空しかないっていうのにねぇ？　今、ウチにいるサシティルは十五羽ですが、それでも夕方に群れてガラス天井付近を飛んでいる様子は本当に美しくてね」

「オーチャンハアカヨ！　アカイハネキレイネー！」

鳥男爵は両手でおにぎりを握るような手振りをして鳥の大きさを表現し、続いて手首同士をくっつけてパタパタと鳥が羽ばたくように動かし、そして両手を東屋の天井に向けて伸ばしては上半身を揺らして鳥の軌跡を表し……とにかく、ボディランゲージが凄かった。肩の赤い鳥はますます爪を立てて落ちないようにしがみつきつつ、自分の赤い羽についてしゃべっている。

「こっちの青い鳥さんは、おしゃべりしないいんですの？」

大きな鳥に目を奪われているディアーナは鳥男爵の話を聞き流して興味津々で気になることを勝手に質問する。

「良い質問ですな、お嬢様！　実に良い質問です！」

鳥男爵は自分の話を遮られたことを気にすることもなく、むしろ鳥に興味を持ってもらったことがうれしいのか、さらに目をらんらんとさせてテーブルの上に身を乗り出してきた。

「まだ研究の途中なのですがね、群れを作る鳥と群れを作らない鳥では群れを作る鳥にしゃべる物が多いのですよ。むろん、群れを作るが人の言葉を覚えない鳥というのもいますがね。あとは、くちばしの丸いのはしゃべることが多い。元々鳴き声の長さで意思疎通を取っていると思われる鳥種はしゃべらんのですが、鳴き声の高低で意思疎通を取っている鳥はしゃべれるようになる率がたかくて……」

鳥男爵の解説はそこから二十分ほど進み、最後には執事に後ろ頭をはたかれてようやく終わった。最終的に、二匹並んで手すりに止まっている青い鳥は今のところしゃべらない、ということだった。

「わたしの鳥に対する愛は伝わったと思いますんで、注意事項として申し上げますとね。羽根が欲しいといわれて、はいそうですかとこの可愛い私の鳥たちからブチッと引っこ抜いたりはいたしません。ほしければこの邸の中をご自分で探してください」

散々鳥のうんちくや鳥への愛情を語った鳥男爵は、最後にそうのたまった。

「よろしいんですの?」

ディアーナがコテンと首をかしげた。可愛い。

カインはディアーナのちょっと上目遣いに見上げつつ首をかしげて問いかけるというあざと可愛い姿に見惚れ、そしてそんな顔で見つめられた鳥男爵に嫉妬した。

「構いません。今は換羽期ではないのでほとんど落ちていないでしょうが、運がよければ見つかるかもしれませんね。わたしはここでお茶を飲んで待っとりますんで、もし拾われたらこちらにおもちください。大きさや色味に応じた金額でお譲りしますよ」

拾ったらくれる、というわけではないらしい。

「そりゃそうですよ、商品なんですから。鳥たちの健康と美しさの為には金がかかります」

鳥男爵はしれっとそう言うと、カップを持ち上げてお茶をすすった。

彼の言い草にサッシャは眉をひそめていたが、カインは逆に好感を持った。公爵家の嫡男がきていてもこの態度なのであれば、他の貴族に対してもこの態度なのであろう。

一応、危険な場所や毒を持った鳥もいるとのことで、執事が一緒に付いてくることになった。羽根探しを手伝ってはくれなそうだが、道案内はしてくれるそうだ。

「ふふっ。『邸内をご自由に』って言われたけど、ここはまるっきりお外みたいですわね」

そう言いながら、ディアーナがサクサクと芝生のような短い草の上を歩いて行く。地面は土だったり、芝生や白詰草などの草場だったりするし、視界が悪い程度に大小の木が生えている。木に蔓が巻き付いて花が咲いていたり、緑の小さなミカンのような実がなっている木があったり。驚くことに、小川も流れていて小さな橋が架かっていた。ディアーナが喜んで橋の上まで駆け寄り、小川をのぞき込めば小魚まで泳いでいた。

「できるだけ自然に近い環境を作る事で、鳥に心地よく住んでもらうようにしているのです」

とは、執事の言葉である。カサカサと木の幹を登っていくトカゲを見かけたサッシャが悲鳴を上げていた。

ディアーナは途中で『とても良い感じの木の枝』を拾い、ご機嫌でそれを持ち歩いた。

時々バサバサと鳥の羽ばたく音や、キャイキャイ・ぴゅいぴゅいと鳥の鳴き声なども聞こえてきたが、肝心の鳥の姿はあまり見かけなかった。

「以前に鳥の羽根をお買い求めにきた貴族の方が、肩に止まろうとした鳥をはたき落としてしまわれたことがございまして。それ以来、鳥男爵とわたし以外の姿があるときは、あまり地上におりてこないのです」

そういった執事の説明に、ディアーナは思い切りがっかりしていた。家の庭にある餌台にやってくる小鳥とは、最近ようやく仲良くなってきたところだったので、ここの鳥とも仲良くなれると意味なく自信を持っていたディアーナなのだった。

カインは、執事の目がちょっと冷たいのをみて、「あ、俺たちもそういう貴族だと思われてるんだな」と把握した。

巨大な温室というか、前世で言うところの花鳥園のような鳥男爵邸は狭いようで意外と広い。花や木の実、トカゲや昆虫などに気を取られ、寄り道をしながらも鳥の羽根を探して歩き回ったカイン達。

歩くうちに見つけた様々な色や形の羽根を拾っていたのだが、羽根ペンに出来るほどの大きさの青い羽根はまだ見つけられていなかった。

解説をしながら付いてきてくれている執事がかごを持ち、そのなかに拾った羽根を入れていく。自分たちが見つけた羽根を、サッシャやイルヴァレーノに拾わせずに自分たちで拾って観察し、素直に執事のかごに入れていくカインとディアーナの様子を見ていて、執事の態度もだんだんと柔らかくなっていった。

一時間も歩いた頃には、

「お嬢様、あちらの木の枝に鳥が止まっておりますよ」

と、見つけた鳥をそっと教えてくれるようになっていた。

青い羽根を見つけられないまま、そろそろ東屋に戻ろうかと言い始めた時のことである。

ディアーナの帽子のつばに、ポトリと何かが落ちた感触があった。

「？　お兄様。帽子に何か落ちてきたようですわ。見てくださいます？」

ディアーナは小さく頭を傾けてカインに帽子のつばを見せようとした。鳥男爵邸は、男爵も執事も『邸』と言い張っているが、ガラス天井の温室状態なので日光がさんさんと降り注いでいる。

当然、ディアーナのお肌を心配するサッシャは帽子を脱がせなかったのだ。

カインがディアーナの帽子のつばをのぞき込めば、リボンと花飾りのついた隙間に小さな卵が挟まっていた。

「卵？」

帽子のつばと飾りの間からつまんで取り出し、目の高さにあげて色々な角度から眺めてみる。うっすらとグリーンがかった卵は、所々に一段濃い色の緑の斑点が散っている。大きさはウズラの卵と鶏の卵の中間ぐらいだ。

カインの手にある卵を見ようとしてディアーナがつま先立ちをしてのぞき込もうとしているのに気がついて、カインは卵を手のひらに載せてディアーナの目の前に差し出した。

「卵ですわね。薄いグリーンがきれいですけど、何の卵でしょう」

カインの手のひらに載っている卵を、ツンツンと指でつつきながらディアーナが首をかしげた。

「あそこから落ちたのでは？」

そう言ってイルヴァレーノが空を指差す。カインとディアーナも一緒になって上を見上げると、細い枝の上に鳥の巣が半分壊れた形で乗っかっていた。

「……あれは、アボディスの巣ですね。アボディスは巣作りが下手なので、時々雛や卵が落ちてしまうことがあるんです」

執事が残念そうな顔でそんなことを言う。

確かに、教育テレビなどでやっていた、すでに絶滅してしまっていたり、絶滅危惧種になっている動物の特集なんかでは『なんでかわからないが生きるのが不器用すぎる動物』などが紹介されていることがあった。カインは前世で、動画編集中のＢＧＭとして教育テレビをたれ流しにしていることがよくあった。なので、時々変な雑学を知っていることがある。

アボディスの巣がある木の根元をみると、ワラ等を敷いて落ちた卵や雛が割れたり怪我をしたりしないようにされていた。それでも、勢いがつよかったり落ちた場所が悪かったりすれば救えない事もあるのだろう。

「落ちた卵はどうするんですか？」

カインが手のひらの卵を両手でそっと包みながら聞いてみた。両手で包んだ方が温かいかなぐらいの軽い気持ちではあるが、無意識でそう動いていた。

「巣に戻すのが一番なのでしょうが、人間が巣の近くまで行ってしまうと警戒して巣そのものを放棄してしまう事があるんです。ですから、保育器で育てます」

その言葉に、カインが目を丸くした。保育器というのはおそらく孵卵器《ふらんき》、インキュベーターのことだろう。この世界にそんな物があったことを意外に思ったのだ。

「親鳥の代わりに卵を温める機械があるんですね。それなら安心なのかな」

「孵化する可能性は三割ほどです」

ほっとしたのもつかの間、執事が示す孵化率は安心できる数字ではなかった。

ここは、レンガの壁とガラス天井に囲われた花鳥園のような造りなので、鳥たちの天敵となる動物は居ない。餌も、鳥男爵と執事で用意した餌を与えているということだった。

「巣を二つに分けましょうか。その羽根入れにしているバスケットをいただいても？」

カインは執事が持っていたかごを指差した。困惑顔の執事は、それでも中から拾った羽根を取り出して広げたハンカチの上にのせると、空になったかごをカインに手渡してくれた。

カインはもらったかごの持ち手を根っこから風魔法で断ち切ると、その辺に落ちている小枝や落ちてくる卵を受けとめるために敷かれていたわらをかごの中に敷き詰めた。

「ディアーナ、その良い感じの棒をもらってもいいかい？」

「鳥さんを助けるために使うのですわね？　もちろんですわ」

花鳥園散策の最初に拾っていたディアーナの枝を受け取り、カインは目の前の木の一番低い位置にある枝と幹に結びつけて土台を作り、その上にわらや小枝を敷き詰めたバスケットを載せた。

幹と枝とディアーナの枝にそれぞれひもでバスケットを固定して、その中にディアーナが拾った卵をそっと置いたのだった。

「これで様子を見て。こちらの巣の卵も温めてくれれば幸運だなということで」

「こんなことで？」

「ええ」

カインが前世で営業先の幼稚園の先生から教わったことなのだが、巣から落ちた雛を巣に戻すとき、巣が高すぎて戻せない場合は同じ木の低いところに雛を入れたお椀などをくくりつけても良いのだそうだ。親が雛を認識できれば餌をやりに来るらしい。卵も巣の近くであれば温めてくれる事があるとも言っていた。

しかし、卵は落ちたところで割れてしまう事がほとんどで、運良く割れなかったとしても半日以上温められずにいると死んでしまうらしく、拾った時点で落下からどれくらい経っているのかわからなければ巣に戻さない方が良いと幼稚園の先生は教えてくれた。孵らない卵をいつまでも温め続けてしまうからだそうだ。

その点、この鳥男爵の楽園は一日三回鳥男爵と執事で見回りを行っているそうだし、それとは別に鳥男爵が趣味で邸内をぐるぐる巡っているらしい。卵が落ちているのを半日以上見逃すということはないだろう。そもそも、この卵はディアーナの帽子の上に落ちてきたのだからたった今落ちたばかりと判断して良いだろう。

もちろん、同じ木といえどもカインが背伸びをして枝をくくりつけられる程度の高さにしつらえられた新しい巣なので、育児放棄されてしまう可能性もあるのだが。

「卵は半日放置されると冷えて育たなくなるって聞いたことがあります」

「お坊ちゃまはお詳しいですね？」

「私のお兄様ですもの」

「この卵を温めてくれるか、今日は頻繁にチェックしてあげてください」

カインの言葉に、執事が静かに頷いた。公爵家の子ども達がただの好奇心で遊びにきただけと思っていた執事は、この件で少し見直したのだった。

バスケットを巣の代わりにしてしまったので、中に入れていた羽根は皆で手分けして持つことになった。両手が塞がってしまうので、羽根拾いは終わりにして最初の東屋へと戻る。

「やあ、お帰り。ご希望の羽根は拾えたかな？」

「いいえ。羽根は沢山拾えたのですけれど、青い羽根は拾うことができませんでしたわ」

鳥男爵の言葉に、ディアーナが残念そうな顔で答えた。

執事は、お茶を入れ直しますと言って席を外し、カイン達は拾ってきた羽根をテーブルに広げて鳥男爵に見せ、その鳥の種類や羽の種類についてのうんちくを聞いていた。

「鳥男爵様、そういえば途中で小さな天幕を見かけました。アレはなんですか？」

羽根拾い散歩の最中、一人用サイズのテントのような物を見かけたのだ。幼少期にカインの部屋にシーツで作った秘密基地のような、本当に簡単な物だった。資材置き場か何かだと思って雑談のつもりで聞いたカインだったのだが、

「ああ、私の寝室だよ」

と何でもないように鳥男爵が答えた。

「寝室？」

忘れそうになるが、ここはあくまで邸の中なのだ。下は土でよく歩く場所以外には草が生えていて、木もわさわさと生えていて、天井からはさんさんと太陽が降り注いでいるが、鳥男爵邸なのである。

「ガラス製だが屋根もある。雨に降られることもないし、わたしの愛する鳥たちと同じ空間にいられるのだから、素晴らしい寝室だろう？」

「はぁ」

カインとイルヴァレーノ、サッシャとディアーナがお互いに顔を見合わせた。

羽根拾いの散歩中、他にもレンガで作った小さなかまどのような物と、鳥にかじられてボロボロ

になった小さなクローゼットがぽつんと置いてあるのも見かけたのだ。

この分だと、かまどはこの邸の厨房で、クローゼットのある場所が衣装室なのだろう。

「本当に、鳥がお好きなのですね」

「好きだとも！　好きで追いかけて、見たことのない鳥を探して旅をして、そうして集めた鳥の羽根を少しばかり帽子屋に売ってやったら、大評判になってね。直接取引をしたいが、商会を立ち上げているわけでもない平民から物を買うなど出来ぬといって、とあるお貴族様が男爵位をくださったのさ！　おかげで、貴族でなければ出入りできない高級な鳥屋にも入れるようになったのだから、やはり鳥はわたしの運命の恋人なのだよ！」

鳥男爵の鳥愛演説がまた始まってしまった。これは長くなるか？　と思っていたところで執事が茶を持って現れた。きっと途中で見かけたかまどで湯を沸かしているのだろう。

皆にカップを配り、大きめのポットから順番に茶を注いでいき、ディアーナのカップへとお茶を注いだその時。

「湯を用意するのに、ついでに確認して参りましたら先ほどの新しい巣に母鳥がおりましたよ。上の巣を父鳥が、下の巣を母鳥が温めるようです」

と、執事が教えてくれた。

「まぁ、良かったわ。元気なひよこさんが生まれると良いですわね」

ニコニコするディアーナと、静かにうなずく執事を交互に見ていた鳥男爵が、

「何の話だ？」

と聞くので皆で先ほどあった卵落下事件について話してみれば、

「なんと！　では君たちは我が愛鳥の命の恩人というわけですな」

と、鳥男爵はいたく感動したようでその場で号泣し始めた。

「鳥愛が重くない？」

「普段のディアーナ様に対するカイン様と変わりません」

まだ無事に孵るかもわからない鳥の卵に対して号泣する鳥男爵に引いてイルヴァレーノに同意を求めたカインだが、イルヴァレーノにあっさりと否定された。

「僕、あんな？」

眉毛を下げたカインに対し、ディアーナの後ろに居たサッシャも深く頷いていた。

感激した鳥男爵は、カイン達が拾ってきた羽根を一人一枚ずつただで持って帰って良いと言い出した。

「拾った羽根は、軸や羽根を拭いてホコリや土を取り除き、羽根部分を柔らかいブラシで整えてから売り物にするんだよ。だから、選んだ羽根を整えてから公爵家へお届けしよう」

そう言ってテーブルの上の羽根を重ならないように広げてみせたのだが、ディアーナは首を横に振った。

「欲しかったのは青い羽根ですの。ご厚意だけいただきますわ」

「しかし、それではわたしの気が収まらないよ。君たちはまだ子どもだというのに走り回らないし奇声を上げないし大声で泣かないし珍しい鳥だと飛びかかったりもしない。見所があると思っていた上に卵の恩人でもあるんだからね。是非ともお礼をさせてほしいんだよ！」

鳥男爵は、大げさに腕を広げて感激の意を表現し、そして鳥の羽ばたきをまねしたように腕をバタバタと上下に振った。

その動きにビクッと腰が引けたディアーナの代わりに、カインが小さく身を乗り出した。

「では、青い羽根が手に入ったら譲ってください。適正価格で買い取りますが、他の予約より優先してください」

テーブルに広げられている、焦げ茶色や黒、赤い羽根も形や色はとても美しい。しかし、ディアーナが欲しいのは、カインの瞳と同じ色。青い羽根なのだ。

「わかりました。青い羽根が手に入れば一番にご連絡いたしましょう」

鳥男爵がそう約束の言葉を口にした時、東屋に差し込む光を大きな影が横切った。

カインを始め、みなでふっと東屋の外を見上げると、バサバサと大きな羽音が近くでなり、ディアーナの座るすぐ後ろの手すりに青い鳥が舞い降りてきた。

「アボディス」

鳥男爵が口に出したとおり、それは紺から水色にグラデーションがかった羽の大きな鳥だった。巣作りが下手くそで、卵を落っことしてしまっていた鳥である。

「お客が居るときに、呼んでないのに来るなんて珍しい」

鳥男爵が驚いているが、アボディスはせわしなく首をかしげて東屋に座る一同を見渡すと、ディアーナへと顔を固定した。

「鳥さん？　早くもどって卵を温めないとだめよ？」

ディアーナはすぐ後ろ、手の届くところにいる鳥を撫でようとして駄目だと思い出して手を引っ込め、にこりと笑ってアポディス鳥へと話しかけた。

その言葉を聞いてかどうかわからないが、アポディス鳥は首をぐるんと後ろに向けた。そうして、自分の腰のあたりをくちばしでごそごそとこすり、一本の尾羽を抜いて咥《くわ》えるとトンと手すりを蹴ってディアーナの膝の上に移動し、先ほど引っ込めたディアーナの手にぐいぐいとくちばしを押しつけてきた。

「と、鳥さん？」

ディアーナの声に一旦頭を上げたアポディス鳥は、じっとディアーナの目を見つめると、小首をかしげてまたくちばしをぐいぐいとディアーナの手に押しつけた。

「ふ、ふふふ。ふはははははは」

その様子を見ていた鳥男爵が愉快そうに笑い出す。

「お嬢様、受け取ってやってください。アポディス鳥からお礼ですよきっと」

目尻の涙を拭きながら、鳥男爵が愉快そうに言った。ディアーナが手のひらを開くと、アポディスは咥えていた羽根をポトンとその上に落っことした。

ディアーナが羽根をしっかりと握ったのを見て、アポディスはディアーナの膝をトンと蹴って東屋の手すりへと移動し、そして大きく羽ばたいて飛んで行ってしまった。

カインとディアーナで、飛んでいった先を眺めていたら後ろから声がかけられた。

「鳥は頭が良いんです。お嬢さんの帽子に落ちたから卵が割れなかったことも、バスケットの上に壊れにくい巣を作ってくれたこともちゃぁんとわかってるんですよ」

その言葉に振り返ったカインとディアーナは、今日一番の笑顔を浮かべている鳥男爵を見たのであった。

ガラス天井から入ってくる日差しも弱くなり、東屋の影がずいぶんと横へと移動してきた頃、カイン達は鳥男爵邸を辞することにした。

二重扉の前まで見送りに来た鳥男爵は、右手をすっと出してきた。

「今更ですが、ディオード・バードです。是非また遊びにいらしてください」

「カイン・エルグランダークです。バード男爵。まさにあなたの為にあるような家名ですね」

カインは差し出された右手をしっかりと握り、今更ながらに名乗りを返した。

「わははははは。元々は家名を持たない平民ですからね。叙爵されるときにバードって名乗ることにしたんですよ」

笑いながら、ディアーナへと向き直る。

「貴族嫌いで子ども嫌いだった為に失礼な態度をして申し訳なかった」

「ディアーナ・エルグランダークですわ。素敵な贈り物をいただいたので許してさしあげますわ」

鳥男爵の謝罪の言葉は男爵から公爵家令嬢へ向けるにはまだまだ不躾であったが、ディアーナは笑って許したのだった。

鳥が逃げないように、と鳥男爵と執事は邸内でカイン達を見送った。

レンガ壁の前に待っていた馬車に乗り込み、カインとディアーナは公爵邸への帰途につく。

「あら。お嬢様、ご覧ください」

窓の外を見ていたサッシャが、隣に座るディアーナに声をかけながら鳥男爵邸の屋根を指差す。

ディアーナがサッシャの膝に乗り上げながら窓の外を見れば、ガラス天井の内側すれすれにアボディス鳥とディールガ鳥が止まっていた。

まるでカイン達を見送るように、大きく羽を広げて羽ばたくと、そのままガラス天井の奥の方へと飛んで行ってしまった。

「楽しかったね、ディアーナ」

サッシャの膝の上に乗り上げて、窓の外を見つめ続けるディアーナの頭をカインが優しく撫でてやると、くすぐったそうに頭を振ったディアーナが椅子へと座り直した。

「ええ、とっても！」

その真夏の太陽よりも明るい笑顔に、カインは崩れ落ちそうになり、隣に座るイルヴァレーノに首根っこ掴まれてかろうじて椅子から転げ落ちるのを免れたのだった。

隠す気のないヒロイン

数日後、きれいな飾り彫りの施された箱に入れられて、青い羽根がエルグランダーク家へと届けられた。軸部分は磨かれて乳白色に光り、羽根部分もピシッとまっすぐ整えられていた。うっすらと油か何かが塗られているのか抜けたばかりの時よりも光沢があり、ちょっと触ったぐらいでは毛羽立たないようになっている。それでいて、手触りはとても柔らかい。

「良い羽根ですね」

「うん！」

羽根の入っていた飾り箱をそっと端によせながらサッシャが目をほそめれば、ディアーナが元気よく相づちを打つ。

「しかし、困ったね」

うれしそうなディアーナの姿を見て、同じように幸せそうに目尻を下げていたカインだったが、この後の事について考えると顔を曇らせた。

羽根を手に入れたら、ペンに加工してもらうという約束をしていたメイドのデリナがもう居ないのだ。

「デリナさんもご高齢でしたから」

そもそもが、メイドのデリナが持っていた青い羽根ペンをディアーナが欲しがったのが発端なのだが、当時ディアーナは四歳でデリナはすでにディアーナより大きな孫が居る年齢だったのだ。

去年の夏に老齢により引退していて、今は暖かい南の方の領地で細工師の息子と一緒に暮らしているという。

「羽根ペン屋？　文房具屋に頼めば良いのかな？　こういうのって」

「羽根ペン屋や文房具屋はそれらを販売するのが商売ですから。お願いするなら工房でしょうか」

「できれば、デリナのご子息にお願いしたかったですわ」

ディアーナが残念そうな顔をしてそう漏らす。

デリナが引退するまでの間、顔を合わせる度にディアーナは「きっと青い羽根を見つけるからね！」と指切りげんまんをしていたのである。

さすがに、エルグランダーク家の領地でもない土地に『羽根ペンを作ってもらう』という理由だけで旅行する訳にはいかない。夏休みなのはカインだけなのである。

今のところ、南の方へと旅行をする理由はこじつけといえども思いつかないカインであった。

「職人ということであれば、セレノスタに頼んでみますか？」

ふと、思いついたようにイルヴァレーノが顔を上げた。セレノスタは、イルヴァレーノと同じ孤児院出身の男の子で、今は手先の器用さを見込まれてアクセサリー工房に住み込みで働いている。

セレノスタが木彫りの髪留めをディアーナとカインにプレゼントしてくれたのを見た母エリゼが、アクセサリー工房を紹介したという経緯がある。そういった縁もあるので、セレノスタの働いているアクセサリー工房に仕事を頼むのは立場上も問題は無い。

「でも、セレノスタを呼びつけるわけにも行かないよな」

椅子に座ったまま、傍らに立つイルヴァレーノを見上げるように確認した。セレノスタは足が不自由なのだ。あまり歩き回らせる訳にもいかない。

「お忍びで、工房に遊びに行きましょう！」

パンっと元気よく手をたたいてディアーナが立ち上がった。

「その、セレノスタが所属する工房はどこにあるのですか？」

サッシャが、立ち上がったディアーナの肩に手を置いてそっと座らせながら、イルヴァレーノへと声をかけた。

ディアーナも十歳になり、護衛と侍女を連れて行くのであれば街へと遊びに行くことが許されている。もちろん、範囲は貴族街近くの商店街といった安全な場所に限られているが、商人が家に持ち込むような母好みのレターセットではなく、カインが好きそうなレターセットを自分で選んで買えるのでディアーナは街での買い物が好きだった。

「南地区の商店街の中程。平民にも貴族にも人気の店らしくて、ちょうど真ん中らへんにある」

イルヴァレーノの説明に、サッシャが自分のつま先を眺めながらしばし思案し、そして一つ頷いた。

「そのあたりでしたら、問題ないかと思います」

だからといって、今日いきなり行けるわけではない。ただ買い物にアクセサリー店へ行くだけなら約束などは必要ないが、工作をお願いしに行くのであれば向かうのは工房だ。しかも、会いに行くのは見習いであるセレノスタなのだ。事前に約束を取り付けて、根回しをしておく必要がある。

完璧な侍女を目指すサッシャの、腕の見せ所といえる。

色々と調整をした結果、それから三日後に無事にアクセサリー工房へと向かうことが決まったのだった。

一方その頃の、南地区のとあるアクセサリー工房にて。

「アウロラ先生。三日後はお客が来るから教えに来なくて良いよ」

教本にしている先輩職人の作った注文書の束をトントンと机でそろえながら、セレノスタが顔を上げた。

セレノスタと机を挟んで向かい側には、ピンク色のボブヘアに少し垂れ目の丸い瞳が愛らしい少女が座っている。

「誰が来るの？」

「孤児院の時の兄貴分だった人。あと、オレをこの工房に紹介してくれた貴族の人もくるよ」

「へぇ」

平民街で天才少女と名高いアウロラが、父に頼まれてセレノスタの読み書き計算の先生をし始めてもう六年近くになる。

セレノスタはすでに職人としては必要最低限な知識を身につけることが出来ているが、今はさらに注文書や企画書を見やすくわかりやすく書く方法などを教わっている。

アウロラもこの世界の注文書や企画書に詳しいわけではないので最初は先輩職人と一緒に習っていたのだが、今はセレノスタと一緒により良いフォーマットにしようとしているところなのだ。

「お兄さんは良いけど、貴族の人は何しにくるの？　自分が紹介したセレノスタがちゃんとやってるか見張りに来るとか？」

アウロラが足をぷらぷらさせている。職人用の椅子は、十歳のアウロラにはちょっと大きい。

「羽根ペンを作りに来るんだよ。好奇心旺盛なお方だからな、こちらにお任せってんじゃなくて自分で作ってみたいんだとさ」

お手本として借りていた注文書の束を箱にいれ、背後の壁に作り付けてある棚へとしまう。足の悪いセレノスタは、片手で杖をつきながらも器用に上の方の棚へと箱をしまっている。

「ふぅん。物好きなお貴族様もいるんだね」

アウロラはつまらなそうな顔で感想をもらした。

天才少女と名高いアウロラは、ここ最近貴族と引き合わされる事が多くなってきていた。会いに来る人たちは大概高圧的で偉そうで、アウロラは貴族が嫌いになっていた。

「あのご兄妹は貴族としては変わっていらっしゃるからな。イル兄だってあの方に拾われたからあんな立派な……アウロラ？」

セレノスタの言葉を聞いて、アウロラは椅子からひっくり返るように落っこちた。その勢いのまま、ぐるぐると後転していって壁にぶつかり、その壁にフックでぶら下げられていた作業用のミトンやパーツを分けて入れる為の真鍮の小さなボウルなどが落ちてきてアウロラの頭や肩にコーンと良い音をさせながらぶつかっていく。

「だ、だいじょうぶか？」

杖をつきながら、よたよたと机を回り込んでアウロラに駆け寄ろうとするセレノスタ。アウロラは目をこぼれるのではないかというほど大きく見開き、アワアワと口が波打つように開いたり閉じたりしている。

「アウロラ？」

「いぃいいぃいい、イル兄ってのは、もしかしてイル様？」

「何言ってんだ？　イル兄は貴族じゃねぇよ。お貴族様の侍従やってるけど、様つけるような立場じゃないさ」

「じゃなくてじゃなくてじゃなくてさ、イル兄ってイル様っていうか、あれ、なんだっけ。ずっとイル様イル様言っていたから本名出てこなくなってるとかわたしウケるんですが？　こう、アレだ！　どれだ？　ほら、イル様っていったらイル様じゃんか。察して？　こう、ほら、あーと。そうだ、イル兄というのはどのような姿形をしている御仁でござるか？」

カラカラと転がるボウルを拾ってよけながら、セレノスタがまたかといった顔をしてアウロラの顔を見つめた。

「早口過ぎて何言ってるかわからないんだけど」

アウロラは、平民街で天才少女と呼ばれているが、同時に変人幼女としても有名なのだった。


セレノスタが住み込みで働いているアクセサリー工房は、貴族達の住む区画と平民が住んでいる区画の間にある、商店や工房などが並ぶ区画の真ん中ほどに位置している。

貴族には、気の置けない友人同士のお茶会や庭園のお散歩などの普段使いに近い気楽なおしゃれ用のアクセサリーを求める店として人気で、平民からはここぞという時の最高のおしゃれ用のアクセサリーを求める店として人気がある。

そんな感じなので、貴族も来店するが格式張っていたり気取ったりしているわけでもなく、平民もやってくるがカジュアル過ぎると言うこともない、なんというかちょうど良い感じの店なのだ。

表通りに面した部分が店になっていて、ぐるりと裏に回ると工房になっている。

カインとディアーナは、今日は羽根ペン作り体験をさせてもらう予定なので裏口から入ることになっている。

「ディアーナは、町娘っぽいシンプルなワンピースも似合うねぇ。可愛いねぇ」

「お兄様も、地味な色味のシャツとズボンを素敵に着こなしておりますわ」

今日はお忍びというていで来ているので、平民っぽい服装できている。さすがに、以前のように下着になって地面を転がるということはしない。それをしようとするとまずサッシャに怒られてしまうからだ。

ディアーナはフリルやレースやリボンがほとんど付いていない薄桃色のワンピースで、カインは白い長袖のシャツに焦げ茶のベストと七分パンツという姿である。見た目はとてもシンプルで地味なのだが、その生地の良さをみればわかる人には高位貴族の子息令嬢であることはバレてしまう出で立ちであった。

「まぁ、工房にもエルグランダーク家のお嬢様とお坊ちゃまがお忍びで行く、と普通に通達してありますので、これは様式美というものでございますから」

そういってサッシャはディアーナのスカートのしわを伸ばす。貴族でございい！　という格好で裏口から入る訳にはいかないとか、周りもわかっていて見て見ぬふりをする、といった世間体を保つための儀式のような物である。貴族ってこういうところが面倒くさい。

人の出入りがそこそこあるアクセサリー店の入り口を横目にみながら裏側に回り、工房側の扉を開ければセレノスタが待っていた。

「お待ちしておりました、お坊ちゃま、お嬢様」

「やあ、セレノスタ。ひさしぶり」

「師匠！　おひさしぶり！」

杖をつきながら立ち上がり、頭を下げたセレノスタに対して二人は気楽に挨拶を返す。

工房入ってすぐの部屋には、セレノスタの他にも二人の人間がいて、そのうちの大人の方も緊張しながら頭を下げていたのでカインは手で頭を上げるようにと促した。

さすがに貴族相手に工作の手ほどきをするとなると、子どもだけで作業させる訳にはいかない、ということで見守り役の大人の職人が一人付くことになったと説明を受けた。もっともである。

ただ、カインとディアーナ、そしてイルヴァレーノがセレノスタの友人であるということも考慮されていて、作業の手ほどきについてはセレノスタがやってくれるということだった。

カイン達としても、その方が気楽で良い。

「そちらのお嬢さんは？」

見守り役の職人の他にもう一人、ディアーナと同じぐらいの年の女の子がセレノスタの隣に立っていた。ピンク色のボブヘアに少し垂れ目気味のまんまるい愛らしい目。

カインは嫌な予感にキシキシと痛む胃を我慢しながらにこやかに少女について説明を求めた。

「あー……。アウロラという名前で、この工房に勤める職人の娘です。普段は週一ぐらいでセレノスタに計算や文字の読み書きを教えに来てくれてます。羽根ペン作りに興味があるってことで、よければご一緒させてもらえませんか」

職人の言葉に、カインは動揺して黙り込んでしまった。

まだ幼い彼女がセレノスタに勉強を教えているということは、彼女が平民の女の子としては飛び抜けて優秀であるということだろう。

ゲームパッケージのヒロイン画像を少し幼くしたような見た目で、とても優秀な女の子。カインは背中を冷や汗が伝うのを感じて小さく身震いをした。

警備上の理由、身分差、お忍びである事、カインは頭の中でいくつも同席を断る理由を思い浮かべた。そしてそのどれもこれもが、セレノスタやイルヴァレーノを傷つける可能性だったり、ディアーナに不審がられる可能性が否定できなかった。

「もちろん、構いませんわ」

カインが答えないうちに、ディアーナが大きくうなずいている。

ディアーナを悪役令嬢にしないためには、ヒロインと接触させたくなかったカイン。しかし、優しく思いやりのある子になりますように、とディアーナを育ててきたカインは、まぁディアーナだったらそう言うだろうな、という思いもあって強く反対する事もできなかった。

まだ、このアウロラがヒロインであるとは決まったわけではない。

ド魔学のヒロインにはデフォルト名が無い。その為、アウロラという名前を聞いても彼女がヒロインであるかどうかは判断できない。ちなみに、カインは実況者名でプレイしていたのでヒロインは男名だった。

ピンク系の髪色の人間は珍しいが他に居ないわけではない。

優秀な女の子だって他にいるかもしれない。司書になろうとして知識で下剋上する女の子とかいるわけだし。

きっと偶然だよ。ヒロインじゃない。ないったらない。

カインは現実逃避した。

「ありがとうございます。けして、お邪魔はいたしません」

ディアーナに受け入れられたアウロラは、にこりとわらって礼儀正しくお辞儀をした。ディアーナほどではないが、愛らしい少女だとカインは思った。

やっぱりヒロインに似てる、と思っては『親がアクセサリー職人だから比較的裕福で私塾に通えてたのかも』『あのアホ毛は今日たまたま寝癖が直らなかっただけかも』と無理矢理否定するというのを脳内で繰り返している。

そんな風にカインに見られているとは思わないアウロラは、ディアーナに向かって下げていた頭を上げるとくるりと反転してカイン達に背中を向けた。

そして、こぶしを握りしめるとグッグッと肘を二回ほど引く動作をしていた。

「ヨシッヨシッ」

と小声で言っているのも聞こえてくる。

「……セレノスタ？」

「ちょっと変な子なんです」

セレノスタも、見守り役の職人も困ったような顔をしている。

ド魔学のヒロインはプレイヤーの選択肢次第で性格は変わる。でもそれは、ヤンデレとか天然系とかって話であり、「変な子」というのは無い。

やっぱりヒロインじゃないのかもしれないと、カインは小さく頷いた。

アクセサリー工房は、裏口入ってすぐが広めの土間のようになっていた。

壁には道具類がぶらさがり、小さな作業台が三つほど壁沿いに並べられている。奥には職人達のいる工房へとつながるドアがあり、その前に接客用のカウンター台が置かれていた。

「ここでは、アクセサリーの修理に来た人の対応をしたり、商人などの取引先の対応をしたりしています。簡単な物ならこの場で修理して返す事もありますし、取引先の要望で既存の商品に手を加えて試作品を作って見せたりもするので、道具類が一通りそろっているんですよ」

見守り役の職人がそう紹介してくれた。

実際の工房は危ないし秘密の工法などもあるため、カイン達の羽根ペン作りはここで行うということだった。カインとしても、職人達の仕事の邪魔をするのは本意ではないので承諾する。

「羽根ペンなんですけど、羽根の軸を直接削ってペンにする方法と、木軸を付けて金属のペン先を付け替えられるようにする方法がありますけど、どっちにしますか？」

そう言って、セレノスタが二本の羽根ペンを見せてくれた。

片方は、羽根の軸先が紙パックに刺すタイプのストローの先のように斜めに切り取られ、とがった先から切り込みが入った状態になっていた。もう片方は、羽根の先にツヤツヤとした木製のペン軸が付けられていて、付け替えの出来る金属のペン先が差し込まれている。カインの前世で同人作家の友人が使っていた丸ペンやGペンのお尻から羽根が生えているみたいな形だ。

「デリナの羽根ペンはこっちだった気がしますわ」

ディアーナは羽根の先に木製のペン軸が付いた方を指差した。カインもその手元をのぞき込んで、

「たしかに、こっちだったね」

とうなずいた。

デリナの羽根ペンは、デリナの孫が拾ってきた羽根を細工師の息子が加工した物だ。デリナは下位貴族の夫人であったが、領地を持たない貴族であったため次男以降はそれぞれ手に職を付けて独立しているといっていた。

「ちなみに、庶民の間では羽根の軸を直接ペン先に加工した物を使うことが多いです。金属のペン先は高価ですから」

そんな感じの説明を色々と聞いて、いよいよ羽根ペンづくりを始めようということになった。ディアーナは木製のペン軸を付けて、ペン先を交換できるタイプを作る事にした。その方が長持ちすると言われたし、見た目もきれいなので。

せっかくなので工房に用意されていた焦げ茶色の羽根や白い羽根を使ってカインとイルヴァレーノも羽根ペン作りに参加することにした。サッシャは「私は大人なので」と断っていた。

カインとディアーナで一つのテーブルを使い、向かい合わせでセレノスタが座って指導をしてくれることとなった。イルヴァレーノとアウロラでもう一つのテーブルを使い、そちらは見守り役の職人が指導をしてくれている。サッシャはカインとディアーナの机のそばに座ってニコニコと作業を見守っていた。

ペン作りそのものはたいして難しいこともなく、十歳のディアーナでも問題なく進めていくことができていた。というのも、あらかじめ羽根の軸を差し込む為の穴の開いたペン軸を工房の方で用意してくれていたので、ニカワを付けてその穴に羽根を差し込むだけだったのである。

どちらかと言えば、そのペン軸に色を塗ったり絵を描いたりビーズやリボンを付けたりといった加工を楽しむのがメインとなっていた。

「ふぉぉぉ。何という二．五次元。マジンガヤバミチャン。推し変待ったなしかよ～」

ぼそぼそと、十歳の女の子が出すとは思えない低い声が背中から聞こえてくる。

カインが振り返れば、アウロラがイルヴァレーノに聞こえないようにと後ろを振り返って口元を隠しながら独り言を言っていた。

イルヴァレーノと職人に聞こえないように配慮したせいで、背中側のテーブルで作業しているカインに丸聞こえになってしまっているのだ。

「セレノスタぁ」

「聞こえないふりをしてやってください」

カインが小さくアウロラを指差しながらセレノスタに訴えかけるような目でささやくが、セレノスタは可哀想な子を見る目でアウロラの背中をみるだけだった。

（二・五次元とか言ったよな？　まさかとは思うけど、アウロラも転生者なのか？）

カインは手元の羽根ペンの絵の具が乾くのを待ちながらチラチラとアウロラの様子をうかがっている。この世界の平民が二・五次元という言葉を別の意味で使っている可能性もある。そもそも、転生者だとしたらこんなことをブツブツと口に出すのはうかつすぎる気がする。

「まだだ、まだ焦る時間じゃない。落ち着けアウロラ氏」

「……」

「メリバ拒否勢だったけど、めっちゃ健康そう。お肌ツヤツヤ。もしや優しい思い出イベント別人と発生した系？」

「……」

アウロラ、転生者確定である。カインはイルヴァレーノやディアーナと主人公との接触を邪魔するだけでは色々と回避出来ないことを悟った。

アウロラはイルヴァレーノや職人に対して顔を背けて独り言を言っているため、イルヴァレーノにはアウロラの独り言は聞こえていないようだった。しかし、作業をしつつも時々後ろを向いてはブツブツと独り言を言っている美少女というのは怖いのだろう。イルヴァレーノの目は据わっていて、口を引き結んで無言で羽根ペン作りをやっていた。

「あー。セレノスタ、あの娘って頭大丈夫なかんじ？」

転生者で、おそらくド魔学のストーリーを知っている上に隠すのがこれほどまでに下手くそなのであれば、端から見れば大分ヤバい人なのではないだろうか。カインは作業用テーブルに身を乗り出して、セレノスタへとこっそり耳打ちした。

「アレで、俺の勉強の先生なんですよ。読み書きや計算も教えてもらいましたし、わかりやすい、人に伝えやすい文書の書き方なんかも教えてくれて、頭良い子なんです。……ちょっと、独り言とか多いけど人の悪口言ったりしてるわけじゃないし……悪いやつじゃないんです」

セレノスタは、アウロラをかばうようにそう言った。少なくとも、孤児だからとか足が不自由だからといった理由でセレノスタを差別するような娘ではないということだろう。

「カイン様、ディアーナ様」

セレノスタの言葉に、ふむと頷きながら思考に沈みそうになったカインに、イルヴァレーノが背中から声をかけた。

「僕の羽根ペンはできあがりました。そちらでお手伝いしてもいいですか？」

振り向けば、若干困ったような顔をしたイルヴァレーノが羽根ペンを手に立ち上がっていた。ずっとブツブツと独り言を言いつつ、時々「今元気？」「今幸せ？」「友だちはいるの？」「良かったねぇ」といった田舎のおばあちゃんが孫を心配するかのような声をかけてくるアウロラに辟易してしまったようだ。

「イル君できたの？　私もちょうど出来たところですのよ、見せっこしましょう！」

「いいよ、こっちおいで」

イルヴァレーノの声にディアーナが振り返って自分のペンを手元で振って見せた。カインも一緒に振り返ってイルヴァレーノを手招きしてやる。独り言を言い続ける人の隣に座るというのは、存外ストレスのたまる物なのだ。

と、その時。

ガラガラガシャーン。と音を立てて、アウロラが椅子から転がり落ち、そのまま転がって壁にぶつかった。

カーン。と音を立てて、壁にぶら下がっていた細かいパーツ入れ用の金属カップが落ちてきてアウロラの頭に落っこちた。

「……良い音したね」

「どうしたのでしょう？　大丈夫かしら」

突然の事に、カインとディアーナは目を丸くして事態を見守るしか出来なくなっていた。壁に背を預けた状態で座り込んでいるアウロラは、椅子から落ちてぶつけた尻や、金属カップが当たった頭に出来たたんこぶには取り合わず、丸い目をさらに丸く見開き、あわあわと口を開いてカインとディアーナを凝視していた。

「か、か、か、カイン様？」

はくはくと口をあけしめしつつも、アウロラがカインの名を呼んだ。イルヴァレーノがすっとカインの前に立ち、目を細めてアウロラを見つめた。

見守り役の職人がアウロラに駆け寄って立ち上がるのに手を差し出した。

「相変わらず驚き方がオーバーだな。カイン様の名前に今更何を驚いてるんだよ」

セレノスタが、あきれた声でアウロラに声をかけた。

貴族のお忍びなので、カインとディアーナは初対面であるアウロラにあえて自己紹介はしてないし、セレノスタや見守り役の職人も紹介していない。自己紹介をしたのはアウロラだけである。

しかし、セレノスタが言うようにその名前を隠してもいなかった。

作業開始時も「じゃあカイン様とディアーナ様がこちらのテーブルで、イル兄とアウロラがこっちね」という感じで普通に名前で呼んでいる。カインとディアーナがセレノスタにそれを許しているからだ。

しかし、どうやらアウロラは他に気を取られることがあったのか、カインとディアーナの名前を聞き流していたようだ。

カインは立ち上がると、アウロラのそばへと足を進めた。ディアーナがいる手前、女の子が転って頭にたんこぶを作っているのを黙ってみている訳にはいかない。格好良く、女の子に優しい兄でいなければならないからだ。

「アウロラちゃん、大丈夫？　凄い音がしたけど、痛いところはない？」

にこりと笑ってカインが手を差し出せば、アウロラはガクンと力が抜けたようにその場に跪いた。

せっかく見守り役の職人が手を取って立ち上がらせたというのに、ガンとまた痛そうな音をさせて膝を床に打ち付けている。

ぷるぷると肩を震わせている姿に、痛くて声も出せないのかとカインは一緒にしゃがみ込もうとした。そのカインの肩をイルヴァレーノがつかみ、グッと後ろへと引き寄せた。

間一髪で、カインの目の前をアウロラの拳が下から上へと振り上げられた。

（え？　今殴られそうになった？）

グッと眉間にしわを寄せ、アウロラの次の行動に注意を払ったその時。

「サイオシキタアアアアアアアアアアア」

三軒向こうの帽子屋まで響きそうな少女の叫びがこだました。

その姿は、まるでサッカーワールドカップで決勝ゴールを決めた選手が膝立ちでガッツポーズをし、雄叫びをあげる姿のようだった。


その日の夕方。

「ふんふんふーん」

ディアーナが、機嫌良さそうに鼻歌を歌いながら机に向かっている。

できたての青い羽根ペンで、父や母や刺繍の会の友人達に向けて『羽根ペンを作りました』という報告という名の自慢の手紙を書いているのだ。

「ねぇ、イルヴァレーノ。天使の歌声が聞こえると思わない」

「ソウデスネー」

「ねぇ、イルヴァレーノ。返事が雑じゃない？」

カインは手紙を書くディアーナの後ろ姿をうっとりと眺めながら、自分はソファーに座って夏休みの課題をこなしていた。

あの後、鼻血まで出し始めてしまったアウロラは、工房から父親が出てきてそのままつれて帰られてしまった。

セレノスタと工房の代表からは羽根ペン作り体験を騒がせてしまったことを謝罪されてしまったが、羽根ペンは無事に完成しているし直接的な被害があったわけでもないのでカイン達は謝罪を受けいれてその場で水に流した。

ディアーナは、

「なんだか面白い子だったね」

と面白がっている様子だった。

ゲーム版のド魔学を知っている転生者でゲームの主人公。

そんな重要人物であるアウロラについてカインは警戒しているが、今のところカインと彼女には接点がない。

アウロラは孤児ではないため、孤児院への慰問という形で接点を持つわけにもいかない。定期的にセレノスタの家庭教師をしているということではあるが、カインがそれに合わせてアクセサリー工房に出入りする訳にもいかない。

セレノスタはイルヴァレーノの弟分でもあるので、イルヴァレーノに探らせるという手もあるのだが、カインはそれはしたくなかった。

単純に、主人公とイルヴァレーノに接点を持たせたくないからである。

皆殺しルートで回想シーンとして挟まれる「優しい思い出」というイベントは回避してあるが、

ゲーム開始前に必要以上に主人公と仲良くなって、彼女を救うためにまた手を汚すということにならないとは限らない。

カインに恩を感じているイルヴァレーノは、時々「カインのためなら何でもする」旨の発言をするのだ。主人公にのめり込めば、主人公のために何でもすると言い出したっておかしくない。

今のところイルヴァレーノはとても良い子だとカインは思っているが、根っこの所でヤンデレ気質なのではないかとちょっぴり疑っている。

ご機嫌なディアーナの背から視線を剥がし、傍らに立つイルヴァレーノを見上げた。

「なんですか?」

「いつまでも、俺のイルヴァレーノで居てね?」

カインの視線を受けて眉をひそめたイルヴァレーノに、カインはコテンとあざと可愛らしく首を倒した。

「んなっ!」

顔を真っ赤にしたイルヴァレーノは眉毛をつり上げると、バシンとカインの背中をたたく。

「たちが悪い!」

「うはははは」

カインがイルヴァレーノに怒られている一方で、ディアーナの文机の前では、

「私は、ずっとお嬢様のサッシャでございますからね⁉」

と、サッシャがディアーナに詰め寄っていた。

アクセサリー工房から帰宅した夜。カインは布団の中で思案する。

現在十三歳であるカインは、まだゲームパッケージやゲーム内の立ち絵のキャラクターデザインに比べれば幼い。

ゲーム開始まであと二年。すでに夏なので正確にはあと一年と半分。最近成長期に入り、ぐんぐん身長が伸びていっているし、声変わりもしたので大分近づいて来てはいるが「クールビューティーなお兄さんキャラ」というにはまだ若干物足りない感じだ。

さらに、カイン自身が「ゲームのキャラクターデザインとイメージを変えるため」に髪の毛を伸ばしているのもあって、ゲームを知っていてもひとめ見てカインと気がつくのは難しい。

カインというキャラクターは、ゲームでは常に無表情で冷静ぶっているキャラなのだ。好感度が上がっていってようやくクリア直前に微笑みスチルを一枚ゲットすることが出来るレベルで笑わないキャラクターと、紳士的で人前では常ににこやかな今のカインとは結びつけ難いに違いない。

何より、ゲームのカインはディアーナの事を嫌っているのだ。厳しくしつけられている自分とちがい甘やかされている妹に、嫉妬と羨望の気持ちを抱き、八つ当たりしないために接触を避けていた。そんなゲーム版のカインのイメージがあれば、仲良く手をつないで工房に現れ、作業中も楽しそうにおしゃべりをしながら笑い合う兄妹を見ても普通は同一人物だとは思わない。

だから、アウロラも最初はカインとディアーナに気がつかなかったんだろう。

セレノスタに聞いたのか、イルヴァレーノの存在には気がついていたようなので、イルヴァレーノ目当てであの場に参加し、イルヴァレーノばかりに気を取られていたというのもあるにちがいない。

「サイオシキタ。最推し来た、かな」

あのタイミングであの言葉を叫んだのであれば、アウロラの最推しはイルヴァレーノではなくカインなのだろう。

ディアーナを幸せにすると決心した時から考えている回避方法の一つ、『カインルートに持ち込んで主人公を制御し、ディアーナを断罪させない』を実行するのには大変都合が良いことである。

「……」

工房でのアウロラの姿を思い出しながら、カインは一つ寝返りを打った。

天蓋付きベッドのカーテンの向こうに、小さく明かりが透けて見える。夜番で邸内の見回りをしている騎士の足音が遠くに聞こえる。静かな夜。

目を閉じたカインのまぶたの裏に、今日出会ったアウロラの姿が映る。

自己紹介をしてぺこりと頭を下げた、愛らしい姿。

顔を背け、ブツブツと独り言を言う不気味な様子。

まるでリアクション芸人のように派手に椅子から転げ落ち、コントのようにちょうど頭の真ん中に落ちてきたカップ。

膝立ち状態で雄叫びを上げながら腕を振り上げたガッツポーズ。

「カインルート案は、保留にしよう」

カインはもう一度寝返りを打つと、布団を頭からかぶってぎゅっと目を閉じた。

カインはディアーナを幸せにしたいが、出来れば自分も幸せになりたかった。

ディアーナのお茶会

夏休みは、長いようで短い。

「でぃあああああぁなあああああ」

だんだんと小さくなっていく馬車の後ろ姿とカインの泣き声を見送って、ディアーナは大きく手を振った。

父と母、そして使用人総出でのお見送りの場でカインは戻りたくないと駄々をこねていたが、サイリユウムへと一緒に戻るイルヴァレーノに首根っこを掴まれて馬車に引きずり込まれていた。

王都のエルグランダーク邸で働いている使用人達はカインの相変わらずのディアーナ溺愛ぶりに「変わりませんねぇ」と微笑ましく見送っていた。

カインの乗った馬車が見えなくなると、ディアーナはサッシャを引き連れて邸の玄関へと戻る。

カインとイルヴァレーノが居て、夏の間ずっと一緒になって沢山遊んでいたそこは、二カ月前よりも静かになったように感じられた。

「さみしくなってしまったわね」

父と母もそれぞれ執務室や私室に戻り、使用人達もそれぞれ持ち場に戻った今、玄関ホールにはディアーナとサッシャの他には人影がみあたらない。

ディアーナは誰もいない静かな玄関ホールを見上げて静かにため息をついた。

「カイン様のことですから、来年の夏休みもお戻りになりますよ。それに、飛び級のために頑張っていらっしゃいましたから、一年半後には留学を終えられるでしょう」

サッシャはさみしそうなディアーナを慰めるようにそう言うと、優しく肩を撫でた。そんな優しさにディアーナも小さく笑うと、肩に乗っているサッシャの手をポンポンと軽くたたいて答える。

「そうね、お兄様はとっても頑張っていらっしゃったわね」

ディアーナは自分の部屋へと続く道ではなく、図書室へと向かって足を進めた。


カインは夏休みでリムートブレイクへと帰ってきている間、暇さえあればディアーナと一緒に遊んでいた。

刺繍の会で課題として出されている図案を一緒に刺繍したり、冷やして美味しい果実茶を見つけようとして色々な果実茶をブレンドして飲みまくってそろってお腹を壊したり、王都邸の裏庭にもブランコを作ってみたり、鳥男爵の邸へ羽根をもらいに行ったり、羽根ペンを自分で作ってみたり。

とにかく、イルヴァレーノやサッシャも巻き込んで夏を満喫していた。

しかし、ディアーナはまだ学生ではないため夏休みという物がなく、家庭教師の授業は通常通りにあった為、夏休み全てをフル回転で遊んでいたというわけではない。

そんな時には、カインもそばで自分の勉強をやっていた。貴族学校の課題だったり、飛び級するために必要な勉強だったり、それは様々な内容だった。

ディアーナの授業の合間に、イアニス先生に質問することが出来て勉強がはかどったとカインは喜んでいた。

勉強時間もカインと一緒に居られたことを、ディアーナは素直に喜んでいた。しかし、夏休みも後半になってわかったことがある。

カインは、ディアーナとの勉強中以外にも早朝や夜中に勉強をしていたようなのだ。

サイリユウムとリムートブレイクに離ればなれになっていても、お互い習慣として続けていた早朝ランニング。それを、カインは夏の後半になって三日に一度ほど休むようになっていたのだ。

若干寝不足気味になっていたカインを、イルヴァレーノが無理矢理布団に縛り付けて二度寝させていたのだと、夏休みも終わり頃になってサッシャから聞いた。

「それほどまでに、三年連続して飛び級するというのは難しいことなのですよ」

とは、イアニス先生の言葉だった。

カインはすでに、アンリミテッド魔法学園を卒業できる分の勉強は済ませている。そのため、留学先でも算術や物理学、現代経済については問題ないのだ。

しかし、国が違えば歴史が違う。経済についても国が違えば発展過程が違う。文学についても、詩のルールが違ったり、魔法がある国と無い国では情緒がちがったりして『この時の主人公の心情を述べよ』といった設問にカインは苦労していた。

サイリユウムは魔法の無い国なので、体が出来てくる高学年からは剣術や弓術なども授業に入ってくる。

六年かけて学ぶことを、三年で学ぼうとしているのだから、やはり忙しいのだ。

「お兄様は、約束通り飛び級して三年生になってくださった。そして、次も飛び級して五年生になる為に頑張ってました」

「さようでございますね」

ディアーナは図書室へと入ると一番奥の窓際の席へと座り、サッシャはその後ろへと立つ。

「きっと、お兄様はアンリミテッド魔法学園に四年生から編入してくるよね？」

「間違いございませんね」

図書室へと入り、近くには後ろに立っているサッシャのみ。ディアーナは少し言葉を崩して椅子の背もたれに体をあずけた。

サッシャが入り口側に目をやると、エルグランダーク家の図書室を預かっている司書が小さく会釈して奥の部屋へと下がっていった。

「サッシャは覚えているかしら。お兄様が留学の前にお見合いというか、顔合わせのお茶会をしていたのを」

「……覚えておりますとも」

留学前、カインは同年代の令嬢を招いての一対一のお茶会を何回か開催している。セッティングしたのは両親であるが、招待状の名義はカインになっていた。

そこにカインは、ディアーナを同席させた。そして「プレお見合いなのだから、妹さんには遠慮していただいて」という発言をした令嬢には冷たく接し、まるでディアーナなどいないかのように振る舞った令嬢にはカインも無視をして返した。

カインの理想のお嫁さん像は「カインと一緒になってディアーナを愛してくれて、カインがディアーナを優先しても嫉妬しない女性」なので、そのふるいにかけたのだと言えばそうなのだが。

「あれは、ちょっとお相手の令嬢たちに同情いたしました」

頬に手を添えて、困ったような顔をしたサッシャがつぶやく。

当然、相手の家からも抗議の手紙が届き、母エリゼは頭を抱え、父ディスマイヤはカインの留学を決めたのだ。

「未だに、お兄様と同じぐらいのご令嬢達のあいだで、お兄様の評判は最悪だそうよ。二年後、アンリミテッド魔法学園に転入してきたときに、お兄様の居場所が学校にないのでは困るの」

ディアーナは目の前のテーブルに肘をつき、組んだ手の上に顎を乗せた。お行儀がわるい格好ではあるが、最近読んだ絵付き小説の探偵がよくやっているポーズをまねているのがわかっているのでサッシャは見て見ぬふりをする。

「お兄様が、私との約束を守ろうと頑張っているのなら、私もお兄様が帰ってきやすいように頑張らないとね！」

令嬢というにはほど遠い、口角を片方だけつり上げるようににやりと笑って見せたディアーナ。

これも、小説の探偵が解決編のはじめにする表情である。

「ふむ、ではどうなさいます？　サー」

そんなディアーナの顔をのぞき込んでいたサッシャも、探偵小説の聞き手役の台詞でディアーナに問いかけた。

「ふふっ。それは、今から考える！」

アイディアのひらめき具合までは、探偵ばりと言うわけにはいかないようだった。

夏の日差しが柔らかくなり、過ごしやすくなってきた庭園の一角。花の花弁のような小さな葉が可愛らしい色に染まる生け垣がきれいに見える東屋で、ディアーナはケイティアーノとお茶の時間を楽しみつつ、カイン好感度アップ作戦の相談に乗ってもらっていた。

「そもそも、カインお兄様が嫌われているというのがわからないのですけども」

「ケーちゃん？」

お茶のカップをゆっくりとソーサーに戻しながら、ケイティアーノがおっとりと目を細めた。

「私もあのときの個別お茶会にお誘いいただいてましたけど、和やかに楽しい時間をすごしましたでしょう？　カインお兄様を嫌う要素が思いつかないのですよ」

「ケーちゃんは、お兄様より私と沢山おしゃべりしていたもんね」

「そもそも、年の差が大きいのでお見合い対象ではないというのもあるのでしょうけれど、刺繍の会でお会いするときと変わらず、お優しいお兄様でしたから」

「ノアちゃんやアーニャちゃんとのお茶会も、問題なかったんだよね」

カインのプレお見合いお茶会は、同年代の令嬢の他にディアーナの友人でもある刺繍の会メンバーとも行われていた。

ケイティアーノはディアーナの一番の友だちで、お茶会一番のりだった女の子だ。ノアリア（ノアちゃん）やアニアラ（アーニャちゃん）も刺繍の会で仲良くしているディアーナとおんなじ年齢の女の子で、女性とのお茶会でカインが失敗しないようにと、最初の数回は顔見知りの令嬢である彼女たちをご招待したという背景がある。

「私やノアちゃんやアーニャちゃんは、そもそも刺繍の会でカインお兄様と顔見知りですしね。緊張することもありませんでしたし、共通の話題もありますから、しらけてしまうこともありませんものね」

そうケイティアーノがつぶやくとおり、カインは刺繍の会に参加している『アルンディラーノ殿下のご友人たち』と仲が良い。

アルンディラーノ世代の女の子達からは「カインお兄様」と呼ばれて親しまれ、男の子達からは「カイン様」と呼ばれて頼りにされている。ちなみに、男の子達がカインお兄様と呼ばないのは、カインが呼ばせないからである。

男の子がカインお兄様と呼ぼうものなら「ディアーナの婚約者の座を狙っているのか?」「ディアーナと結婚したければ、俺の屍を越えていけ!」とカインに威嚇される。

それを面白がってわざと「お兄様」と呼んでカインに飛びかかっていく小さな男の子達を、カインは柔道や合気道の要領でコロンと転がしたり投げ飛ばしたりしていた。もちろん、お子様遊びコーナーのふかふかラグマットの上や柔らかクッションの上にである。

それが楽しくて、また男の子たちはわざとお兄様と呼んだりもするのだが、ほどほどにしておかないと王妃様に刺繍の会から追い出されてしまうので、普段はお兄様と呼んだりしない。

「カインお兄様はなぜ、お姉様方に嫌われてしまったのですか？」

ケイティアーノからのその質問に、ディアーナは渋い顔をした。顔のパーツが中央に寄っているように錯覚するような渋々した顔になっている。

「まぁ、ディちゃん面白いお顔」

クスクスと笑うケイティアーノに、「差し支えなければ、私から」と後ろに立っていたサッシャが説明をした。

ディアーナを退席させようとした令嬢に冷たく接し、ディアーナを無視した令嬢をカインも無視した。端的なサッシャの説明を聞いたケイティアーノは普段は細い目をまん丸くして「まぁまぁ」と驚き、ディアーナは益々渋い顔になった。

「ディのせいでお兄様が嫌われた……」

「お嬢様のせいではございませんよ。『お嬢様を共に愛し、お嬢様を優先しても嫉妬しない女性』を選ぶ為とはいえ、アレはカイン様の態度が悪うございました」

「そうよ。カインお兄様なら、一緒にディちゃんを愛でましょうという方向に誘導することだってできたでしょうに。……カインお兄様は、本当にディちゃんが絡むと仕方がない方ね」

渋い顔のままうつむいたディアーナに対して、サッシャとケイティアーノはそろって優しい声をかけた。

当時、カインは十一歳だったがディアーナは八歳だった。兄の行動を当時のディアーナが諫《いさ》めようというのは無理があっただろうと思われる。

また、プレお見合いお茶会の前に行われたケイティアーノ達顔なじみとのお茶会では、ディアーナが参加しても誰も文句を言わなかった訳だから、その続きだと思っていたディアーナがお茶会参加を遠慮するという考えに思い至る事は難しかった。

『ディアーナを溺愛しすぎたせい』でカインが令嬢から嫌われたといえばその通りなのであるが、それでディアーナのせいということにはならないだろう。

普段から刺繍の会でカインとディアーナの仲の良い姿を見ていて、男の子がディアーナにちょっかいをかけようとする度に返り討ちにする姿も見ていたケイティアーノは、サッシャの端的な説明だけで当時のお茶会の様子を想像出来てしまっていた。

自分たち妹分には優しくて頼もしいカインお兄様。たった一回、冷たくあしらわれてしまった事でカインの事を嫌ってしまったご令嬢たちに、どうやって誤解をといてもらうべきだろうか。

ケイティアーノとディアーナはそろって「うーん」とうなって思案した。

そうしてしばらく思案していた二人だが、やがてカップの持ち手を優しく撫でながら考えていたケイティアーノがポンと小さく手をたたいた。

「では、お茶会の仇はお茶会でとりもどしましょう」

その言葉を合図に、ディアーナとケイティアーノは顔を寄せ合って作戦を練り始めた。

「お茶会の仇はお茶会で取り戻す」というケイティアーノのアイディアは、至極単純な物だった。

『お茶会を開いてお相手の令嬢をご招待し、話し合いで誤解を解きましょう』という内容である。

なにせ、令嬢を怒らせてしまったカイン本人は外国に留学中でここには居ないのだから、「カインが謝罪をする」という一番の正攻法が使えないのだ。

もちろん、「お金で雇ったチンピラに襲わせて、そこにカインが颯爽と現れて令嬢を助ける」だとか、「毎朝起きると窓辺に花が一輪置いてあり、正体を探ろうとして夜更かししていたら月夜に光る金髪三つ編みがひらめくのを見かける」とかいう、最近読んだ本の影響をバリバリに受けたアイディアも使えないのである。

カインがいないうちに、カインが帰国しやすい環境を整えたいディアーナは、一番まっとうで一番地味なケイティアーノの案を採用することにした。

しかし「お茶会でお話し合い作戦」は、内容そのものはとても単純なのだが、それを実現しようとするとなかなか難しいもので、ディアーナとケイティアーノが額をくっつけて話しあってもまとまらず、後日相談相手を増やしてさらに話し合いをした。

刺繍の会で知り合って仲良くなったノアリアとアニアラである。

「まず、カインお兄様が怒らせてしまったご令嬢とつながりが無いのが問題ですの」

「みんな、年上のお姉様ですもんね」

ノアリアとアニアラは朗らかに笑ってそういった。

エルグランダーク邸の中庭、カインお気に入りのちょっと寂れた東屋でお茶を飲みながらの優雅な相談会である。

お友達を招待しておいて、ちょっと寂れた東屋を利用するのもどうかと思うのだが、意外と友人達には『隠れ家っぽくて良いですの』『内緒の相談事ですもんね』と評判だったりする。

カインのプレお見合いお茶会の相手はカインと同年代の令嬢だったので、ディアーナ達とは世代が異なる。その為「お友達になりましょう」と親同士が引き合わせると言うこともない。

「私たちよりは年上ですけど、自主的に刺繍の会に参加するには若すぎですの」

「私たちは、アルンディラーノ王太子殿下のお友達候補として呼ばれてるのですもんね」

「うん。そうなの」

ノアリアとアニアラの言葉に、ディアーナも素直にうなずいた。

刺繍の会は王妃主催なので、主な参加者は王妃世代。つまりディアーナたちの親世代が主なのだ。

「あとね、もう魔法学園の学生さんになっていらっしゃるでしょう？　お時間を調整していただくのも難しいのではないかしらってディちゃんとお話ししていましたのよ」

ケイティアーノがディアーナの言葉に続いて問題点を挙げる。そして、テーブルの上の焼き菓子に手を伸ばして口の中へと放り込んだ。

「甘くないお菓子も、美味しゅうございますわね」

「しょっぱいクラッカーに、甘いクリームを載せて食べるのが美味しいってお兄様が言っていたよ」

「まぁ。ではもう一枚……」

「私も！」

十歳の女の子達は、お菓子が大好き。こんな感じで時々話が脱線しつつ、カインお兄様好感度アップ作戦会議は続いていた。

話が行ったり来たりした結果、結局この日はお相手の令嬢をお茶会に招く方法は思いつかなかった。最後にはサッシャやケイティアーノ達の侍女から『ご令嬢をお招きしてお茶会をしたいと親に相談する』ことを勧められてしまった。

お茶会をするとなれば邸の庭かサロンを利用することになるし、事前の準備や開催中の給仕、後始末まであるので家の使用人を動かす必要があるのだ。

今日のこのお茶会だって、「お友達が遊びに来るよ！」という気軽さでディアーナは開催しているが、侯爵家の令嬢三人をお招きしても良いかをサッシャがパレパントルを通じてエリゼに確認していたり、邸のティールーム所属のメイドやシェフ達の予定を調整したりと駆け回ってやっと開催しているのだ。

ちなみにサッシャは、

「ディアーナ様に気取られずに裏方で良い仕事が出来た」

と満足そうに笑っていた。

カインが令嬢を怒らせた理由は令嬢毎に異なっている。冷たくあしらった令嬢と無視をした令嬢では説得方法が違うだろうということで、一人ずつご招待することにした。

そして、カインの良さを知る自分たちがそれぞれ良いところを紹介する事で誤解を解こうということになり、ディアーナの他にケイティアーノとノアリアとアニアラも参加することになった。

「カインお兄様のお優しいところをお伝えすれば、きっとわかってくださいますの」

ノアリアは、刺繍の会で親切にしてもらったことや、失敗をうまくフォローしてもらったことを伝えようと思った。

「カインお兄様は色々なことを知っていて、その知識を惜しげもなく披露してくださいますもんね」

アニアラは、カインが博識なのにもったいぶらず、色々なことを教えてくれる気さくなところを伝えようと思っていた。

「カインお兄様は、ディちゃんに対してちょっと過保護が過ぎるだけなのよねぇ」

ケイティアーノは、ディアーナを無下にしなければカインは紳士であることを伝えようと思っていた。

友人三人組は仲良しであるディアーナの為に、そして自分たちには優しいカインお兄様の為に力になりたいという善意からの提案だった。

それが、最悪の結果になってしまうとは誰も思っていなかった。


みんなで作戦会議をしてから二月後、『カインお兄様好感度アップ作戦お茶会』の第一回目がようやく開催されることになった。

お茶会開催に二カ月もかかったのは、夏休みが終わったばかりのド魔学はテストだの運動会だの収穫祭だのとイベントが盛りだくさんで令嬢の時間が取れなかったためである。

季節はすでに秋を過ぎて冬に差し掛かろうという時季。昼に開催したとしてもガーデンティーパーティーでは寒いということで、会場はエルグランダーク邸のティールームとなった。

ディアーナがお茶会に最初に招待したのは、ティモシー・ジンジャー伯爵令嬢。

カインとのプレお見合いの時に「せっかくのお見合いなので二人きりで」と言ってディアーナを退席させようとして、カインを怒らせた令嬢である。

「本日はお招きくださり、ありがとうございます」

「こちらこそ、おいでくださってうれしゅうございますわ」

挨拶を交わし、お茶会が始まった。

本日の茶葉の説明や、お茶菓子の説明から始まり、好きなお菓子について語るなどしてしばらくは緊張感はありつつも和やかな時間が過ぎていく。そうして、一回目のお茶のおかわりが行き渡った頃に、話は本題に入っていった。

あのとき、カインがなぜ怒ったのか。

「カインお兄様は、ディちゃんを溺愛していて、過保護すぎるほどに過保護なところがあるんですの」

「ディちゃんも一緒に、と三人で過ごせば楽しく過ごせますもんね」

ノアリアとアニアラが、当時のカインをフォローしようとした。

お見合いの席でいきなり怒りだしたカインの印象は悪いかもしれない。

「お兄様は、普段はちゃんと優しいんですのよ」

「きちんとお話を聞いてくださいますし、失敗してもわかりやすく諭してくださるんです」

ディアーナとケイティアーノが、カインの良いところを紹介しようとする。

カインは優しい。カインは楽しい。色々な言葉を尽くして、四人はカインと自分たちについてティモシーに一生懸命語った。

「でも」「しかしあの時は」と、ティモシーが話を差し込もうとしても、「まぁまぁ、まずはカインお兄様の良いところを聞いてください」と四人はカインの良さについて語り続けた。

我慢強く話を聞いていたティモシーが、四人の話が途切れた瞬間にガタンと椅子の音を立てて立ち上がった。

「ひどいわ！　寄ってたかって私を馬鹿にして！」

叫んだティモシーの目尻には、涙が浮かんでいた。

「招待されたから行ったお茶会で怒られて無視されて、ひどい扱いをされたのは私の方なのに、まるで私の方が理解が無くてわがままだったみたいな言い方！」

突然の大きな声に、びっくりしてしまったディアーナ達。ぽかんとした顔でティモシーを見上げることしか出来ないでいると、ティモシーはスカートをつまんで一礼をした。

「お時間まだ早いけれど、失礼いたしますわ」

ティモシーはそう言うと、くるりときびすを返してティールームから出て行ってしまった。

部屋の外で、少し震えたティモシーの声が聞こえた。待機していた自分の侍女に声をかけたようで、続いて「お嬢様」と追いかける声と、遠ざかる足音が聞こえて、やがて何も聞こえなくなった。

突然の出来事に残された四人の少女は言葉が出てこなかったため、エルグランダーク家のティールームはしばらく静寂に支配されていた。

その日の夜、ディアーナは母エリゼに叱られた。

以前のカインとのお茶会と同じように、ディアーナとのお茶会に関してもクレームが来たのだ。

伯爵家から公爵家へとクレームを入れるのは勇気の必要なことだっただろうが、元々ジンジャー伯爵がディスマイヤと同じ法務省に勤務している縁でカインのお見合い相手に選ばれていたのだ。

気心の知れた上司と部下という関係から、しっかりとクレームを入れてきたらしい。

「ディアーナが絡んだときのカインもひどいとは思っていたけれど、カインが絡んだときのあなたもあまり褒められた物ではなかったのね」

ため息を吐きながら母がそんな言葉を漏らしていた。

ディアーナはしょんぼりと落ち込んで部屋に戻り、ソファーの上で三角座りをしてその夜を過ごした。

「お兄様……」

ぽつりと言葉をこぼすディアーナの姿は、いつかひどく落ち込んで部屋に閉じこもっていたカインの姿にそっくりであった。


ディアーナの私室の隣にある隠し部屋、侍女の待機室ではやはりサッシャも三角座りをして落ち込んでいた。

サッシャの憧れの『完璧な侍女』にはほど遠かった今日のお茶会を振り返り、こぼれそうになる涙をシーツの端で拭い取る。

この二カ月間、サッシャはお茶会開催の準備をディアーナに感じさせないように先回りして行った。

「こういう感じにしたい」

というディアーナの意見を先回りして、

「すでに準備済みでございます。お嬢様」

と答えてきた。

年上の令嬢を呼ぶ為に、魔法学園の学校行事の予定表を手に入れた。

姉の伝手を使って、学生の間ではやっているお茶のフレーバーや人気の菓子屋を聞き出して用意した。実際、お茶会に来て席に座った瞬間のティモシーは、お茶の香りに顔をほころばせ、テーブルに並んでいるお菓子をみて目を輝かせていたのだ。

お茶会開催までは、『完璧な侍女』に近い働きが出来ていたと自負している。これが普通のお茶会であれば、大成功だったに違いない。しかし、今回のお茶会にはちゃんと『カインをよく思っていない女性にカインの良さを伝える』というテーマがあったわけで、それが完遂されなかったのであれば失敗だ。お客様であるティモシー嬢は泣いて怒って帰ってしまったのだから、大失敗である。そして、ディアーナは親から叱られてしまって落ち込んでいるのだから、完璧な侍女としても大失敗である。

ディアーナとその友人達の会話内容まで把握して事前に軌道修正をしておけば良かった。話の途中でも、方向転換をさせるように会話に割り込んでしまえば良かった。

それは使用人で侍女であるサッシャにとっては越権行為に他ならないので、もう一度同じことがあったとしても実際に行動できるかと言えば難しい。

サッシャは頭のなかでぐるぐると結論の出ない反省を繰り返しては、シーツの端で涙を拭った。

「ディアーナお嬢様……」

完璧な侍女としてお茶会を完璧に完遂できなかったことよりも、ディアーナを落ち込ませてしまったことが何より悔しいと感じていることに、サッシャは自分では気がついていなかった。


サイリユウム王国の現王都であるサディス。その中心部にある王城から少し離れたところに、エルグランダーク邸がある。

エルグランダーク公爵サディス邸は、公爵夫人が留学中の息子に会いに来るために購入した家なので、扱いとしては別荘に近い。

執事のダレンを始め、貴族の屋敷に必要な使用人はきっちりとそろえられているのだが、そういった事情で家主一家がいない為に普段はあまりやることが無い。

カインとコーディリアが留学中でサイリユウムに滞在中ではあるのだが、二人は基本的に寮生活なのであまり邸に居ない。休息日も邸に来たり来なかったりだ。

主人不在の邸では、もちろん当主一家の世話をすることが無いし、茶会や晩餐会なども行われないので、来客対応も必要が無い。

若干手持ち無沙汰な使用人達は邸を隅から隅まで掃除したり、食器を日に三回も磨いたり、珍しい草花の栽培にチャレンジしたりとそれぞれに仕事を作っては日々を過ごしていた。

そうはいっても、休息日や放課後にカインが第一王子や第二王子を連れて帰ってきたり、コーディリアが友人令嬢を連れて帰ってきたりするので気は抜けない。

突然やってくる来客が大物すぎて、ゆったりと仕事をしつつもいつ発生するかわからない来客対応タイムトライアルにヒヤヒヤドキドキするというスリリングな日々を送っていた。

そんな中、執事のダレンはカインの侍従であるイルヴァレーノと、コーディリアの侍女であるカディナへと指導をしていた。

イルヴァレーノはリムートブレイクの邸でパレパントルから、カディナもネルグランディ城の侍女長やアルディの侍女である母から仕事を教わっているが、仕える対象のお世話の傍らで教わっている為、邸の細々とした仕事などは把握できていないものもまだまだ多い。

「イルヴァレーノもカディナもサイリユウムの言葉で会話が出来てはいますが、まだまだ使いこなせているとは言えません。主人に付き従っていれば主人の代わりに返答したり問い合わせしたりすることもありますし、主人が忙しくなれば主人の代理で用足しに行くこともあるでしょう。相手が主人と同格の場合は私どもからは目上の人物となります。そんな時に言葉遣いを間違えれば、無礼であると自分が処罰されるだけでなく、主人がとがめられ、品位を疑われ、侮られる要因となってしまいます」

今日は、ダレンによるサイリユウム語講座が開かれていた。貴族独特の言い回しや、目上に対して使ってはいけない言葉、相手の爵位によって使い分けなくてはならない言葉などについて勉強をしている。

「ダレンさん。伯爵以上の方と子爵以下の方が同じ場に居たときには、その言葉の使い分けってどうしたらいいんですか？」

「上位の方に対して、下位の方向けの言葉を使えば角が立ちますが、下位の方に対して上位の方向けの言葉を使っても失礼とはなりません。伯爵以上の方が同席している場で子爵以下の方に話しかける場合は、伯爵以上の方向けの言葉遣いで話しかければ良いでしょう」

「じゃあ、常に上位爵位向けの言葉を使っていた方が間違いが無くて良いんじゃないですか？」

「子爵以下の方しか居ない場で、伯爵以上の方向けの言葉でわざわざ話しかければ、それは『からかっている』と受け取られかねません。特に、上昇志向の強い子爵家の方などは『まだ陞爵《しょうしゃく》出来ない事をバカにしている』と怒り出す方もいらっしゃいます」

「へぇ」

「あほらしい」

「貴族の矜持というものは、そういうものですよ」

そんな感じでのほほんと、使用人ならではの言葉遣いなどについて勉強していた昼下がり。ダレンが用意してくれた教科書のページをめくろうとしていたイルヴァレーノは、ピクリと肩を揺らすと顎を上げて遠くを見るような仕草をした。

「どうしたの？　イル君」

「何か気になることがありましたか？」

カディナとダレンの声に、イルヴァレーノは振り向くと手で椅子から立ち上がるように示した。

「そこにいると危ない」

そう言ってイルヴァレーノ自身も立ち上がった瞬間、勉強会の会場であったサロンのドアが「バンっ」と音を立てて勢いよく開いた。

「イルヴァレーノぉおお。ディアーナが大ピンチで大変だぁあああ‼」

ドアの開いた勢いのまま、カインが部屋の中へと飛び込んできた。

勢いが殺しきれなかったカインはふかふかの絨毯に足を取られてつんのめり、勢いよく宙を飛んでテーブルの上へと飛び乗ると、三回転ほど前転をしてテーブルの向こうへと着地した。

ダレンとカディナは目を丸くしてその様子を見つめ、イルヴァレーノはあきれたような顔をして着地ポーズを決めているカインを眺めていた。

「大変だイルヴァレーノ！　ディアーナが悪役令嬢になっちゃう！」

ぐるりと上半身だけ振り向いたカインの手には、一通の手紙が握られていた。

大慌てで半分パニックになっていたカインの言動は何を言っているのかさっぱり要領を得なかったので、イルヴァレーノはカインが差し出してきた手紙を開いてその内容にざっと目を通した。

カインが受け取った手紙はサッシャからの物で、手紙の内容は、底の底まで下がっているカインの好感度をアップしてカインが帰国しやすいようにしようとディアーナが奮闘した事と、そのお茶会が失敗してしまったことが書かれていた。

「ディアーナを助けに行かなくちゃ！　ダレン、お金かしてください！」

「落ち着いてくださいカイン様」

イルヴァレーノが手紙を読んでいる間にも、カインは両手をお椀の形にしてダレンに差し出している。イルヴァレーノはため息をついて手紙をカディナに渡すと、カインの方へと足を向ける。

「読んで良いの？」

「サッシャからの手紙だから読んで良い。意見を聞かせて」

「ほいよ」

手紙を受け取ったカディナは確認してから手紙をぱらりと開いて中身に目を通し始め、イルヴァレーノはカインを後ろから羽交い締めにした。

「手紙の中で『手紙を出したことはお嬢様には内密に』って書いてあったでしょう？　助けに行ったらサッシャが手紙で窮状を訴えたことがバレてしまいますよ」

イルヴァレーノがそう言ってカインを落ち着かせようとするが、カインは固定されていない下半身をジタバタさせてもがいている。

「そんなことは些事である！　僕のせいでディアーナが女の子達に意地悪な子だと勘違いされて嫌われている現状がまずいんだよ！　挽回すれば、最終的にはディアーナもサッシャの機転に感謝するよ！　たぶん！」

「えー。ディアーナ様の気性を考えるとそんなことなさそうだけどなぁ……なさそうですけど」

カインの言葉に、手紙を読み終わったカディナも懐疑的だ。コホンとダレンに後ろから咳払いで言葉遣いについて注意を受けて言い直している。

「ディアーナを、意地悪な女の子にさせるわけにはいかないんだよ!!」

羽交い締めにされている腕と背中を支点にカインは大きく両足を上げてイルヴァレーノに体重をかけ、イルヴァレーノが一歩よろけたところで足を下ろし、その勢いでイルヴァレーノを背負い投げの要領で放り投げた。

イルヴァレーノは途中からわざと投げられ、くるりと一回転して前方に着地した。

そこからにらみ合うカインとイルヴァレーノだったが、やがて後ろからパンパンと手を打つ音が聞こえてきた。

「カイン様、リムートブレイクへお戻りになるにしても本日はもう遠方へ行く馬車も出ませんし飛竜も飛びません。一旦お茶でも飲んで落ち着きましょう」

ダレンだ。その手にはカディナから回ってきた手紙があり、顔はにこやかだった。

「でも……」

この場で唯一の大人であるダレンから、落ち着けと言われて少し息を吐きだしたカインだが、まだ未練ある感じで言いつのろうとする。

「無策で帰国なさったところで、ディアーナお嬢様をお救いできるとは限りませんよ。知恵は三つ以上寄せろということわざもございます。まずは作戦会議といこうではありませんか」

カインの慌てぶりに、ダレンはひとまず『帰国したい』というカインの希望については反対せず、帰国する前にやることがあると示すことで落ち着かせようとした。

「そ、そうだね。……うん、そうだね。ありがとうダレン。ちょっと焦っていたよ」

イルヴァレーノに向かって威嚇のポーズを取っていたカインは、姿勢を正すと照れくさそうに後ろ頭をポリポリとかいて苦笑いを浮かべていた。

サロンの中、カインが飛び込んで突っ込み、空中回転したことでずれたテーブルや椅子が使用人達によってきれいに戻された。

勉強会で使っていた教科書などはテーブルの端によせ、カインとイルヴァレーノ、カディナ、ダレンがテーブルに着いてお茶で一服している。

「手紙の中で、サッシャさんが五回も『本当はカイン様に頼りたくはない』って書いてますよね。よっぽど自分でディアーナ様をお支えしたかったんですねぇ」

カディナがそう言いながらお茶請けとして出されたナッツをかじる。ポリポリとほっぺたから硬そうな音が聞こえてくる。

「『貴婦人の夕べ』だかって小説の完璧な侍女を目標にしてるらしいからね」

「あ、それ知ってる。『優雅なる貴婦人の夕べ』でしょ。コーディリア様もお読みになっていらっしゃったわ」

「リムートブレイクの書物ですかな？　しかし、その話は置いておきましょう。まずは手紙に書かれている内容から整理いたしましょう」

イルヴァレーノとカディナで話がそれそうになったのを、ダレンが戻す。

カインは目の前に五枚の便せんを並べてそれらをにらんでいる。

「こちらの手紙に書かれている『好感度が下がりきっているご令嬢達』についてなのですが、どういったことなのでしょう？　私はエルグランダーク家にお仕えするようになってまだ一年にもなりませんが、坊ちゃまが人から、特にご令嬢から嫌われるというのが想像できないのですが」

ダレンがそう言って困った顔をしてイルヴァレーノを見る。なんで嫌われてんの？　と本人には聞きにくいのでカインの侍従であるイルヴァレーノに聞いたのだ。

カインは、基本的に女性には優しい。前世で女性と関わることが多い仕事をしていたというのもあるし、ここが乙女ゲームの世界だと認識しているせいでもある。

エルグランダーク家サディス邸には休息日や放課後のほんの数時間しか居なかったりするのだが、それでも使用人には丁寧に接するし、特に女性には優しい態度で対応する姿をダレンはよく見ているのだ。カインが女性から嫌われるというのが想像できない。

「お見合い前の顔合わせとして何人かの令嬢と一対一のお茶会をしたんですが、その時にディアーナ様を同席させたんです。それで「せっかくなので二人で話したい」とディアーナ様を退席させようとした令嬢に『退席するのはあなたの方だ』と令嬢の方を追い出したり、ディアーナ様がわからない少し難しい話題を振ってきたり、ディアーナ様を無視して二人で会話を進めようとした令嬢に対して完全に無視してディアーナ様とばかり会話したりして怒らせたんですよ」

イルヴァレーノの解説を聞きながら、カインは頭を抱えている。今になってみれば、自分が悪かったというのもわかっている。

前世で営業職だったのだから、話術で適当にあしらえば良かったのだ。自分が人見知りだからとか、綺麗な令嬢と二人きりだと緊張してしまうからだとか適当な理由を述べて、そんなことを言わずに三人で楽しみましょうと誘導すれば良かったのだと、今ならわかるのだ。

だけど、当時は目の前でディアーナをないがしろにされて頭の中の何かがプツンと切れたのだ。

アルンディラーノに対して魔法を放った時から何も成長していない。

これだから、母エリゼから「ディアーナが関わったときのあなたは本当にひどい」と言われてしまうのだ。

頭を抱えているカインを、カディナとダレンがなんとも言えない顔で見つめている。

「カイン様は一応その後令嬢達に謝罪しようとしたんですけど、心の傷が癒えるまで時間をおいてほしいとご令嬢達の家から一旦拒否されました。そして留学が決まってしまったカイン様はその後サイリユウムに来てしまいましたので、謝罪しないまま今に至っているんです」

「手紙は出した！　謝罪の手紙はちゃんと出したんだよ⁉」

イルヴァレーノの説明に、ガバリと頭を上げて言い訳をするカインだったが、

「最悪ですね、カイン様」

「最悪でございますねぇ、カイン坊ちゃま」

カディナとダレンから、可哀想な人を見る目で見つめられてしまった。

やはりまずは直接謝罪をする事が重要である！　と立ち上がったカインを隣に座っていたイルヴァレーノが肩を押さえて座らせた。

「この手紙を見る限り令嬢がお怒りになられたのは、仲直りのためのお茶会だと思ったのに謝罪も無くカイン様の良いところを一方的に並べ立てられた為であったと読み取れますね」

カインを褒め称えたディアーナには全く悪気はない。

謝罪が無いのも、謝るべきはカインであり、ディアーナが代わりに謝るというのも変な話である。

カインが謝罪の手紙を出したことをディアーナも知っていたというのもある。

「問題は、この最初のご令嬢から話を聞いた他のお二方もお茶会の招待を辞退されたということでしょうね」

そう。カインのプレお見合いお茶会に呼ばれていたのは、カインと同じ年齢の令嬢だった。つまり、三人の令嬢は今同じ学校に同じ学年の生徒として通っているのだ。

三人とも伯爵令嬢と爵位も同じなのだから、友人同士になっていてもおかしくはない。

ティモシーがお茶会であったことを友人二人に話していれば、残りの二人だっていじめられるとわかっているお茶会にわざわざ出席したりしない。

ディアーナは最初の一回の失敗で、残り二人の挽回の機会をも失ってしまったのだ。

「嫌われているのは僕であってディアーナじゃない。悪いのも僕なんだから、僕が帰国して直接謝れば良い話だろ？　そういうわけなので、お金貸してください」

そう言ってまたもダレンの前に手を差し出すカインだが、隣に座っているイルヴァレーノからぺシリとその手をたたき落とされた。

「しっかりしなよ、カイン様。ちゃんと手紙読みました？」

「一枚目の装飾豊かな挨拶は読み飛ばした」

「一枚目は良いけど、それ以外も色々読み飛ばしてるよ」

イルヴァレーノは大げさにため息をついて、テーブルの上に広げられている手紙を手で引き寄せた。イルヴァレーノの砕けた口調にダレンが一瞬眉毛をつり上げたが、この場には他に誰もいない事を確認して、一旦黙って話を聞く体勢に戻った。話を進める方を優先したらしい。

サッシャは現在ディアーナの侍女であるが、元々子爵家の令嬢である。ド魔学も優秀な成績で卒業しており勉強も礼儀もきちんと出来る女性である。

そのため、手紙の一枚目全部を使って装飾過多な挨拶が書かれていたのだ。貴族の手紙には良くあることで、カインも礼儀作法担当の家庭教師から習っていた。

「お茶会当日の夜はディアーナ様も落ち込んでいらっしゃったけど、今はなんとか挽回してやろうと努力していらっしゃるって書いてある」

「ディアーナは頑張り屋さんで偉いなぁって思ったよ」

「サッシャに向かって『お兄様には内緒よ』と言ったとも書いてあります」

「え？　そんなこと書いてあった？」

カインの言葉を聞いて、やっぱりねという顔をするイルヴァレーノ。カインは自分をディアーナの絶対的な味方であり保護者であると考えている節がある。

ディアーナに困ったことがあればカインを頼るはずだし、悩み事があればカインに相談するはずだと思っている。

確かに幼い頃、二人で公爵家の屋敷の中で過ごしていたときはそうだったかもしれない。

しかし、カインが留学してからの一年間。イルヴァレーノとサッシャとディアーナで過ごした、カインの居ない時間がディアーナを成長させているのだ。

ディアーナはカインが応援していなくてもにんじんを食べられるようになったし、読書中に読めない単語がでてくればそばに居る人に聞くのではなく辞書を引くようになった。転んで膝をすりむいても、薔薇の生け垣で隠れんぼをして手のひらにとげが刺さっても、

「お兄様を心配させたくないから黙っていてね」

と言うようになったのだ。

アルンディラーノ王太子殿下とカインからもらう手紙の枚数で取っ組み合いの喧嘩した時も、

「お兄様に心配かけないように、仲良くしてるって書きましょう」

と王太子殿下に約束させていたとサッシャが言っていた。

イルヴァレーノがサイリユウムに残るためにディアーナと別れて半年以上経つ。さらにディアーナは成長していることだろう。

「カイン様がこちらで頑張っているように、ディアーナ様だって向こうで頑張っているんですよ。カイン様の為に、カイン様に内緒で環境を整える努力をしているんです。それをカイン様がぶち壊しにしてどうするんですか」

「うっ」

ディアーナの思いを壊すと言われれば、カインは黙るしかない。

ディアーナが困っているならば、すぐにそばに行って慰めたい。そしてカインのためにやろうとしていたことにお礼を言って、その心の優しさを褒め称えねばならない。カインのそんな考えを、イルヴァレーノが押しとどめる。

「何も、ディアーナ様をほうっておけと言うわけじゃないですよ」

手紙には、ディアーナをそれとなく励ますような手紙を書いてあげてほしいということが書かれている。そして、これ以上令嬢との仲を取り持とうとしなくても良いように導いてあげてほしいと書いてあった。

元々、令嬢達を怒らせたのはカインである。そして令嬢達とディアーナは年齢も離れているのでド魔学入学後でもさほど接点があるわけでもない。ティモシー嬢については残念ではあるが、ここで『カインの好感度アップ作戦』を終了してしまえば、ディアーナ自体にはさほどダメージは無いのだ。

令嬢達がド魔学を卒業して社交界へと参加するまではまだ間があるわけだし、相手としても一度きりのお茶会で不快な思いをしたということを四、五年も引きずってはいられない。

相手は公爵令嬢というのもあって、大人になった頃には当たり障りの無い関係として相対することができるだろう。

これ以上傷を深めなければ、だが。

だからサッシャは、これ以上ディアーナが傷つかないように、もうやらなくても良いという方向に話を持って行ってくれという内容の手紙を書いたのだ。

「でも、それをしてしまえばディアーナは人を傷つけてしまったことをいつまでも悔やむんじゃないか……」

事なかれ主義で、時間に解決を任せましょう。それは確かに方法としてはありなのだが、カインはディアーナの心に傷を残しそうなのが心配だった。

「カイン様らしくないですね」

しょんぼりと肩を落としたカインに、イルヴァレーノは肩をすくめた。カインが顔をあげてイルヴァレーノを見上げれば、皮肉っぽく右の口角をあげて笑う顔が見えた。

「出来るでしょう？　この遠い場所からでも、ディアーナ様に気づかれないようにディアーナ様を助けることが」

「イルヴァレーノ？」

肩を落とし少し背中を丸めたまま、カインはイルヴァレーノの皮肉っぽい笑顔を見つめた。

「カイン様なら、出来るでしょう？　……出来なくても、やるでしょう？」

別に、イルヴァレーノ自身に何か良いアイディアがあるわけではなかった。でも、イルヴァレーノは確信している。カインなら、何か考える。思いつかなくてもひねり出す。

そう信じていた。

それは、イルヴァレーノが幼い頃からカインとディアーナの兄妹を誰よりも一番近くで見てきたからこその確信だった。

そして、カインはおだてに弱かった。

転生してから十三年間、ディアーナの期待に応えるために、ディアーナに『お兄様すごい！』って思われるために努力してきた。

十三年ちょっとの人生の、半分の長さを一緒に過ごしてきたイルヴァレーノから「ディアーナの為なら出来るだろ？」と言われれば、その期待に応えないわけにはいかなかった。

「やってやろうじゃんか。あおったからにはイルヴァレーノにも手伝ってもらうからな」

「もちろん」

しょんぼりと丸めていた背中を伸ばし、キリッとした顔で向き合ってくるカインに対してイルヴァレーノも力強く頷いた。

「僕はディアーナのお兄様だからね！　遠く離れていたってフォローしてみせるさ！」

立ち直ったカインは気合いを入れて宣言すると、グッと拳を握りしめた。

「その調子です！」

「微力ながら私もお手伝いいたしますよ」

そんなカインに向かって、カディナとダレンがパチパチと拍手をしながら声援を送る。

ふんすと鼻息を荒くしたカインは、そのままストンと肘をテーブルの上に落として組んだ手の上に顎を乗せた。

「それでは諸君、第三百五十八回ディアーナを窮地から救う為の作戦会議を始めよう」

適当な回数の適当な会議名を宣言する、いつものカインが戻ってきた。イルヴァレーノは小さく笑うと椅子に座り直した。

まずは、ディアーナ主催のお茶会にカイン嫌いの三令嬢が参加してくれないという問題について話し合った。

「ディアーナとティモシー嬢が仲直りをするにしても、ディアーナが取り巻きを使っていじめたとおいう誤解を解くにしても、会ってもらえなければ話が始まらない」

「あまり親しくない令嬢をお茶会に誘う方法を考えなければいけないわけですね」

カインもイルヴァレーノもお茶会に誘われて参加するという経験はほとんど無いし、ましてやお茶会を主催したことなど無い。

カディナもコーディリアのお茶会に付き添い侍女として参加したことはあっても、辺境領地のお友達同士のお気楽お茶会ばかりだったので参考にならない。

コーディリア主催のお茶会についても、アルディやメイド長などの指示に従って準備に奔走するばかりで自分で仕切ったことはないという。

この屋敷が前の持ち主の頃から執事をしていたダレンにしても、

「子息ばかり三人のご家族で令嬢もおりませんでしたし、奥様は領地の運営を仕切っておられたので王都でのお茶会などには誘われて行くばかりで主催はしたことがありませんでした」

ということで、好まれるお茶会という物はよくわからないようだった。もちろん、執事見習いの時に茶会の準備や開催中の取り仕切りについては学んでいるので、いざ開催すれば仕切ることは可能だと補足していた。

令嬢同士のお茶会事情については、カインと使用人三人で話し合っても埒が明かないということで、翌日学校でカインがコーディリアに助けを求めた。

コーディリアは、

「子爵令嬢っていっても田舎育ちだし。領地ではお茶会といったら近所のお友達とか農家のおばちゃんとか代官男爵の夫人とかとお茶飲んだぐらいだし。『暇なら来てね』って直接声かけあっていたから参考にならないと思うわよ。ちゃんとした貴族家では招待状を出してお返事もらってってするんでしょう？　シルリィレーア様やユールフィリス様にお伺いした方が良いと思うわよ」

と困ったような顔をした。

辺境領地であるネルグランディのお茶会事情が思ったよりも牧歌的だったことに心配を感じつつ、カインはシルリィレーアとユールフィリスをエルグランダーク邸に招いて相談に乗ってもらうことにした。

さっそく次の休息日、エルグランダーク邸へと遊びに来てくれたシルリィレーア達にカインが相談したところ、シルリィレーアはうーんと小さくつぶやきながら少し悩んだ。

「苦手な方が主催されるお茶会に、どのような状況なら参加するか。という視点で考えてみてはいかがでしょうか」

「なるほど、呼ばれる側の立場に立ってみるということですね」

薫陶を得た、という顔でうなずいたカインではあるがその考え方についてはすでに思いついていた。ただ、ちゃんとしたお茶会に招待されたことのある人間が誰も居なかった為に『どんなお茶会なら行きたいか』ということがまったくわからなかったのだ。

「シルリィレーア様や、ユールフィリス様にとっては苦手な方からのご招待であっても行きたい！と思うお茶会ってどんな感じでしょうか？」

コーディリアが身を乗り出して質問する。

後学のために、高位貴族のお茶会事情を聞いておきたいコーディリアも作戦会議に参加中だ。

「その苦手な方以上に、お会いしたい方が参加している時、かしら」

なるほど、とカインが激しくうなずく。

前世で、本社の重役が視察に来るというので案内役を打診され、行きたくないなぁと思っていた時。その重役がCM起用予定の俳優と打ち合わせをするために来ると知って俄然やる気が出てきたことが頭をよぎった。

その俳優が前世でやりこんでいたゲーム主人公のフェイスモデルでモーションキャプチャーも担当していた俳優だったので、当日は浮かれまくって噛みまくったことも思い出して顔が熱くなる。

「カイン様？　お顔が赤いようですけれど大丈夫ですか？」

「だ、大丈夫です。苦手な方以上にお会いしたい方、というとゲストを呼ぶということでしょうか」

ユールフィリスに心配そうに顔をのぞき込まれたが、前世の失敗を思い出しての赤面なので何でもないと言い、手で顔を扇いでごまかすように質問を返した。

「そうですわね。例えば、あまり親しくない家門の奥様からお誘いいただいた時でも、シルリィレーア様が参加されるようでしたら私も参加いたしますわね」

ユールフィリスがにこりと笑う。

仲の良い友人が参加するなら主催者や他の参加者に苦手な人が居ても大丈夫、ということだろう。

カインもその気持ちはよくわかる。

「まぁ、ユールフィリスったら。私は、そうですわね」

ユールフィリスの言葉に淡く頬を染めつつ、シルリィレーアも自分の場合を想像して小さく首をかしげた。

「キンゲィル様のピアノリサイタルを兼ねたお茶会でしたら、どの家からのお誘いでもお伺いしてしまうかもしれませんわね」

そう言うシルリィレーアは両手で頬を挟んですこし恥ずかしそうにうつむいた。しかし、顔はすこしにやけて嬉しそうである。

「キンゲィル様？」

「最近頭角を現してきた若き天才ピアニストですわ。複数の貴族夫人がパトロンについていて、ピアノ演奏を聴いた後にキンゲィル様を囲ってお話を伺うことができるお茶会がたまに開催されるのですわ」

「ゆったりと優しい春の午後のような音楽から、激しくたたきつけるように弾く情熱的な曲まで演奏される方で、古典の名曲からキンゲィル様オリジナルの新曲まで色々とレパートリーも広いんですの。普段はアトリエにお籠もりになって練習なさっていてめったに曲を聴くことは出来なくって、パトロンとして支えている方のみが完成間近の新曲試奏を聴くことが出来るのですって。そしてようやく曲が完成するとお披露目のためにパトロンの方々が演奏会を兼ねたお茶会を開いてくださるんですけど、ご招待いただける競争率がとても高いんですわ。ご招待いただけても、お席の関係で一家からお一人とか言われてしまうとまずお母様が行ってしまいますし、お母様が日程的に都合がつかなかったとしても、お兄様もお義姉さまもキンゲィル様のファンなものですからなかなか私に順番が回ってきませんのよ。ですから、お母様やお兄様が出席しにくい派閥違いのパトロンのご婦人からのご招待などの時にようやく私が」

キンゲィルって誰？　という顔でカインが聞いたことにより、ユールフィリスの簡潔な回答のあとにシルリィレーアから怒濤《どとう》の解説が入った。未だに何事か説明をしているが、カインは視線をシルリィレーアからユールフィリスに移した。

「ユールフィリス様は、キンゲィル様のファンなんです」

「そうみたいだね」

微笑ましい友人を見るような慈愛に満ちた笑顔のユールフィリスの言葉に、カインは苦笑しながらうなずくしかなかった。

「というわけで、好きな芸術家などの作品鑑賞会を兼ねていたりすると、派閥違いだったりお話が苦手な方からのご招待でも行きたいと思うかもしれませんわね」

カインとユールフィリスがコソコソと話している間に、シルリィレーアの演説は終わったらしい。ようするに、人気芸術家を呼べば来てくれるのではないか、ということである。

「ティモシー嬢の親しい友人を一緒に招く、もしくはティモシー嬢の好きな芸術家を呼んで鑑賞会を兼ねたお茶会にするってことですね」

どちらにしても、事前調査が必要になる方法である。遠く離れた隣国の地にいるカインがこなすには少し難しい。手足となって協力してくれるはずのイルヴァレーノがこちらにいるのでなおさらだ。

「うーん」

アイディアそのものはとても良い。しかし、実行が難しいためにカインはうなる。

腕を組んで、同じように難しい顔をして壁際に立っていたイルヴァレーノがふと何かを思いついたように顔を上げた。

「アルンディラーノ王太子殿下を呼んではいかがですか？」

その言葉に、テーブルに着いていたカイン、コーディリア、シルリィレーアとユールフィリスが一斉にイルヴァレーノへと注目する。

一気に沢山の視線を浴びたイルヴァレーノはびくりと肩を揺らしたが、コホンと空咳をして姿勢を正すと、まっすぐにカインを見てもう一度言った。

「カイン様とディアーナ様は刺繍の会などを通じてアルンディラーノ王太子殿下とは親しくしておりますし、奥様と王妃殿下もご友人同士ですから、殿下にご都合付けていただきやすいのではないでしょうか？　それに、年齢が少し離れていた為に刺繍の会に参加できていないご令嬢達であれば、王太子殿下と同席できるお茶会というのは魅力なのではないでしょうか」

イルヴァレーノの発言は、もっともだ。王太子が参加するお茶会へ招待されれば、本人が嫌がっても親が出席させるだろう。

筆頭公爵家という権力を最大に使った、ある意味最強の作戦でもある。

「うぅぅううーん」

しかし、カインはうなる。

ディアーナとアルンディラーノが特別仲が良いというのを対外的にアピールしたくないのだ。

今のところはディアーナとアルンディラーノの間には何もない。婚約を結ばせようという動きも無い。

しかし、ディアーナ主催のお茶会にアルンディラーノを呼ぶということになれば、外から見れば仲が良い、婚約間近なのではないかという噂が立ってしまうかもしれない。

ディアーナとアルンディラーノは普通に仲が良い。ケイティアーノやノアリア、アニアラ達と同じように仲が良いだけだが、カインが絡めば別である。

留学してからイルヴァレーノがこちらに残ることになるまでの間もらっていた「今週のディアーナ様」という名のお手紙では、ディアーナとアルンディラーノは時々取っ組み合いの喧嘩をしていると綴られていた。

まさか人を招待したお茶会の場でそんなことはしないと思うが、『ディアーナ嬢とアルンディラーノ王太子殿下は不仲である』という噂でも流れようものなら、それこそ悪役令嬢路線まっしぐらになるのではないかと勘ぐってしまうのである。

ディアーナとアルンディラーノが仲の良いところを見せつけても困るし、仲が悪いところを見せつけても困るのだ。

「ティモシー嬢は伯爵令嬢だから、いきなりアル殿下のいる場に招待しても却って萎縮して断ってくるんじゃないか」

苦しい言い訳ではあるが、カインが乗り気ではないことを察したイルヴァレーノは「そうですね」と頷いて素直に意見を引っ込めた。

「他に何かないですか？　今まで参加して楽しかったお茶会とかでも構わないのですが」

カインのその言葉に、シルリィレーアとユールフィリスが令嬢らしく上品に小さく首をかしげた。王太子殿下と親しく、伝手もあるというのに使わないというのを不思議に感じたのだ。

しかし、国が違えば習慣や決まりごとなどが違うこともあるし、カインとイルヴァレーノの間で却下ということになったのであれば口を挟むまいと、二人で目配せをして黙って別のアイディアを考えることにした。

「今までで楽しかったお茶会ですか」

うーんと二人して少し悩む。シルリィレーアは考えごとをするときに自分の右手の指先を見つめるようだ。ユールフィリスは少し寄り目になりつつ空中をじっと見つめている。

その様子を見つつ、カインはコーディリアにも話を振る。

「お気楽極楽ご近所茶会での経験でも構わないんだけど。コーディリアも凄い楽しくてまた行きたくなったお茶会とかあったら教えて」

「お気楽極楽ご近所茶会って。その通りなんだけど、なんかグッと庶民派なお茶会に聞こえるわね。実際はちゃんと貴族とのお茶会だってあったんだからね」

「わかってるって」

カインの振りに口をとがらせて抗議したコーディリアも、腕を組んで「ムーン」と過去に思いをはせ始めた。

「あ、珍しいお菓子が出たときがあって、それは楽しかったかな。見たことが無いお菓子だったたんで、皆で恐る恐る食べて感想を交わすのが楽しかったんだよね」

ぽんと手をたたきながら、コーディリアが目を瞬いた。

「ああ、なるほど。確かにコーディリア様のおっしゃるとおり美味しいお菓子が提供されると評判のお家には、欠席者が少ないと聞きますわね」

「お屋敷お抱えの職人が新メニューを開発したらしいなんて噂もお茶会前に流れることがありますものね。ところで、コーディリア様の食べた珍しいお菓子というのはどんな物だったのですか？」

「ユールフィリス様。それがね、こちらに留学してきてわかったのですけど、サイリユウムではありきたりのお菓子だったんです。学校の食堂でもお小遣いで買えますよ」

「まぁ、そうなんですの？　確かに、その国独自のお菓子ってありそうですものね」

「そうなんですよ、シルリィレーア様。うちのネルグランディ領はサイリユウムと隣接してる土地なので、国を跨いだ行商人が通り抜けていくんです。その時に色々サイリユウムのお菓子や調味料なんかも入ってくるんですけど、そのお菓子はサイリユウムでは庶民的過ぎてそれまでは行商人の商品として並ぶことが無かったんですって」

「まぁ面白いですわね。当たり前すぎて商品にならなかったそのお菓子が、なぜそのお茶会の時にテーブルに上がったのでしょう？」

「それがですねぇ」

話がそれている。

女の子三人寄ればかしましいとはよく言った物で、しかも話題がお菓子の話となって盛り上がってしまっている。

「なるほど、女の子はお菓子が好き」

本題からそれて、お菓子談義をしている三人を眺めつつカインはうんうんと頷いている。

やっと、カインにもなんとかなりそうなネタが出てきた。

何度も言うようであるが、カインの前世は知育玩具メーカーの営業である。知育玩具には製菓玩具というジャンルがあり、小さな子どもでも親の見守る中で簡単にお菓子が作れるというおもちゃがいくつかあったのだ。

「ありがとう、シルリィレーア嬢、ユールフィリス嬢！　そしてコーディリア！　ティモシー嬢含む私大嫌い令嬢三人をお茶会に誘えそうなネタを思いついたよ！」

突然カインが立ち上がり、大きな声でお礼を言ってきたので三人の令嬢はきょとんと目をまるくしてカインを振り返った。

話途中だったお菓子の話題も忘れ、ぱちぱちと目を瞬かせる。

「何を思いついたんですの？」

何か珍しいお菓子のレシピでも思いついたのかと、シルリィレーアが声をかけると、

「題して！　作って楽しい、食べて美味しい参加体験型お茶会大作戦です！」

とカインは天井を指差し、サタデーナイトフィーバーポーズでそう宣言した。

三人の女の子達は首をかしげ、ここしばらくずっとカインに付き合ってきたダレンとカディナはまたかという顔をし、イルヴァレーノだけは仕事が始まる緊張感に表情を引き締めているのだった。

兄からの手紙

もうすぐ秋も終わる頃、イルヴァレーノがカインからの手紙と土産を持ってリムートブレイクのエルグランダーク邸へと帰ってきた。

「お帰りなさいイル君」

「ただいま戻りました。奥様、お嬢様」

使用人用の門から馬車を入れたにもかかわらず、裏口前にエリゼとディアーナが待ち構えていて、出迎えてくれた。びっくりして挙動不審になりかけたイルヴァレーノだが、なんとか表情を取り繕って侍従として主人に対する礼を取った。

「ネルグランディ城にも寄らずにまっすぐに帰ってきたのでしょう？　早く部屋にもどってゆっくりお休みなさい」

下げた頭の上から、エリゼの優しい声が降り注ぐ。

「お気遣いありがとうございます。荷物を下ろし終えたらお言葉に甘えて休ませていただきます。日も暮れてまいりました、奥様とお嬢様はお体が冷える前に室内にお戻りください」

ねぎらいの言葉をもらったことでイルヴァレーノは頭をあげ、裏口などに出てきている主人二人に室内に戻るようにと促した。

「意地悪ね！　カインから何か面白い物を預かってきているのでしょう？　それが見たくて待っていたのよ」

「お兄様からのお土産を、見せてもらったらお部屋にもどるわ！」

イルヴァレーノの言葉に、わざとらしく怒ってみせるエリゼと好奇心があふれた表情のディアーナが、そう言ってずいずいとイルヴァレーノへと距離を詰めてくる。

どうやら、カインが出してくれたイルヴァレーノが戻るという知らせの手紙に、お茶会用秘密兵器があることが書かれていたようだ。

イルヴァレーノは目の前にいる二人に気づかれないように小さくため息をつく。

（稼働させるまでは内緒にして驚かせようって言っていたのはカイン様なのに！）

どうせ、ディアーナに良いところ見せたくて我慢できなくて匂わせるようなことを手紙に書いたのだろう。エリゼは何か面白い物としか言っていないしディアーナもお土産としか言ってこないので、どういった物なのかはかろうじて漏らしていないようだ。

「箱から出しただけでは役に立たない代物なのです。組み立てが必要なので、明日のお茶の時間に披露させてください。別に用意しなければならない物もあるのです。カイン様からも、くれぐれもそうするようにと厳命されておりますので、どうぞご容赦ください」

そう言って改めてイルヴァレーノが頭を下げれば、残念そうな顔をしつつも二人は承諾した。

好奇心は旺盛だが礼儀正しく育てられた令嬢と女性なので、好意を持っている相手に対して無理やわがままを押し通すような事はしない。淑女である。

「わかったわ。でも、イル君はもうお風呂に入ってお休みなさい。荷物は屋敷の者に運ばせるわ。どこに運び込むのが一番良いのかしら？」

「普段使っていない方のサロン、もしくはお茶会が出来る方の温室へお願いします」

イルヴァレーノの言葉を聞いて、エリゼが後ろへと合図をおくれば次々と使用人が出てきて馬車から降ろされた荷物を運んでいった。

エリゼはひらひらと手を振って邸の中へと戻っていき、ディアーナはイルヴァレーノと一緒にカインの私室隣にあるイルヴァレーノの部屋まで移動した。

「イル君、イル君。こっそり教えて？　お兄様は何を贈ってくださったの？」

という感じで、ディアーナはお土産の中身を聞き出そうと、イルヴァレーノの周りをぐるぐるとまわりながら色々と質問してきた。

イルヴァレーノはその度に、

「内緒です」

「秘密です」

「明日のお楽しみです」

と部屋の前に到着するまで答え続けて、ディアーナはほっぺたを膨らませつつも諦めた。

「じゃあね、イル君。おやすみなさい、明日はお土産とお兄様のお話を楽しみにしておりますわよ！」

ぶんぶんと大きく手を振りながら、ディアーナは自分の私室へと戻っていった。

「元気そうに見えるけど」

つぶやきつつも、大げさにわざとらしく手を振るディアーナの表情にイルヴァレーノは眉をひそめた。

カインと離れていた一年半、イルヴァレーノはパレパントルにくっついて仕事を覚えるようにしていたが、パレパントルは主人であるディスマイヤの執事である。

王城へ出仕するディスマイヤについて行くこともあり不在にすることも多かった。そんな時、イルヴァレーノはほとんどの時間をサッシャと共にディアーナに仕えていた。

近くで見ていたディアーナは、人目が無くても淑女として振る舞えるようになっていたし、元からの元気の良さを発揮しつつもちょうど良いバランスで淑女らしさを崩さずに居られるようになっていた。

それからすれば、今の袖が振り切れそうなほど大きく手を振り、パカンと口を開けて笑う様子はとても不自然である。

「空元気じゃんか」

心配させまいと無理に笑って見せているディアーナに対し、無理をしている事への心配と、使用人として頼られない不甲斐なさと、カインと同じように兄貴分として見栄を張られているむずがゆさを感じるイルヴァレーノ。

サッシャを引き連れ、廊下の角を曲がっていくディアーナの後ろ姿を見届けた後、自分の任務の重さに身を引き締めつつイルヴァレーノは久々の自室へと入っていった。

「良いかい？　この策を直接ディアーナに授けることだって出来るんだ」

ふかふかのソファーに沈み込むように、偉そうに足を組んで座るカインが人差し指をチッチッチと振りながら言う。

「でも、それではディアーナの自尊心を傷つける恐れがある。なんでかわかるかい？」

カインの向かい側には、簡素な木製の椅子にイルヴァレーノが座っている。

なんとなく貴族の家だと思われる室内だが、イルヴァレーノが見たことの無い部屋だった。しかし、カインが座っているソファーはサイリユウムの邸にある客室の物。イルヴァレーノが座っている木製の椅子はリムートブレイクの邸にあるイルヴァレーノの私室の物だ。

「お茶会に消極的な令嬢をお誘いする方法を教えるね！　なんて言ったら、ディアーナの失敗が俺に伝わってるってディアーナにバレちゃうだろ？」

ああ、カインが自分のことを『俺』って言ってる。

それに気がついたイルヴァレーノは、これが夢なんだと理解した。

「やる気がある子には、やらせるべきなんだ。そこに成長の鍵はある。でも、暴走しないように助言は必要だ」

この台詞は、イルヴァレーノがサイリユウムを発つ前日にカインから実際に聞かされた物だ。

「俺は秘密兵器を作った。サッシャにも事前準備をお願いした。仕掛けは上々、後は」

カインは組んだ足の上に手を置き、顎を上げてにやりと笑う。向かい合うイルヴァレーノは黙ってその表情を見つめるだけだ。

留学して離ればなれになった後、長期休暇などで会うカインは自分の事を『私』か『僕』としか言わなくなった。昔はイルヴァレーノと二人きりになった時などは時々『俺』と言っていたのに。ディアーナが普段から淑女として行動出来るようになるにつれ、カインも普段から紳士として行動するようになった。

その行動が身についてきているのだろうが、周りに大人が居なくてもディアーナが居なくても、素の感情を出すことが少なくなってきている。

貴族らしくなってきたということであろうが、イルヴァレーノはそれが少し寂しかった。おどける姿さえ作り物な気がしてしまう。

サイリユウムで一緒になって道具作りに奔走している間は、楽しかったと目を細める。

「俺はそちらに行けない。イルヴァレーノだけが頼りだ」

先ほどまでは無かったローテーブルが、ソファーと木製椅子の間に現れ、カインとイルヴァレーノの距離が開いていく。明らかに夢だ。

それでも、カインに頼られるのは嬉しかった。

「もちろん。ディアーナ様は俺にとっても妹みたいなもんだからな」

夢だとわかっていても、頼られれば嬉しい。イルヴァレーノはカインに向かって力強く頷いてみせた。

ドンドンドンと戸をたたく音でイルヴァレーノが目を覚ます。

七日かけた馬車での帰郷の旅は、自分が従者であるという気負いもあって何泊か馬車で車中泊もしている。そうでなくても二頭引きの馬車を御者として運んできたので疲労は自分で想像したよりもたまっていたようだ。

「イールーくーん。あーさーだーよー」

扉の向こうからディアーナの声がする。

カインに付き合って始めた早朝ランニングはすでに習慣になっていて、今ではどんなに前日寝るのが遅くても時間になれば起きることが出来ていたのに、今朝はディアーナに先を越されたようだった。

「いぃーるぅーくぅうぅーん」

「お嬢様、旦那様や奥様はまだお休み中ですからもう少し抑えて」

扉の向こうの会話を聞き流しつつ、手早く身支度を済ませたイルヴァレーノが部屋の外へ出れば、ランニング準備万端のディアーナが待っていた。

「お寝坊さんなのは珍しいね？　お疲れ様だった？」

「いや、大丈夫」

「ですから、今日は寝かせてあげましょうと言いましたのに。お嬢様」

「いや、大丈夫だから」

あくびをかみ殺しつつ、イルヴァレーノ、ディアーナ、サッシャの三人で邸の外塀沿いにランニングをする。

カインに続いてイルヴァレーノもそばを離れ、朝の恒例ランニングがディアーナ一人になってしまう事になってから、サッシャも一緒に走るようになっていた。

そうはいってもれっきとした令嬢でもあるサッシャは、あまり運動が得意ではない。ディアーナとイルヴァレーノが十周回る間に五周回るのがせいぜいだった。

「それでも、最初は三周しか出来なかったのだから、サッシャは頑張っているわ」

「はぁ。はぁ。いざというとき、お嬢様に、ついて行けないのでは、侍女失格です、から」

十周回ってなお朗らかに笑うディアーナに対し、息も絶え絶えのサッシャである。

「さ！　朝食が終わったらお兄様のお土産披露よ、イル君！」

「まだ、二度寝、してからでも、朝食に間に合う時間ですけどね。ふぅーぅ」

元気いっぱいのディアーナとようやく息が整いつつあるサッシャの会話を聞いてイルヴァレーノは納得した。

自分が寝坊したのではなく、ディアーナがフライングしただけだった。

カインとの夢での会話が名残惜しくて寝汚《いぎたな》くなっていたんじゃなかった事に、ほっとしたイルヴァレーノだった。


エルグランダーク邸には家族でお茶の時間を楽しむティールームがある。

湯を沸かしたり茶菓子の仕上げや温め直しが出来る程度の簡易厨房が併設されているので、利用頻度が高く近しい友人とのお茶会などにも使うことが多い。

ティールームの大きな窓から見える中庭にも東屋があって、外でお茶の時間を楽しむことが出来るようになっている。そのほかにも石畳で整備された一角もあり、テーブルを設置してガーデンパーティーが出来るようになっている。

どちらも、ティールーム併設の簡易厨房からお茶と茶菓子を提供可能だ。

他に、ピアノが設置され美術品なども飾られていて芸術鑑賞をしながらお茶を楽しめるサロンや、ソファーとテーブルが設置され商談などをしながらお茶を嗜める応接室など、屋敷内にはお茶を楽しめる場所が多数ある。

イルヴァレーノは、そのうちの一つである観賞用の温室に居た。

普段はティースタンドやシュガーポットなどが並べられるテーブルの上に、木箱から出されたカインのお土産の数々が並んでいた。

三つ並べられた椅子の両端に座ったディアーナとエリゼは、真ん中の空いた椅子をテーブル代わりにティーカップを置いてお茶を楽しみつつ、準備を進めていくイルヴァレーノの様子をみていた。

「結構大がかりねぇ。何ができあがるのかしら」

「楽しみですわね、お母様」

椅子の座面をテーブル代わりにしている為、茶菓子無しでお茶だけを嗜んでいる。

二人の一杯目のお茶が終わる頃、イルヴァレーノの準備が終わった。

「カイン様からお預かりしてきたのは、お茶会を楽しくするお菓子です」

どう見ても木製の土台と金属製の機械がくっついた状態の、なにがしかの道具にしか見えない物を手で指し示して、イルヴァレーノがそう言った。

「どう見ても、お道具ですわね？」

「お菓子には見えないわねぇ」

二人して可愛らしく首をかしげつつ、テーブルの上に並べられた三つの道具を不思議そうに眺めている。

「コンロ用の熱魔石を、ここに入れます」

イルヴァレーノが道具の一つの蓋を取って、中に赤い魔石を一つ入れて蓋を戻す。

「次に、ここに砂糖を一さじ入れます」

大きなボウルのようなたらいのような金属部分の底に砂糖をいれて、イルヴァレーノは脇に付いているハンドルを回し始めた。

くるくるとしばらく回しながら道具の中をのぞき込んでいたイルヴァレーノは、一分ほどで顔を上げるとあいている方の手でサッシャを手招きした。

「この木の棒を、ボウルの中に入れてフチにそってぐるぐる回してみて」

「この中に、ですか？」

「うん。時間勝負だから早く」

くるくるとハンドルを回しつつ、イルヴァレーノが手渡してくる二十センチほどの長さの竹串のような棒を手に、サッシャが恐る恐る機械の中をのぞき込む。

大きなたらいのようなボウルのような道具の真ん中で、小さな茶こしのような物がくるくると高速で回転していた。なんとなく、白いもやのような物が浮いているようにも見える。

「なにか、もやのような物が見えるのですけど」

「そう、それを絡め取るように木の棒を回してほしいんだよ」

イルヴァレーノの声に、サッシャは恐る恐る木の棒を道具の中に入れると、たらいの内側をぐるりと大きく動かした。すると、木の棒の先に白いもやのような物が絡まっていく。

その形が見えるようになってくると、サッシャはだんだん面白くなってきて棒の先の白いふわふわが綺麗な形になるように工夫して回しはじめた。

「うん。それで完成だ。サッシャ、それを奥様とお嬢様に差し上げて」

「完成？　これが？」

完成といわれて、サッシャはたらいの中から棒を取りだした。その棒の先には、ふわふわでもこもこの白い物がくっついていた。

「なにそれ!?　雲みたい！」

「それが、お菓子なの？」

見学席から立ち上がる勢いで、ディアーナが身を乗り出してお菓子をガン見している。

カインが考案した茶会用の目玉となる茶菓子第一弾。それは、綿菓子機だった。

「えーっと、次の道具なんですけど」

「まって、まって、イル君！」

サッシャから手渡された綿菓子を、恐る恐るつまんで食べたエリゼとディアーナはその甘さと食感に驚き、感動していた。

その間にもう一つ分の綿菓子を作ったイルヴァレーノは、握りこぶし大の塊を作ってティーカップの上に載せ、「お茶の熱で溶けていき、砂糖代わりに入れることができる」というデモンストレーションもやって見せた。

カインが見たかったであろう驚いて喜んでいるディアーナの様子を見ながら、そろそろ次の道具の説明をしようとしたところだった。

「私にもやらせてくださらない？　それはお兄様からの贈り物なのでしょう？」

言いながらディアーナがビシッと手を上げた。カインから言われていたとおりだ。

イルヴァレーノは「多分ディアーナは自分でやりたがるから、言われたらやらせてあげて。やけどに気をつけてあげてね」とカインから言われている。

また、参加型アトラクションのあるお茶会であれば噂になりやすく、流行に敏感な若い女の子が参加したくなるだろうというもくろみもあるので、まずはディアーナに『楽しい⁉』と思ってもらうことが重要だった。

「では、サッシャがハンドル回してやって。その間に僕は次の準備をするから」

「任されました。お嬢様、私と一緒に作りましょう」

実際に、お茶会に提供するのであれば綿菓子機を使える使用人がイルヴァレーノだけという訳にはいかない。

「マブチモーターが有れば！」

と叫びながら、綿菓子機を再現するのにカインが取り入れたのは歯車を使って回転させる方式で、手動でハンドルを回す必要がある。

このハンドルを回すというのが意外と難しく、一定の速度で回し続けなければならないのだ。速すぎても遅すぎても駄目で、速度にムラが出来てもうまくいかない。

イルヴァレーノもサイリユウムを出立するまで何度も練習をしてきたのだ。

「ではお嬢様、お砂糖を入れますね」

「準備良しですわー。サッシャ、回して回して！」

楽しそうに、綿菓子作りに挑戦するディアーナ。いつの間にかエリゼも近くにやってきていて後ろからのぞき込んでいる。

うまく興味を引けている様子に、イルヴァレーノは胸をなで下ろしつつ次の道具の準備を進める。

今度の道具は、木製の台の上面に鉄製の板が張り付けられている物だった。氷の魔石を箱の中に設置し、上面の鉄板が冷えるのを待ちながらカップ一杯の牛乳にガムシロップを注いでかきまぜていく。

「イルヴァレーノ、それは何です？」

声をかけてきたのはパレパントルだった。いつの間にか温室に来ていたらしい。イルヴァレーノの背後に立ってその手元をのぞき込んでいる。

「この透明のですか？　砂糖を水で煮詰めて冷ました物です。冷えた牛乳に砂糖を入れても混ざらないので、先にお湯で溶かして水分を飛ばす為に煮詰めておいたんです」

「カラメルの手前みたいな物か？」

「そうですね、やり過ぎるとカラメルになってしまうとカイン様も言っていました」

そう言いながら、器に残っているガムシロップをパレパントルに差し出した。主人であるエリゼとディアーナが口にする物なので、透明でとろみのある液体の正体を疑っているとイルヴァレーノは思ったのだ。

パレパントルは小さなさじで掬って手の甲に垂らすとペロリとなめた。

「あまっ」

パレパントルは小さく舌を出して顔をしかめたが、それ以上何も言わずにまた一歩下がって様子見の姿勢に戻った。

一通り綿菓子機で遊んだディアーナとエリゼは、席に戻らずにそのまま次の道具の前へと移動してきた。

もう、その場でおもしろお菓子を作る道具なのだと気づいたのだろう。次のお菓子が出来る瞬間を間近で見る気なのだ。

「では、次の道具の説明をいたします。まず、こちらは氷の魔石を使って鉄板を凄く冷たくしています。触ると肌がくっついて最悪皮膚が剥がれますから気をつけてください」

「ひぇっ」

イルヴァレーノの言葉に、ディアーナとエリゼが半歩下がった。

「こちらにあるのが、砂糖で甘くした牛乳です。これをこの鉄板の上に垂らしまして」

説明しながら、イルヴァレーノはコップ一杯の牛乳を鉄板の上にざばっとこぼした。鉄板に触れる先から牛乳がみるみるうちに凍っていく。

「どんどん凍っていくので、こちらのヘラでこそいでいきます」

お好み焼きのコテのような鉄製のヘラを、鉄板のはしから反対側の端までググーっと滑らせるように押していく。すると、コテの先にめくられた牛乳がくるくると筒状に丸まっていった。

イルヴァレーノはそれをもう一つのヘラで挟むようにして持ち上げると、用意してあった皿へと載せてジャムを添えてディアーナとエリゼへと差し出した。

「このように、あっという間に氷菓が完成しました。ミルクを果汁入りのミルクにする事で色々な味の氷菓を作る事ができますよ」

カインが考案した茶会用の目玉となる茶菓子第二弾。それはコールドプレート式アイスメーカーであった。

コールドプレートでのアイス作りもディアーナはやりたがったが、こちらは危ないからとやらせなかった。

「厚手の手袋を用意してからにしましょう。素手でやっては危ないですから」

というイルヴァレーノの言葉を聞いて、エリゼが大人用と子供用の手袋を作らせるように早速侍女に指示をだしていた。

カイン考案の茶菓子第三弾は、実に簡単な物だ。

テーブルの上で、イルヴァレーノがパチンとスイッチを入れるのを見てディアーナが首をかしげた。

「湯沸かしポット？」

「そうです。湯沸かしポットの上半分を切り落とした物です」

熱を発する魔石の力で湯を沸かすという物で、貴族の家なら各部屋に一台という頻度で置いてある日用品である。

その湯沸かしポットの、上半分が切り取られてポットの中身が見える状態になっている。

「甘い匂いがするわ。これはチョコレートかしら」

クンクンと鼻をならしつつ、エリゼがポットの中身をのぞいた。その中には茶色い液体がゆったりと波打っていた。

「奥様正解です。これはポットの熱で溶かしたチョコレートです。こうして、串に刺した果物やビスケットを浸してチョコレートを付けて食べます」

「口の中やけどしないかしら」

「チョコレートがたれてお洋服が汚れたりしない？」

すでに、串刺しの果物を手に取り、準備万端の体勢になりつつもエリゼとディアーナが一応という感じでイルヴァレーノに声をかけた。楽しみにしすぎである。

「脇に、冷気が出るように小さめの氷の魔石が入っていますので、容器の外に出すときにチョコが固まるようになっています。安心してお試しください」

イルヴァレーノの言葉に頷くと、エリゼとディアーナは同時に串刺しの果物をチョコレートの中へと突っ込んだ。先端だけをチョコに浸して取り出したエリゼと、欲張って果物を全部沈めた上にぐるぐると回しているディアーナ。

先にチョコ掛けオレンジを食べたエリゼは、目を瞬かせたと思ったら口角をあげて幸せそうな顔をした。

「甘くて美味しいわ。チョコが固まると言っても表面が少し硬くなるだけで十分柔らかいのね。食べやすいわ」

「あっ！」

食べた感想をエリゼが述べている脇で、欲張っていたディアーナはチョコレートを付けようとしすぎて串から果物が落っこちてしまっていた。

「ディアーナ様。中でぐりぐりとかきまぜてしまうと果物に刺さった串が緩くなってしまいます。サッと付けてサッと食べるのがコツですよ」

「はぁい」

イルヴァレーノはコツを伝授しつつ、スプーンで沈んだ果物を取り出した。それをディアーナに渡しても良かったが、ディアーナは自分で串を差し入れてチョコを付けたいのだろう。もう次の串を手に取っていた。

「はい、味見」

仕方なくイルヴァレーノは皿にのったチョコまみれの果物をサッシャに渡した。

「仕方がないですね。お嬢様のミスをカバーするのも侍女のつとめですからね」

そう言いながら、サッシャは嬉しそうな顔でフォークを構えて皿を受け取った。

カインが考案した茶会用の目玉となる茶菓子第三弾は、チョコレートフォンデュである。

「本当は段々を付けて上から流れ落ちるようにしたかったんだけど、今回は時間切れだね」

とカインは言っていたが、ポットを半分に切っただけの物でもエリゼとディアーナは十分に楽しそうだった。

綿菓子、即席アイスクリーム、チョコフォンデュはエリゼとディアーナの他、パレパントルやティールーム所属の使用人達、材料を提供した関係で様子を見に来ていた厨房の料理人数名にも大好評で、用意していた材料はあっという間に終わってしまった。

イルヴァレーノが、

「ディアーナ様がご友人を招いてお茶会を開くようになったと聞いて、カイン様が考案なさったんです。サラティ侯爵令嬢達にもきっと喜んでいただけるのではないかとおっしゃっていました」

とカインからの伝言をディアーナとエリゼに伝えた。招待を拒んでいる令嬢を呼ぶ為に考えたとは、悟らせないように。

ちなみに、サラティ侯爵令嬢というのはケイティアーノのことである。

この言葉にエリゼはノリノリで、間に合うお茶会から使っていきたい。むしろこのお菓子を出すためにお茶会を計画したいと言い出した。

早速、厨房を預かる料理人達で道具をよく検分し、改良と複製をする作業が始まった。貴族夫人や貴族令嬢をお招きする場で使うのであれば、もっと安全性や見た目の美しさにこだわらないといけないのだ。

元々、砂糖を水で煮詰めて細く垂らし、蜘蛛の巣状に固めた物（シュクル・フィレ）を料理やデザートの飾りとして添える物はこの世界にもある。

なので、綿菓子機を見た厨房の面々はなるほどなぁとうなずきながら、すぐにその構造と理屈を理解してくれた。

厨房メンバーがパレパントルを通じて呼んだ金物工房の職人と打ち合わせをする事数回、カインとイルヴァレーノが二人がかりで試行錯誤して、有り物を組み合わせて工作した物よりずっとスタイリッシュな物が複数台作成された。

やはり餅は餅屋。工作は職人に任せると仕事も早くて確実である。

綿菓子機については、カインは前世でよく見知っていた子どもの頭の大きさほどもある綿菓子を想定していたが、料理人やティールームスタッフ達はあくまでも貴族のお茶会で提供される茶菓子として考えた。

そのため綿菓子機はコンパクトになり、一度に入れる砂糖も少量で棒の先に握りこぶしほどの大きさの綿菓子を作ってはトングでそっと棒から外し、皿に盛り付けるという形に落ち着いた。

貴族は棒に絡まった綿菓子にかぶりつくという、はしたないことは出来ないのだ。

もちろん、参加者が自ら体験できるようにボウルの深さやカバーの向きなどは調整できるようになっている。

即席アイスメーカーであるコールドプレートも、カインとイルヴァレーノが作った物は上部の鉄板は四角かったのだが、料理人達が改良した物は鉄板部分が円形になり氷の魔石からの冷気の伝達量を調整する事で冷えすぎることもなくなった。

ヘラもお好み焼きのコテぐらいの大きさだった物をティースプーンより少し大きいぐらいのサイズにして、円形の鉄板の形に沿って丸く削っていくことでアイスクリームを薔薇の花のように巻くことが出来るようになった。

チョコレートフォンデュは、半分にぶった切った湯沸かしポットでは底のチョコレートが焦げてしまうため、二重底になったボウルを作り、重なった底の間に水を入れて熱の魔石で温める方式になった。お湯が冷めない湯煎器である。

綿菓子機もコールドプレート式のアイスメーカーもチョコレートフォンデュ機も、カインの前世で子ども向けの製菓玩具として存在していた。

前世では「男の一人暮らし飯」的な自炊をしていたものの、お菓子作りなんてやったことの無いカインであるが、商品として扱っていたからこの三つだけは仕掛けや理屈を知っていたのだ。

本当は練れば練るほど色が変わるとか、粉を付けて水につけると固まってブドウの形になるとか、そういう系の不思議議菓子なども用意したかったのだが、知育菓子は玩具メーカーの範囲外なのでさっぱり理屈がわからなかった。

多分化学反応を利用しているんだろうということは想像できたのだが、それだけ。今回は諦めた。

カインの提案した『参加型もしくは視聴型製菓道具』がプロによって改良されていく間、エルグランダーク家の主人一家と使用人達は何度となく試作品を試すために菓子を食べた。

「ただのお砂糖の塊だってわかっているのに、口の中でしゅわっと消えてしまうのが楽しくてついつい食べてしまうわ」

そう言いながら、ダイエットの為にエリゼが屋敷内を早足で歩いて運動している姿を見るようになった。

「甘くしたミルクを垂らしただけなのに、冷たくて美味しい氷菓が出来るのが不思議でつい余分に作ってしまうのよね」

そう言って使用人達も夢中で試作品・改良品の道具を使う。料理人でもないのに自分でお菓子を作れ、目の前でお菓子ができあがるという体験に興奮している使用人達に、イルヴァレーノは声をかけるのだ。

「エルグランダーク家の使用人で良かったな。こんな珍しいもの、お貴族様でもエルグランダーク公爵家に招待されなければ食べられないんだもんな」

それもそうか、とイルヴァレーノの言葉を聞いた通いの使用人達は、帰宅した家で、買い物に出かけた街で、顔を合わせた他家で働く使用人に自慢をする。

それを聞いた他家の使用人達は職場で話題にし、洗濯場や厨房での噂話は侍女へ、侍女から主人である貴族へと伝わっていく。

また、エリゼの侍女やディスマイヤのそばに仕えている侍従達は元々貴族家出身なので、休日に家に帰った時に家族や友人に珍しい茶菓子の話をする。

貴族らしくもったいぶって話すので『とにかく珍しいんだ』とだけ中級から下級の貴族家へと伝わっていった。

ひと月も経つと、その噂を聞いた貴族家からエルグランダーク家の女主人であるエリゼへと問い合わせが殺到するようになる。

「次はいつお茶会を開く予定ですか？」

「是非お茶会にお誘いくださいませ」

そんな言葉をよくかけられるようになったエリゼだが、

「うふふっ。温室のお花が綺麗に咲く頃にしようと思っていますの」

「もう大分寒くなってきましたものね、温室や室内ですとあまり大勢お呼びできませんでしょう？」

とはぐらかしていた。

エリゼは、イルヴァレーノが帰ってきたときにカインからの手紙を受け取っていた。

その手紙には、カインがディアーナのお茶会失敗を知っていることと、カインがそれを知っていることをディアーナに内緒にしてほしいことがまず書かれていた。

その上で、神渡りの時期には帰省するのでその時に令嬢達には直接自分で謝罪すること、ディアーナと令嬢達は「ディアーナとその愉快な仲間達VSカイン嫌い令嬢一人」という多対一という構図にならないよう、『一度に大勢が参加できる、カイン嫌い令嬢も参加しやすいお茶会』を開いてほしいというお願い等が書かれていた。

「カインも難しい事をお願いしてくるわね」

手紙に目を通し終えたエリゼは開口一番にそうこぼしたが、目尻は下がって嬉しそうだった。

留学前は屋敷の中で兄妹二人で遊んでいた子らが、邸の外の社交へと目を向け始めている。

「カイン様は、ディアーナ様には令嬢達と友人として付き合ってもらいたいと思っているようです。無理にカイン様の悪印象を払拭《ふっしょく》したり好印象を持たせようとしたりしなくて良いと」

手紙を預かるときに聞かされたカインの言葉を、イルヴァレーノが伝える。

ディアーナに年上の友人ができる事は望ましい。年齢差があるので、アルンディラーノの婚約者候補として競い合う可能性が低いから『悪役令嬢』としてディアーナを貶《おとし》めるとは考えにくい。

そして、爵位としては下でも、年齢で上になるお姉さん的立場の友人ができれば、ディアーナは傲慢になりにくいのではないかとカインは考えている。

「カインがそんなことをねぇ。では、ディアーナと相談しつつお茶会の準備をしなければね～。忙しくなるわぁ」

イルヴァレーノの言葉に頷きながら読み終えた手紙を畳むと、エリゼは文机へとそれを仕舞いに行った。

部屋を横切るちょっとの距離を小さくスキップして移動したエリゼを、イルヴァレーノは見ないフリをした。淑女のお手本であるべき公爵家婦人のスキップなど、見ても良いことは何もないのである。

その日の午後、エリゼがお茶の時間にディアーナとお茶会開催の相談をするといってティールームにこもった。その間、サッシャとイルヴァレーノはティールーム併設の簡易厨房でメイド達の手伝いをしていた。

お茶会開催についての相談事なので、ティールーム所属の使用人達がみなエリゼとディアーナの元に行っており、本来の侍女と侍従であるイルヴァレーノとサッシャがこちらに引っ込んでいるのだ。

「貴族家婦人というのは、端から見るよりも忙しいものなのです」

と、サッシャが布巾を畳みながら諭すようにつぶやいた。

隣で銀食器を磨いているイルヴァレーノは、視線だけをサッシャに向けて聞いていることを示す。

「王城での官僚仕事や騎士としての警備警護の仕事をしている男性からは、女性はお茶会やお買い物、舞台見学にダンスパーティーなどなど、楽しく遊んでいるように見えるようですが、それは違います」

綺麗に畳んだ布巾をかごにいれ、次の洗濯済み布巾を取り出してしわを伸ばす。隣に立っているイルヴァレーノも、磨き上げた銀のフォークを目線まで持ち上げて光を当てて磨き残しがないかを確認する。

「もちろん、気の置けない友人や嫁いで行った姉妹などが相手の、形式張らずにおしゃべりを楽しむだけのお茶会があることは否定しません。しかし、正式に招待状を出して開催される中規模から大規模なお茶会は、まさに貴族女性の戦場といっても過言ではありません」

「大げさな」

磨き残し無しを確認した銀のフォークをケースへしまい、手が空いたイルヴァレーノがようやく相づちを打った。食器磨き中は自分の呼吸すら食器へ掛からぬようにと息を潜めているので、会話が出来ないのだ。

「大げさなもんですか。招待状を出すか出さないかだけでも、派閥の違いや先代・先々代同士が仲が良かったとか悪かったとか、子息令嬢同士の仲が友好か婚約関係かなどを考慮して判断しなければなりません。断られることを前提に出さねばならない招待状もあります。そして、この招待状を出すか出さないかの判断基準となる情報を収集するために、『情報収集のためのお茶会』を別途開いたりもするのです」

イルヴァレーノがうさんくさい物を見る目でサッシャを見る。お茶会を開くためのお茶会が必要だなんて、いつまで経ってもお茶会が開けないじゃないかと呆れたのだ。

十三歳になったイルヴァレーノはカインと同様に成長期が訪れており、すでにサッシャと変わらないぐらいの身長になっている。

「貴族の夫人というのは、家や使用人の管理や家同士のバランス調整、お茶会や芸術鑑賞会などの社交の場への参加による情報収集などが主な仕事ですが、爵位の高い貴族夫人はそれに加えて慈善活動や文化活動などへの支援も行っていることが多いのです。うちの奥様は西の孤児院への寄付や訪問を良くやっていらっしゃるのは知ってるわよね」

すでに次のフォークを手にしていたイルヴァレーノは頭を縦に振って答える。

知っているも何も、エリゼが西の孤児院を支援するきっかけになったのはイルヴァレーノだ。

最初はイルヴァレーノを前倒しで引き取る為の賄賂として寄付をしたのだが、いつしか孤児たちから献上される可愛らしい刺繍ハンカチや、木彫りの小さな飾りやアクセサリーを楽しみにするようになっていた。

「孤児院や治療院の支援にしても、劇団や音楽ホールの支援にしても、音楽家や芸術家の支援にしても、お金だけじゃなくて慰問や訪問をしたり、屋敷で鑑賞会を開いて客人を招いたり、劇場へ足を運んだり。とにかく行動する方がより尊い行いだと評価されるのです。そしてそれらは相手のある行為なので一度立てた予定はずらしにくいの」

「孤児院に貴族が来る予定だからってマシな服を着て待っていたってのに、結局来なかった事が何度かあったけどな」

一ケース分の銀食器を磨き終わって蓋をしめたイルヴァレーノが嫌味をこぼすが、サッシャは我が意を得たりという顔でイルヴァレーノへ向き直った。

「ほらね！　予定していたのに反故にするとそうやって悪印象になってしまうでしょう？」

にやりとあくどく笑ったつもりのサッシャだが、育ちが良いせいで明らかに作った悪い顔になっている。

「別に、悪印象を持ったってわけじゃあ」

「悪印象を持っていたから、そんな風に覚えているのよ。気にしてなかったらそもそも覚えていたりしないものよ」

そうだろうか？　そうかもしれない、と逡巡してイルヴァレーノは眉尻をさげる。

「そういった外せない予定を立てている人たちが多いから、大々的なお茶会を開くのは大変なのよ。

おそらくだけど、ディアーナお嬢様の為のお茶会は二カ月後ぐらいになってしまうと思うわ」

最後の一枚となった布巾をきちっと畳み終えたサッシャは、それを畳み済み布巾の上に重ねてふぅと息を吐いた。

「二カ月後か」

食器を磨き終わっていたイルヴァレーノも自分の顎に手を添えて思案顔をする。それに体ごと向き合ったサッシャが、腰に手を当てて肩をすくめた。

「そう、二カ月もあるわ。さ、カイン様が他にどんなアイディアをあなたに授けたのか教えてちょうだい。今度こそ完璧にお嬢様をフォローしてみせるんだから」

ほぼ変わらない身長になったイルヴァレーノに対して、胸を張って立ち、顎を上げることで見下ろそうとしているサッシャ。

教えを請う側であるにもかかわらず偉そうな態度のサッシャに、イルヴァレーノは思わず噴き出した。

「なによ。カイン様が居なくなってから一年ほどだけど、ディアーナ様お世話仲間だったのを見込んで、一緒にディアーナ様をもり立てさせてあげるって言っているのよ」

サッシャはもう二十歳をとうに過ぎているのだが、ディアーナと一緒にいるせいか態度がすこし幼い気がする。イルヴァレーノは笑いをこらえると、右手をすっと差し出した。

「なに?」

「サイリユウムでは、右手を握り合って友情を確かめ合うって挨拶があるんだって」

イルヴァレーノはカインから教わった『握手』をサッシャに求めた。戸惑いながらも、サッシャはイルヴァレーノに右手を差し出し、握り込む。

ちなみに、それは男性同士での挨拶であることはカインが伝え忘れている。

「カイン様から預かった策はもうほとんど出尽くしてるんだけどね。使いこなして、冬にカイン様が帰ってくるまでディアーナ様をお支えしよう」

イルヴァレーノもサッシャの手を握り返し、力強くサッシャの目を見返した。


イルヴァレーノがリムートブレイクに戻ってきてからひと月が経った。

今日は、王都西の神殿に併設されている孤児院にディアーナは慰問として遊びに来ていた。

ディアーナが一番最初に訪れた時のメンバーはすでに居ないのだが、数人卒業しては数人入ってくるという感じでいつでも孤児院は一杯になっている。

その為、二月に一度ぐらいの頻度でやってくるディアーナはたまに見知らぬ子どもに遭遇するのだが、持ち前の明るさですぐに仲良くなっていた。

「おびえさせてしまった人と仲直りするにはどうしたらいいかしら？」

「ディおねえさま、悪いことしたらごめんなさいだよ？」

「そうよねぇ。でも、お兄様はこんなに素晴らしい！　ってお伝えしただけなのよ？」

「それでこわがられちゃったの？」

「そうなの」

「カイン様楽しいお兄ちゃんなのにねぇ」

「でしょう？　お兄様が素晴らしくてごめんなさいって謝るのは違う気がするの」

「カイン様が面白すぎてこわくなっちゃったのかなぁ？」

そんな会話をしながら、ディアーナと孤児院の女の子達が並んで刺繍をさしている。六歳以上の年長組は神殿の裏庭にある畑の世話をしている時間帯なので、五歳以下の小さい子たちばかりが残っていた。

カインが素晴らしいことを全く疑っていないディアーナと、カインが夏休みに遊びに来て沢山遊んでくれた面白お兄さんだと思っている幼女たちの不毛な会話を、後ろに控えているサッシャとイルヴァレーノが『違うそうじゃない』と心の中で突っ込みながら聞いていた。

ディアーナは、今日は母エリゼと一緒に孤児院を訪問したのだが、エリゼは布と糸を含めた寄付品を置いたらすぐに次の予定へと向かってしまった。今はディアーナだけである。

五歳以下の小さい子達へ刺繍の刺し方を教えつつ、令嬢と仲違いしてしまったことを相談してみたり、最近食べたお菓子の話題や石はじき大会が開かれたことなど、とりとめの無い話をしながらまったりと時間が過ぎていった。

そろそろハンカチの刺繍が完成するかというところで、
バンッ！

と勢いよく食堂のドアが開いた。

ディアーナがとっさに孤児達を背中に隠すように立ち上がり、そのディアーナの前に護衛の騎士二名とイルヴァレーノが壁になるように素早く移動した。

「ふぅーはははは。怪我してる子はいねぇがあっ！　具合悪い子はいねぇがぁ〜！」

わざと作ったダミ声でそう叫びながら飛び込んできたのは、両手の人差し指を立てて頭に添えたピンクの髪の毛の美少女だった。

「あれ？　お客様？」

小さな子を脅かす為に作っていた悪い顔を瞬時にきょとんとした美少女顔に戻し、こてんと首をかしげて見せたピンク髪の少女。

手は相変わらず鬼の角を模して頭に添えられたままの、愛らしい表情でディアーナ達を見つめるのは、アウロラであった。

「アウロラお姉ちゃん！」

ディアーナの背中に隠れていた小さい子らが、飛び出してアウロラの方へと駆け寄っていく。

「ディおねえさま、アウロラお姉ちゃんだよ。変だけどあやしくないよ！」

可愛く首をかしげつつ、がに股で踏ん張り鬼の角を指で生やしたポーズのアウロラに、幼女が三人ほどかばうようにひっついた。

騎士二人は顔を見合わせ、イルヴァレーノはディアーナの顔を窺った。

「夏に、お兄様と一緒にセレノスタのお店に行ったときに居た子かしら」

ディアーナはさらにすぐ後ろに来ていたサッシャを振り向きながら聞き、

「そのようでございますね」

とサッシャは答えた。

「孤児院出身の男の子と懇意にしている少女です。ディアーナお嬢様とは一度顔を合わせたこともあるので、警戒不要のようです」

サッシャの声に、騎士二人は顔を見合わせつつも剣から手を離して壁際へと下がっていった。

サッシャの言葉が無かったとしても、入ってきたのがディアーナと同じ年頃の女の子だったのを確認した時点で剣を抜く気はそがれてしまっていたのだが。

「あ、えっと。おひさしぶりでございます。アクセサリー店以来ですね」

ようやく姿勢を正したアウロラが、見よう見まねといった様子でスカートをつまんで腰を落とした。

ディアーナもお手本のような淑女の礼を取り、

「お久しぶりね、アウロラさん。お元気そうで何よりだわ」

と挨拶を返した。

アウロラが言うには、三カ月ほど前に治癒魔法が使える事が判明したということだった。

それ以来、時間があるときにご近所さん達の医者に掛かるほどではない怪我や体調不良を診てあげているそうだ。

そのついでに、王都の東西南北四カ所にある孤児院にも顔を出して怪我や体調不良の子どもを治療しているのだという。

「えらいわ、アウロラさん。私と同じぐらいの年齢で奉仕の心がしっかりとありますのね」

「ディアーナお嬢様だって、こうして孤児院へ訪問して刺繍の指導をなさっているじゃないですか」

ディアーナは引き続き孤児院の食堂で、孤児とアウロラに囲まれてお茶を飲んでいた。

本当は刺繍が完成するぐらいで引き上げる予定だったのだが、アウロラが来たことで一緒におやつを食べようと子ども達に誘われたのだ。

そのお菓子類も、今日エリゼとディアーナが持ち込んだものだ。

「私は貴族ですもの」

「ふふふっ。実はね。無償で治療してると見せかけて、おじいちゃんやおばあちゃんなんかはお小遣いをくれるし、おじさんおばさん達は卵やお野菜を『持って帰りなぁ～』って分けてくれるんですよ。孤児院の子達だって、こうやって大事なおやつを分けてくれるんです。全然奉仕活動なんかじゃないんですよ」

隣同士に座ったディアーナに、アウロラが顔を寄せてこそっと秘密を打ち明けるようにささやいた。

「まぁ、アウロラさんたら」

と言ってディアーナがくすぐったそうにクスクス笑う。きちんと貴族令嬢としての気品を持ちつつも年相応の可愛らしい笑顔だ。

「んんんんん。ディ様良い匂い！　マジ可愛い！　悪役のあ・の字もねぇな、やはり改編が起きているか⁉︎」

「ディおねえさま、ディおねえさま。アウロラお姉ちゃんはお友達が沢山いるんだよ！　お友達と仲直りする方法をおしえてもらったらよいとおもう！」

アウロラが鼻の穴を広げながら口の中でつぶやいた小声は子どもの声にかき消されてディアーナ

には届かなかった。

相手が貴族社会と関わりのない平民だからという気安さか、ディアーナはアウロラに話してみることにした。

兄がお見合いの前段階として設定されたお茶会で貴族令嬢を怒らせたこと。

兄は留学中で国内に居ないので令嬢に直接謝罪が出来ていないこと。

兄は隣国の学校で飛び級をしており、あと一年半ほどで帰ってくるということ。

兄が気持ちよく帰ってこられるように、自分で令嬢達の誤解を解こうとしたこと。

そして、それが失敗してしまってさらに怒らせてしまったこと。

「なるほどねぇ」

ディアーナの話を聞き終わったアウロラは、腕を組んで深く頷いた。鼻と唇の間に棒ペンを挟んでいるのでやや不細工な顔になっている。

「ディアーナお嬢様は、お嫌いな食べ物とかありますか？　嫌いな人とか、嫌いな物語なんかでもいいんですけど、苦手な物ってありますか？」

唇の上にペンを挟んだまま、器用に話しかけるアウロラ。鼻と唇に挟まれたペンが気になって仕方がないディアーナは、それでも聞かれたことに答えようと考えた。

「にんじんが苦手ですわね。お兄様と練習をしたのでもう食べる事はできますけれど。後は、そうですわね。『アディールの大冒険』に出てくる悪者のアマードルが嫌いですわ。主人公のアディルに対していつもいつもせこい邪魔ばかりして物語が進まなくなるので、出てくるとイライラしてしまいますの」

「アディールの大冒険、私も読みましたよ。私はアマードル好きですけどね。ディアーナお嬢様はアマードルの良さがわからないなんてお子様ですね。物語が進まないのはアマードルのせいではなくてアマードルにそそのかされていちいち悩んでしまうアディルの意思の弱さのせいですよ。せこい邪魔といいますけど、知能的なんですよアマードルの妨害は。冒険活劇として書かれている物語ですから、主人公は脳筋で、考えることなく力業でどんどん先へと進んでいく方がうけるのでしょうけれど、何の障害もなく順風満帆な冒険物語なんてただの旅行ガイドブックじゃないですか。アマードルがいて、アディルを邪魔することで物語がもりあがっているんですよ。それに、アマードルの胸毛もじゃもじゃ描写とか男らしくていいじゃないですか。いちいち筋肉を見せつけてくるポージングで登場するとか楽しい人感がにじみ出てますし、邪魔しないときでもチョコチョコと通りすがってみたり遠くから様子見をしていたりする描写があって、存在感をアピールしてくるの可愛らしいですよね。強くて頭脳派ででもちょっとお茶目で、アマードルめっちゃ良いキャラクターですよ」

ディアーナが嫌いと言ったキャラクターのことを、アウロラがめっちゃ褒めだした。すごい早口でディアーナに反論させない勢いで褒めまくった。

アウロラの話が進んでいくうちに、ディアーナの表情はみるみる険しくなっていく。一歩離れて様子を見ていたサッシャはハラハラとした顔で手を上げようとしたりやっぱり下げたりと所在なげにしているし、イルヴァレーノは厳しい表情でアウロラを見つめていた。

「ふふふ。ディアーナお嬢様怖いお顔。ねねね、自分が嫌いなキャラクターに対して面と向かって褒め称えられるのどんな気持ちですか？　ねぇ、今どんな気持ち？」

棒ペンを鼻と唇で挟んだままの間抜けな顔であおるような言葉で問いかけられて、さらに馬鹿にされている気持ちになって怒りそうになったディアーナだが、淑女たれと教わったことを思い出して深呼吸して気を落ち着けた。

棒ペンを手のひらの上に落とし、口をむぐむぐと動かしてストレッチしたアウロラは、にこりと笑って改めてディアーナに向き合った。

「カイン様のことが大嫌いなのに、面と向かってカイン様の良さをまくし立てられたご令嬢は、きっと今のディアーナお嬢様みたいなお気持ちだったのではないでしょうか？」

「あ」

不機嫌な顔から一転、目からうろこをポロリと落っことした顔をしてディアーナはぽかんと口を開けた。

「たった一回、羽根ペン作りでご一緒しただけですけど、ディアーナお嬢様のお兄様が楽しくてお優しい方なのはわかります。ディアーナお嬢様のことをとっても大事になさってるんだなって思いましたもん」

にこりと笑うアウロラの顔はまるで太陽のようで、目を丸くして口をあけていたディアーナもほんのり頬を染めた。

「でも、人の好き嫌いって相手が良い人かどうかとはまた別の話なんだと思いますよ。もうね、一

度嫌いになっちゃうと優しく手を差し伸べられても余計なお世話に感じてしまったり。微笑みを向けられているのに嘲笑われていると感じてしまったり。ディアーナお嬢様のお兄様がちゃんと優しくて楽しくて頼もしい方なのだとしても、一回嫌いになってしまった方に対して外野から何を言っても、フォローをしても、余計こじらせてしまうんじゃないですかね」

十歳の少女の話し方ではない。食堂の壁際に控えて聞いていたサッシャや騎士二名もいつのまにかアウロラの話に聞き入っていた。

「じゃあ、どうしたら良いと思う?」

「そうだねぇ」

ディアーナも、平民に対する貴族令嬢としての話し方を忘れ、膝に手を置いて身を乗り出してアウロラに迫る。アウロラも手に持った棒ペンで自分のほっぺたをぺちぺちとたたきながらディアーナの問いに気楽な言葉で返している。

「まず、ディアーナお嬢様のお兄様のことを好きになってもらうのは諦めたらいいんじゃないかな」

「はぁ!?」

「お兄様を好きになってもらうのは一旦置いておいて、ディアーナお嬢様とご令嬢が仲直りする方を優先しましょうよ。大好きなお友達の身内って悪く言いにくいもんですし、お嬢様とご令嬢が仲良くなればお嬢様のお兄様も謝りやすくなりますよ。たぶん」

「たぶん」

「そう、たぶん。人の心を操ろうったってそうはいきませんしね。絶対は無いですけど、お友達と仲良くなれるコツはあります」

「仲良くなれるコツ⁉」

さらに身を乗り出してアウロラに迫り、続きを聞こうとするディアーナ。

おやつを食べ終わった子ども達はとっくに食堂から出て行って庭で遊んでいる。大きなテーブルの前に額を付けるように向かい合って座る美少女二人と、それを見守る騎士と侍女と侍従。

騎士二人とサッシャは感心したような顔で見守っていたが、イルヴァレーノだけが厳しい顔をしてアウロラを凝視していた。

みんなのお茶会

イルヴァレーノがカインの土産を持ち帰ってから二カ月後。ようやくディアーナ仲直りの為のやり直しお茶会が開催されることになった。

やり直しのお茶会は、ディアーナ主催ではなくエリゼ主催で開催されることになった。

招待状の宛先は各貴族家の夫人宛となっているが、『親子で参加』という条件が付けられていた。

親を通じて子ども同士が、子どもの友人関係を通じて親同士が新たな交友関係を築きましょう～という建前が伝えられているが、もちろんディアーナとカイン嫌い令嬢三人の仲直りの為である。

社交界でエルグランダーク家の珍しいお菓子の噂が広がる中、なかなかお茶会が開かれず期待ばかりが高まっていた。

その甲斐もあって、招待状の返信の出席率はかなり高かった。親子連れで、という条件があるためにどうしてもお茶会に参加したい夫人は子ども達の予定を無理矢理に調整してでも参加を決めていたりもした。

カインが冷たくあしらって以降エルグランダーク家と疎遠となっていた三人の令嬢も、親が「よかったら」と気を遣いつつも参加したそうにしているのを目の当たりにすれば、それでも参加したくないとは言えなかった。本人達にしても、珍しいお菓子というのに興味もあった。

大規模なお茶会のため、ディアーナとその取り巻き対自分一人という状況ではない、という安心要素もあり、目的の女の子達は全員参加してくれることになった。

お茶会は、エルグランダーク家の中庭で行われた。招待人数が多いのもあり、石畳が広く敷かれている広場には丸テーブルが並べられ、いくつかある東屋にも椅子とテーブルがセッティングされている。

冬の始まりで外でお茶会をするには肌寒い季節なのだが、暖房の魔法道具や熱の魔石があちらこちらに飾られていて中庭全体が暖かく保たれている。

「さすが筆頭公爵のエルグランダーク家ですわね。この数の魔石を惜しげもなく飾り立てることができるなんて」

「本当に。でも、今回は立食なのですわね。高位貴族家のお茶会では珍しいのではなくて？」

「そういえばそうですわね」

早めに到着した夫人達が、そんなこんなでさざめくように会話をしながらお茶会の開始を待っていた。

会場が屋内であろうと屋外であろうと、日中に開催されるお茶会が立食形式であることはあまりない。立ったまま飲食をする事ははしたない行為であると認識されているし、お茶やお菓子をドレスにこぼしてしまう危険もある。

なにより、お茶会はゆっくりと話をする為に開かれるものなので立ったままでは疲れてしまうし、話し相手を自分で捕まえねばならなくなるため、本人の性格や爵位の高低などで気軽な会話がむずかしくなってしまうからだ。

着席であれば、そのテーブルで一番地位の高い者や主催者が順に話を振ったりつなげたり、といった差配を振るう事で会話を弾ませる事ができるが、立食ではそれが難しい。

筆頭公爵家であるエルグランダーク家で、お茶会が立食で開催されるのはとても珍しいことなのだ。

エルグランダーク家到着時には母子でそろってやってきた招待客達も、今はバラバラに分かれてあちこちに散らばっている。

子ども同士は刺繍の会や学校などの友人どうしでまとまっていたり、親同士も普段比較的仲の良い者同士で固まっている。

ちらほらと、少し離れて母子だけでぽつんと立っている者も少数だがいるようだった。

ザワザワとそれぞれのグループで雑談に興じていたところで、エルグランダーク家の庭に面した大きなガラス戸が開き、エリゼとディアーナが登場すると波が引くように静かになった。

「お待たせいたしました。本日はお寒い中お集まりいただきありがとうございます。快適に過ごしていただけるようにと、暖房の魔法道具と熱の魔石を設置しておりますが、暑い寒いがありましたらお近くの使用人に申しつけてくださいませね」

「本日はおいでくださいましてありがとうございます。留学中の兄がとても楽しい製菓道具を送ってくださいました。是非お楽しみください」

エリゼとディアーナの挨拶が終わると同時にティーワゴンを押したメイドが簡易厨房から一斉に庭に広がっていく。

「さぁ、お好きなお茶を手にとりながら、こちらをご覧くださいね！　今からお茶菓子を作って見せますわ！」

そういってエリゼは綿菓子、コールドプレート方式のアイスクリーム、チョコフォンデュを次々に作って見せた。

綿菓子とチョコフォンデュはあらかじめ食べやすい大きさで作っておいたものが各テーブルに配られた。アイスクリームはコールドプレートののったワゴンを押したメイドが各テーブルを巡り、その場で作って皿に分けている。

「自分でやってみたい方は、お声がけくださいね。給仕が使い方をお教えいたしますわ」

エリゼのその声に、刺繍の会に参加しているディアーナと同じぐらいの年齢の子どもたちはワッと製菓道具をのせているワゴンへと駆け寄った。

「おほほほ。子ども達は無邪気ね」

「本当に。元気があってよろしいことですわ」

夫人達はそうやって子どもを温かい目で見守っている風の会話をしつつも、そわそわと視線を道具に飛ばしている。

「なるほどね。この為の立食形式でしたのね」

「色々移動して、自分でお菓子をつくって楽しめるようになんですね」

「確かに珍しいですわ。この、綿菓子というのは名前の通り綿のようですし、ふわふわで甘くて美味しいですわ」

ティモシー・ジンジャー伯爵令嬢と友人二人が庭の端の方にある東屋で、ピンポン球サイズの綿菓子をつまみながらお茶を飲んでいた。

「その綿菓子、お砂糖を糸状にして絡めた物なので砂糖の代わりにお茶に入れても美味しいんですのよ」

「うわっ」

「うひゃっ」

仲の良い三人だけで隠れるようにお茶を飲んでいた所に、突然ディアーナが現れたことで変な声が出た。

「ほら、こんな感じにじわじわと溶けていくのをゆっくり見るのも楽しいと思いませんこと？　私、すこし猫舌なものですからこの綿菓子が溶けきる頃に飲むとちょうど良いんですのよ」

そう言って、ディアーナが手に持っていたカップに小さな綿菓子を一つ落として、ホラとカップを差し出して溶ける様子を三人に見えるようにした。

差し出されたカップの表面、じわじわと溶けていく綿菓子に注目し、そして視線を上げてディアーナの顔を見る三人。

ディアーナはにこやかに笑っているが、口の端や眉の角度が『緊張しています』と物語っていた。

前回、責め立てられたと感じて泣き、取り乱して立ち去ったティモシーは少しばつの悪い思いが胸に上がってくるのを感じた。

「えっと、あの。立食形式ですけれども休憩できるように椅子が用意されている場所もございます。この東屋もそうですわね。よろしかったら少しお話いたしませんこと?」

綿菓子が溶けきったカップを胸もとに引きよせ、恐る恐るといった感じで上目遣いで誘ってくるディアーナ。

『友人と徒党を組んで自分を追い込んできた凶悪なちびっ子』というイメージが頭の中にあったティモシーと、そのように聞かされていた友人二人は、それとは様子の違う弱々しいディアーナの姿にドギマギとしてしまい、自然と頷いていた。

東屋の外、見守るように立っていたサッシャがすっと後ろを向いてガッツポーズをした。

イルヴァレーノだけがそれを見ていた。

「自分を知ってもらいたかったら、先に相手を知ると良いわ。自分に興味をもってくれている、自分を理解してくれているって思える相手には心を開くものだから」

くるくると棒ペンを人差し指と親指で回転させながら、アウロラが言う。

高い位置にある窓から差し込む光が、孤児院食堂に舞うほこりを光らせている。

「仲良くなりたかったら……。そうだなぁ、相手の事を知ろうとして、できれば相手の好きなものを自分も好きになって同じ話題で盛り上がれるといいのだけど」

「相手の好きなものを、私も好きになる」

真剣な顔をして、ディアーナがアウロラの言葉をオウム返しにする。

「アディールの大冒険。私も主人公のアディルが大好きなんです♡　かっこいいですよね。峠道で魔獣に襲われそうになっている村娘を颯爽と現れて助けたところとかかっこいいし、湖で大水蛇に襲われているウサギ娘を助けようとして、本当は大水蛇の方がウサギキックで沈みそうになってたって話に号泣するところなんかは可愛いなって思ったし。うざったく出てくるアマードルをスーパーアディルキックで山の向こうまで飛ばしちゃった時にはやったーって声にでちゃいましたもん……って、さっき私が返事していたら、話が弾んだとおもいません？」

嫌いな物を面と向かって良い物だから好きになれと言われる苦痛について説明する時にした話を、今度はディアーナが好きなキャラクターを同じように好きだとアウロラが話す。

確かに、今のアウロラの語りかけを聞いたディアーナは心がウキウキとして、アディル語りの続きをしたいと思ってしまった。

「うん」

素直に頷いたディアーナに、アウロラはにこりと笑って棒ペンを人差し指から小指に向けてくるくると指の間をくぐらせては戻していく。

「逆カプ、リョナ好き、メリバ好き、と私と好みが真逆の方向を行く友人がいたのですが、友人は許容範囲激広マンだったので、割と私の激やばトークに付き合ってくれまして（以下オタ語り）」

「あ、え？　うん？」

急によくわからない話を始めたアウロラに、ディアーナが若干体を引いた。

「つまり、意見を対立させるのは決して悪いことではないけれど、それをするにはまず信頼関係が無ければ破綻する。まずは同じ話題で盛り上がって、信頼関係を作る方がよいと思います。なんなら、ディアーナお嬢様のお兄様の悪口で盛り上がるのも有り寄りの有りだと思いますよ」

そう言って、アウロラはお茶目にウィンクをして見せた。

「お兄様の悪口なんて何も思いつかないけど、ありがとう。相手の事を知ってみるね」

人と仲良くなるコツを聞き、そして軽く体験をしたディアーナは希望が見えた気がした。ずっと心の奥に重く沈んでいた物が少し浮いてきた気がして、思わずというように安心したような笑顔がその顔に浮かぶ。

「まじやばかわいすぎの大洪水。悪役令嬢とはおもえぬ素直さはまさに天変地異では？」

「？」

羽根ペン作りで一緒になったときから不思議な子だなと思っていたアウロラは、やっぱり時々よくわからないことを言う。

しかし、ディアーナはもうアウロラのことが好きになっていたのでニコニコと聞き流した。

ひと月以上前の孤児院でのアウロラとの再会を思い出し、目の前の三人の令嬢に向き合う。

大丈夫、サッシャとイル君が協力してくれた。二人を信じる。そう心で唱えて東屋の向こうをチラリと見れば、グッと拳を握るサッシャとゆっくり頷いているイルヴァレーノが小さく見えた。

わからないように小さく頷き返したディアーナは、まずティモシーに向かって微笑んだ。

「ティモシー様は、今日のお茶菓子でお気に入りはございますか？」

「え、ええ。この綿菓子がふわりとして心許ないさわり心地ですのに、口にいれると思うよりも甘くて驚きましたわ」

「よかった！　私も綿菓子とても気に入っておりますの。空に浮かぶ雲を食べているような気持ちになりませんか？　まるで『スレインと雲のお城』のミッドレイ姫になったみたいで嬉しくなってしまうんです」

ディアーナは定石通りに茶菓子の話から入った。

招待されたお茶会で、初対面の人と同じテーブルになることなどは珍しくない。そんな時は天気の話、お茶会で出された茶菓子の話などから会話が始まるのはよく有ることで、無難な会話の入りである。前回の『カインの誤解を解くお茶会』でも、ディアーナとティモシーは天気とお菓子の話から始めていた。

いきなり誰かの噂話や経済の話などをするのは、お互いの背景や友人関係を把握している仲の良い友人同士のお茶会だけなのだ。

ティモシーもそれはわかっているので、礼儀正しくお菓子の感想を返した。それに対するディアーナのさらなる返しにティモシーは目をきらめかした。

「ディアーナ様は『スレインと雲のお城』をご存じですの？」

「ええ、半月ほど前に母と観劇いたしましたの。とても素敵なお芝居でしたわ」

「そうですのね。ディアーナ様はどのシーンが印象に残っておりまして？」

思いもかけず、自分の好きなお芝居の話を振られたティモシーは、ディアーナに探りを入れる。本当に見ているのか？　自分が好きなお芝居の話をして気を引こうとしているだけなのではないか？　と、まだ疑う心が残っているのだ。

「お城から出られない可哀想なミッドレイ姫を、スレインが雲のお城へ招待するシーンですわ。あのふわっと現れた雲の階段はどのようにしているのでしょうか？　本物の雲のようでとっても幻想的でした」

「半月前というと、スレインはベルディィハ男爵令息が演じていた物でしょうか？」

「いいえ。私が見た回はアスレイという俳優さんがスレイン役を演じておりました。ベルディィハ男爵令息の回はとっても人気でチケットが取りにくいのですってね」

「え、ええ。私もそのお芝居が大好きで、二十回以上も観に行って五回ほどしかベルディィハ男爵令息回を見られていないんですの」

「まぁ、素敵！　沢山見ているんですのね。やはり、演じる方が違うとお芝居って違うものですの？」

「もちろんですわ！　アスレイスレインがワイルド系イケメンだとすると、ベルディハスレインは優雅な紳士系イケメンなのですわ。同じお芝居ですのに、ミッドレイ姫をエスコートするシーンが全然違って見えますのよ。ミッドレイ姫もメレディスミッドレイの時とベレーミッドレイの時でまた雰囲気が違いまして、私はベルディハベレー回がやはり一番好きですわね」

疑いながら、探り探りディアーナと会話していたはずのティモシーは、いつしか生き生きと観劇について話していた。

それから三十分ほど経った頃。

「そうですのよ。女性乗馬は基本横座りでしょう？　でも、駆け足や襲足は横座りではなかなか難しいですし、女性も乗馬服でまたがって乗ることが一般的になってくれると嬉しいのですけどね」

「私はまだ幼いからおてんばで許されますけれど、やはり人目のあるところで馬に乗るとなると女性は横乗りなのですね」

「鞍も女性用と男性用で違いますし、今のままだととても不便だと思いませんこと？　いざという時、何かあった時に男性用の鞍に乗れた方が対処しやすいと思いますの」

「その通りですわね。私も、少女騎士ニーナという絵本が好きで乗馬を始めたのですけど、絵本では馬にまたがって思い切り走らせていましたもの。憧れますわ」

「そうなのです！　スカートよりもマントをひらめかせて馬を駆けさせるのが夢ですわ」

二人目の令嬢、ピクシー・アンモレア伯爵令嬢は乗馬における女性への区別について不満をディアーナにぶちまけていた。

乗馬についてディアーナから水を向けられ、男女で馬の乗り方が違うことに話題が移り、ディアーナがうんうんと受け入れてくれることでどんどんと口が止まらなくなっていた。

貴族令嬢も最低限の教養として乗馬は学ぶ。しかし、男性との二人乗りで落ちないようにとか、一人で乗るにしてもドレスのまま横向きに乗ってゆっくりと歩かせるところまでしか学ばない。それ以上本格的に乗馬をしようとすればおてんばだのじゃじゃ馬だの言われて揶揄される。

その現状に対する不満を理解して同意してくれるディアーナに対して、もうカインの妹だからという忌避感は無くなっていた。

「そういえば、サイリユウムの第二側妃様が不思議なワンピースを着ていらっしゃいましたの。スカートなのに邪魔にならずに馬に乗れるんですのよ」

「まぁ!? 乗馬服でなくて、ワンピースなのに馬に乗れるんですの？ 横乗りでなくって？」

「はい。一目みただけですと薄布を重ねたスリット入りのスカートに見えるんですけど、実は下がズボンになっているんですの」

「まぁ、具体的にどんな作りだったかをお伺いしてもよろしくって？ 是非まねさせていただきたいですわ」

「もちろんですわ」

ピクシー・アンモレア伯爵令嬢も、ディアーナとの会話が楽しくて仕方がなくなっていた。

さらに三十分後。

カイン嫌い令嬢最後の一人、フェイリス・ファンクション伯爵令嬢はニコニコと始終笑ってディアーナと二人の会話を見守っていた。

その手の中のお茶はすでに三杯目となっている。

「フェイリス様。今日のお菓子はいかがでしょうか？」

心配そうな顔でのぞき込むようにディアーナが見つめると、フェイリスはにこりと微笑み返した。

「綿菓子は、味としては素朴ですわね。物珍しいですし口当たりも柔らかくて面白いですが、お菓子としては少々味気ないと思いました。でも、お茶へ入れるお砂糖の代わりとしては素晴らしいですわね。雲のようにカップを覆う砂糖は見た目も可愛らしいですし、徐々に溶けていくのは見ているのも楽しゅうございました。ディアーナ様のおっしゃるとおり、猫舌の方には失礼にならずにお茶を冷ます口実にもなりますし、普通のお砂糖か綿菓子かを選べるお茶会が増えれば参加しやすくなる方もいらっしゃるかもしれませんわね」

ニコニコと優しい笑顔のまま、フェイリスが綿菓子について感想を述べた。それについて、ディアーナはふんふんと真面目な顔で頷きまくる。

「綿菓子はお砂糖を細い糸にして絡めただけの物ですから、味はお砂糖でしかありませんものね。おっしゃるとおり見た目で楽しむのが第一ですけど、糸状にしてあるので口の中でしゅわぁと消えていく食感を楽しむのも私は好きですの」

「あぁ、確かにただ砂糖をスプーンで掬って舐めるよりもなめらかで食べやすいですわね」

砂糖をスプーンで食べてるのか……。ニコニコと笑って話すフェイリスに、心の驚きを隠してディアーナもニコニコと笑う。

「アイスクリームはいかがでした？　色々な果物ソースをお試しくださってましたよね」

「もともと、アイスクリームって氷魔法か氷結の魔法が掛かった魔石を使って二時間ぐらいかけて作る物ですのに、目の前であっという間に出来上がるのはとても驚きましたわ。今は甘くしたミルクで作って果物ソースで味を変えて楽しんでおりますわよね？　あれはもう少し粘度の高い液体でもいけるのかしら？」

「どうでしょう？　兄か、道具の改良をした厨房のものならわかるかもしれませんが、何かアイディアがございますの？」

「例えば、カスタードクリームでこの即席アイスを作ることが出来ればもっと幅が広がるのではないかしらって思ったんですの。ソースではなくて、果物と果実入りのミルクを使ってみるとか、果実水で作ったらシャーベットのようにならないかしら？　とか、色々想像して楽しい気持ちになってしまいますの」

「まぁ素敵！　フェイリス様はお菓子にお詳しいのですね？」

カインが考え出した製菓道具に対して、次々と応用アイディアを出していくフェイリスは本当にお菓子が好きなようだ。

「チョコレートフォンデュですけど、一見目新しいですけれどチョコレートコーティングした果物というデザートはすでにございますのよ。あと、フランべっていって最後の仕上げを目の前でしてくれる調理方法もございますの。チョコレートフォンデュはその融合とでも言うのでしょうか。でも、自分で何をチョコレートコーティングするか選べるというのは素敵ですわよね。今は果物を用意してくださっておりますけれども、小さく焼いたパンケーキや、一口サイズのパイなどを用意しても良いかもしれませんわね」

「素晴らしいですわ、フェイリス様。ね、厨房係にも直接アイディアを聞かせてくださいませんこと？　そして、是非お菓子作りを体験していただきたいですわ」

フェイリスは今のお茶で五杯目だ。

立食で、お菓子作り体験が出来るようにしているお茶会のため普通のお茶会よりも長時間になっている。

立食だからこそ自由に抜け出してお手洗いにも行けるようになっているが、この場にいる三人の令嬢とディアーナは椅子に座って話し込んでいるため、お手洗いに立つためには断りをいれなければならない状態だった。

ディアーナは、フェイリスのお菓子好きという情報を基に、今日のお菓子やお菓子作りについて話題を振った。思ったよりも食いつきが良く、お菓子についての知識を披露してくれてディアーナも楽しく話が出来ていた。

しかし、そろそろ限界だった。

「では、私は綿菓子を作ってみたいですわ」

「私は、アイスクリームが花の形になるところを見学させていただくわ」

「チョコレートフォンデュの可能性について、お話を聞かせていただこうかしら」

それぞれがそう言って立ち上がり、一旦この場は解散となった。

東屋から出る際、ティモシーもピクシーもフェイリスもディアーナににこやかに一礼した。もうディアーナに対して怯えてもいなかったし嫌悪もしていなかった。

ディアーナの作戦は一応成功したと言えるだろう。


日も傾きはじめ、お茶会も終了の時間となった。

小箱に入れた小さな綿菓子やしっかり冷やしたチョコレートコーティングの果物をお土産に手渡しながら、エリゼとディアーナが正門前の馬車停まりで参加者の見送りをしていた。

エリゼが夫人達に、ディアーナが令嬢達に挨拶をしている。そのうちに、例のカイン嫌いの令嬢三人衆がディアーナの前へとやってきた。

「ティモシー様。遅くなりましたが、半年前のお茶会では大変不快な思いをさせてしまい申し訳ありませんでした。本日のお茶会が楽しい物となっておりましたら嬉しいのですが」

挨拶前に、ディアーナが謝ってきたのでティモシーはびっくりしてしまった。

お茶会中は、会話の定石から入り普通に演劇の話で盛り上がっていたので、先日の事は無かったこととして話を進めていくのかと思っていた。公爵令嬢と伯爵令嬢ではそれについて異議申し立てをする事も出来ないだろうと思っていた。

「謝罪をお受けいたします。私も、混乱してしまいせっかくご招待いただいたお茶会を中座してしまい申し訳ございませんでした」

今日のディアーナなら、許しても良いと思った。ティモシーはにこりと微笑んで謝罪を受けた。

「ありがとうございます。ティモシー様」

そう言って笑うディアーナに、ティモシーは再び表情を引き締めて厳しい顔を作る。

「それでも、ディアーナ様のお兄様にお茶会で言われた言葉、取られた態度については別問題ですわ。お手紙で謝罪を頂きましたけど、まだ許しておりませんの」

「はい。兄が、冬に戻った際に直接謝罪したいと申しておりました。……今日は、私と仲直りしてくださってありがとうございます」

これは仕方がない、と思いつつもディアーナは困った気持ちが顔に出てしまう。アウロラも言っていた。カインの好感度を上げるのとディアーナが仲直りすることは別で考えるべきだと。

今日は、ディアーナが三人の令嬢と仲良くなれたのだから十分勝利なのだ。

「……でも、仲の良い子の身内であればひいき目で見てしまうかもしれませんわよ？　ディアーナ様のお兄様なら本当はお優しい人に違いないわ。と思わせるぐらい、私たちと仲良くなる努力をなさいませ！」

「ティモシー様」

思いもがけず、カインも許すかもしれないと言ってくれたティモシーをディアーナは目を丸くして見上げた。

「そうですわね。馬にまたがっても素足が見えないスカートの図案についてもっと詳しくお話いただければ、もう少し仲良くなれるかもしれませんわよ？」

「私は、カイン様の製菓道具アイディアについてもう少し詳しくお話を伺いたいかしら。道具だけでなく、お菓子についても造詣が深いようでしたら見直すかもしれませんわね」

ティモシーに続き、ピクシーもフェイリスもそう言ってディアーナの肩を優しくたたいた。

今日の勝利条件は、カインの良さをごり押ししたせいで嫌われたティモシーと仲直りすること、ティモシーから話を聞いてディアーナを嫌っているかもしれない二人の令嬢と仲良くなること。

けっして、カインを許してもらう、好感度を上げるところまでは望んではいなかった。

アウロラと孤児院の食堂で会ったときに授かった友人と仲良くなるコツ。相手の懐に入る方法として、相手の好きなことを自分も好きになること。自分の話ばかりせずに相手の話をよく聞くこと。

それを聞いてから、サッシャとイルヴァレーノが頑張って三人の令嬢の情報を集めてくれた。

サッシャは貴族家の家庭教師をしている学生時代の友人に、生徒経由で三人の学校での様子を聞いてもらったり、二人の姉から社交界での噂話などをかき集めてもらったりした。

イルヴァレーノは通いの使用人達にお願いをして、他家で働いている使用人の知り合いがいれば話を聞いてきてほしいと依頼していた。

仕えている主家の話を漏らすのは御法度ではあるが、ちょうど『面白くて楽しいお菓子』の話題を触れ回っても良いと言われていたところだったので、代わりの話として聞き出すことが出来たといって沢山の情報を集めることができた。

ジンジャー家、アンモレア家、ファンクション家に出入りしている菓子店がどこであるとか、観劇の為にどこに馬車を出したか、家庭教師に誰を雇っていて力を入れている教育科目は何か。些細な内容の情報ばかりであったが、数が揃えばそれらを組み合わせる事で、令嬢達の趣味や好物を分析することが出来た。

それから、得られた情報を基に彼女たちと同じ物を自分でも好きになれるように、もしくは理解できるように食べたり観たり乗ったりした。

時々アウロラと孤児院で会って、観劇の感想を添削してもらったりもした。

カインに手紙を書き、他に製菓道具のアイディアが無いかを聞いたりもした。

ジャンルーカに手紙を書き、第二側妃のスカートについて話しても良いか許可を取ってほしいとお願いもした。

そうした努力が、実を結んだ。

決して、カインを許してもらう、好感度を上げるところまでは望んではいなかった。けれど今、お茶会の終わりの挨拶で、ティモシーとピクシーとフェイリスは「いつかカインを許してあげる」と言ってくれたのだ。ディアーナともっと仲良くなりたいと、言ってくれたのだ。

「はいっ。是非また、遊んでくださいませ！」

こぼれそうな涙を我慢しながら、ディアーナは精一杯の笑顔で三人の令嬢を見送った。

神渡り

その年の年末。令嬢達に謝るために帰ってくると言っていたカインは、結局リムートブレイクに帰って来ることが出来なかった。

三年生の魔獣討伐訓練が冬に行われることになったからだ。

「うらあああああ。今日の私は虫の居所が悪いんだぁっ！」

カインの叫びが雪山にこだまする。横薙ぎに振られた剣が巨大な白いウサギの後ろ足を切りつけ、勢いのまま振り上げた足で突進してきていた猛禽類をたたき落とした。

「先輩！　捕縛！」

「お、おう」

カインが切りつけ、蹴り落とした魔獣を他の学生達が縄で縛り上げていく。

「出来たぞ！」

後ろで作業をしていた生徒が声をかけ、簡易的に作ったそりを引いてきた。

「魔獣はこれだけいれば、合格もらえますかね？」

「ああ、十分だろう。カイン君は強いんだな」

カインが振り向いて親指で後ろを指した場所には、巨大白ウサギや真っ白な猛禽類、雪オオカミなどが縄でぐるぐる巻きにして積み上げられていた。

一年生の時の魔獣討伐訓練は、魔獣を倒さなくても魔獣を躱すとか魔獣から逃げ切るなどして無事に往復できれば合格だった。しかし、三年生の魔獣討伐訓練では魔獣を生け捕りにして連れ帰ることが合格条件となっていた。

ちなみに、カインは飛び級の為に参加していないが二年生の合格条件は魔獣を倒して持ち帰ることだった。

今年の三年生の魔獣討伐訓練は雪山で行われた。整備された道のある東側から馬車で運ばれた生徒達は頂上付近で下ろされ、自然のままに残されている西側を魔獣討伐しながら下山するという行程である。

すでに剣が使える事がバレているカインは、今度は剣を隠さずに大盤振る舞いした。

この時期に魔獣討伐訓練が実施されたことで帰省が出来なくなってしまった為、その鬱憤を思う存分魔獣にぶつけたカインは、八面六臂《はちめんろっぴ》の活躍である。

「ソリに魔獣を乗せたぞ！」

「では、いきます！　『風よ！　我が手の先に集まり、渦を巻いて道を作れ！　穿風撃』」

ソリの前に立ったカインは前方へと風魔法を打ち出し、木々をなぎ倒して道を作った。

「忘れ物は無いですか？」

「大丈夫だ！」

「全員乗ったよ！」

年上の同級生の返事を聞いてカインはソリの最後尾に乗ると、今度は後ろ向きに風魔法を打ち出してソリを進ませる。

雪の積もった山肌を、ソリはどんどんとスピードを上げながら下っていく。カインが魔法を使って随時障害物を破壊し、後ろ向きに風魔法を打ち出してはスピードを上げていく。

最初のウチはヒャホー!? とかウォー! とか叫びながら楽しんでいた同級生達も、だんだんと顔色が悪くなっていく。

「先輩、顔色悪くなってきましたね。あ、風を切って進んでるから顔が冷たいですか?」

「カイン君。一つ聞くけど、麓に到着した時に安全に降りられるんだよね?」

「もちろんです。私が『今だ!』と言ったタイミングで飛び降りてください」

どんどん速度が上がっていくソリの上で、カインの言葉を聞いた同級生達が絶望の顔をする。

「大丈夫ですよ? ちゃんと雪が厚く積もっている場所で声かけますから」

「ストッパーとか、ブレーキとかは……」

「え? 先輩達ソリにそんな良い物付けてくれたんですか?」

カインがきょとんとした顔でそう言ったことで、ソリ上のメンバーは頭を抱えた。

ソリを作って下ろうというのは、カインのアイディアだった。葉が落ちているとはいえ木がしっかりと生えている自然のままの山は、ソリでくだるには向かないという反対意見に対して、カインは魔法で道を空けるから大丈夫だと自信満々に答えていた。

その、自信満々な様子にすっかりだまされた。

これだから運動神経抜群な奴は嫌なんだ、と魔獣討伐ではなくソリ作りの方に参加していた生徒は半泣きになった。

去年の一年生の魔物討伐訓練での事故を受けて、カインの魔法が封じられないと知った同級生はカインと同チームになった時点で勝ったと思った。魔法はもっと万能なんだと思っていた。

こんな怖い思いをするんだったら、魔法を封じて参加してもらえば良かったと魔獣を捕縛していた同級生は後悔した。

だんだんと麓が近づいてくる。待ち構えている教師と騎士の姿も見えてきた。

「さぁ！　皆さん、今です！」

「ぎゃあああ。むりぃいいいいい」

「こんなスピード出てるところから飛び降りれるかぁあああ」

ドゴォーンっ。

生徒達の叫びと、ソリが木の幹に衝突する音が麓の森に響く。続いてドサドサドサと雪が落ちる音がし、やがて静かになった。

雪煙が晴れると、ソコには空中に浮いたカインと同級生、そして捕縛された魔獣がゆっくりと落ちていく姿があった。

「ゆりかごを揺らす為に開発した空気クッションの魔法ですよ」

ニコニコと指を立てて説明するカインに、恐怖に固まったままの表情で同級生達が視線を集めた。

「安全に降りられるか？　って聞かれて、もちろんですって言ったでしょう？」

ボスンと、それぞれがふかふかの新雪の上へと着地した。

「さ、さ」

「先に言えよぉおお！」

「あははははははは」

魔獣討伐訓練のせいで帰省が出来なくなったカインはイラついていたが、魔獣に八つ当たりをして超スピードで滑走する事で多少気分が晴れた気がした。

普段紳士的な態度を取っている「王子様より王子様」なカインが、実は結構性格が悪いと言うことが、まもなく進級という時期になってわかった同級生達であった。


サイリユウム貴族学校では、座学については学年末の進級テストを二学年分クリアすれば飛び級の条件はクリア出来るのだが、実技系はそういうわけにはいかなかった。

馬術や剣術は全日数の六割以上の出席をしている上で、技術テストを合格している必要があり、魔獣討伐訓練については参加が義務づけられているのだ。体調不良など、どうしても参加することが出来なかった場合は別学年の魔獣討伐訓練に参加することで補完できるのだが、カインの『実家に帰りたい』というのはどうしても参加出来ない理由とは認められなかった。

本来なら、建国祭休暇から神渡り休暇の間の授業を欠席して長期休暇とし、リムートブレイクに戻る予定だったカインである。

その建国祭と神渡りの間に魔獣討伐訓練の日程を組まれてしまっては、日程不足でリムートブレイクに帰ることが出来なかったのだ。

であれば、自分がまた隣国に遊びに行けば良い！　と主張したディアーナであったが、神渡りは貴族が一家そろって王宮へと出向くイベントであり、二年連続で夫人が欠席するというわけにはいかなかった。

もちろん、まだ十歳のディアーナだけで隣国へと旅行出来るわけがなかったので、母がいけないとなった時点でディアーナも隣国へは行けないのであった。


カインとディアーナの再会が叶わないまま年があけ、冬生まれのカインは十四歳となった。

三年生と四年生の進級テストを無事にクリアしたカインは予定通り飛び級をして五年生へと進級し、一年後の進級テストで五年生の進級テストと六年生の卒業テストをクリアできれば無事に卒業となる。

カインがサイリユウムで過ごすことになる最後の一年。カインは絶対にあと一年で帰るという決意の下に、勉強を頑張った。

出身家の経済状況や領地の風習などによる学力差を埋めるため、一年生から三年生までは座学の方が多いが、学力がそろってくる四年生以上では実技授業が増えてくる。

卒業後の社交界デビューに向けたダンスレッスンや、馬術や剣術といった貴族のたしなみを学ぶ授業の他、学校敷地内の農場での農作業や家畜の世話、収穫物を使った商店体験とその売り上げを使った経理経営などグループで行う実習が急激に増える。その為、ますますカインは休みを取ることが出来ず帰省することが出来なかった。

サイリユウム貴族学校は、春の花祭り休暇や秋の収穫祭休暇、冬の建国祭休暇、年末年始の神渡り休暇など長期休暇も多いのだが、どれも長くてギリギリ二週間。飛竜を使っての移動が出来ない限りはエルグランダーク家に滞在できるのは半日のみとなってしまう。もし、雨など降って道が悪くなり、馬車が少しでも立ち往生してしまえば期限内に学校に帰ってこられなくなってしまう可能性もある。

往復で飛竜を使ったところで国境からリムートブレイクの王都までの往復八日間は縮まらない。勉強が忙しくなりこなせるアルバイトが減ってしまったカインは飛竜代を稼ぐのが難しくなっていたのもあって、夏休みしか帰省することができなかった。

その夏休みも、今年は従兄弟であるキールズとスティリッツの結婚式があった関係で領地への帰省で終わっている。

一月半もある夏休みだったが、キールズとスティリッツの結婚式の準備に奔走し、忙しい夏休みだった。留学のために国に居なかったカインとコーディリアは、急いで礼服を作るために一週間もお針子さん達と一緒に衣装室へと籠もらされる羽目になった。

エルグランダーク子爵家は公爵家の代わりに領地を治める領主代理をしているので、結婚式の前後で領民に向けたお披露目会なども開催され、領地のあちこちで屋台が出てお祭りムードとなっていた。カイン考案の綿菓子やコールドプレート式アイスクリームは構造が単純なためか、あちこちの屋台で提供されており、領民に大人気の駄菓子となっていた。

ディアーナとカインは、イルヴァレーノとサッシャを連れてそんなお祭りモードの街中で遊んで楽しみ、つかの間の夏休みを満喫した。

結婚式当日は、列席するためにおめかしをしたディアーナのかわいらしさにカインが気絶をした。

コーディリアが留学先から帰ってこられる時期に合わせて、ということで夏休みに結婚式を挙げることになったキールズとスティリッツ。その晴れ姿は格好良くて綺麗だった。

「留学して目を離した隙に、スティリッツが太ってる……」

そうコーディリアがこぼしていたが、騎士として鍛えているキールズは軽々と横抱きにして幸せそうにくるくると回っていた。

この年、カインがディアーナと一緒に居られたのはこの夏休みだけだった。


カインもディアーナともっと一緒に居たかった、無理をしてもたとえ半日だけだったとしても長期休暇のたびに帰省したかった。しかし、勉強をおろそかにして卒業時期が延びても困るのだ。

カインのグランドクエストは『ディアーナを幸せにする』ことで、そのために必要なのは『悪役令嬢化の阻止』なのだ。

ゲームの舞台はアンリミテッド魔法学園。なんとしてもディアーナの、そしてヒロインの入学と同時に転入しなければならない。同じ舞台にカインが立てないなどあってはならないのだ。

予定通り、三年間で卒業しなければならない。そのためには、必要な授業はしっかりと出て成績を残さないといけないし、五年生と六年生の二年分の授業内容を頭に入れて、五年生最後に行われる進級試験と卒業試験を合格しなければならない。

そのために、泣く泣く帰省を我慢して勉強に集中した。

ディアーナのお茶会終了後、サイリユウムに戻ってきていたイルヴァレーノが常に十枚ハンカチを持ち歩くぐらい日常的に泣きながらカインは勉強と実技を頑張った。

イルヴァレーノから頭を下げられたサッシャが作成し、毎月送ってくれる「今月のディアーナ様」という小冊子を心の支えに、カインは頑張っていた。


秋も深まり、寒さが強くなってきたある日。

王宮の半分がガラス張りの温室のようになっているいつものサロンにて、隔月で開催されている王妃様主催の刺繍の会が開かれていた。

アルンディラーノの友人作りのためにと開かれた子ども連れ開催時からすでに七年が経っており、当初よりも子ども世代の参加者は減っていた。

「去年の神渡りはカインが居なくてさみしかったけど、今年の神渡りは帰ってこれるんだろう？」

「今年は、魔獣討伐訓練も夏前にあったと言っておりましたし、実技系授業もすでに六割以上の日数を出席済みとのことですから」

「じゃあ、向こうの建国祭からこっちに帰ってこれるんだな」

十一歳になり、アルンディラーノは大分身長が高くなっていた。騎士団との剣術訓練や時間があいた時に行っている走り込みのせいか、体もがっちりとたくましくなっている。

そんな、発展途上ではあるがしっかりとした体つきの少年が、ちまちまと刺繍に取り組みながら、同じテーブルで作業をしている女の子達とおしゃべりを楽しんでいた。

「それが、おそらく今年で留学最後だろうから、今年の建国祭の騎士行列には出てほしいって言われたらしいんですの。建国祭が終わってから向こうを出発するんですって」

アルンディラーノの向かいの席に座ったディアーナが、色替えの為に刺繍糸をパチンとはさみで切りながら答える。気心知れた友人だけの場なので、ディアーナの言葉はラフになっている。

「まぁ、それでは神渡りギリギリの帰国になる感じかしら？」

「今年は寒いですし、雪が降るのが早そうというお話ですの。帰国が遅くなると雪で馬車が動かなくなってしまいますの」

「雪の当たり年らしいですもんね」

ケイティアーノ、ノアリア、アニアラがそれぞれ刺繍の手を止めて、サロンのガラスの天井越しに空を眺める。

「十年おきに大雪が降るっていうあれか？　迷信じゃないのか」

「えー、アル殿下は夢がないんじゃないかしら」

「私、雪で遊んでみたいんですの」

「雪遊びは楽しいですもんね」

「雪が降らなきゃ良いなんて言ってないだろ」

「雪と言えば、ディちゃん。サイリユウムの神渡りって全然ちがったんでしょう？」

「そういえば、二年前の神渡りはディちゃんは隣国にいたのですもんね」

「そうなのー」

おしゃべりをしつつも、五人の手は止まらない。

アルンディラーノ世代で、未だに刺繍の会に参加し続けているのはこの五人だけとなっていた。刺繍の会は隔月開催だが、毎回結構な量の課題が出る。それをこなせなくて来なくなった子もいるが、ディアーナ達はそれをこなしてここまで来ている。おしゃべりしながらでも手は動き、自然と刺したい通りに刺していける。

アルンディラーノが続けているのだからと、しばらくの間は何人かの男の子も残っていたのだが、乗馬や剣術など、他にやりたいことが出来た子から順に来なくなってしまい、男子で残っているのはアルンディラーノだけになっている。

「神渡りの鐘ってなんだ？」

アルンディラーノの、動き続けていた手が止まった。

隣国の神渡りは全然違う行事だったという話をした流れで、リムートブレイクの神渡りで庶民の行事である鐘を鳴らすのにお忍びで参加しているという話になったところだった。

「あら？　アル殿下はご存じないのかしら」

若干勝ち誇ったような顔でケイティアーノがディアーナの腕を取る。

「私、去年はディちゃんと一緒に鐘を鳴らしに行ったのですわ」

「私はおととし、アーニャちゃんと鐘を鳴らしたんですの」

「おととしは小さな方の鐘しか鳴らせませんでしたもんね。今年は大人の鐘を鳴らしたいですもんね」

ノアリアとアニアラも顔を見合わせて「ねー」と楽しそうにはしゃいでいる。

「だーかーら！　神渡りの鐘ってなんなんだよ」

女の子同士がきゃっきゃするばかりで教えてくれないことに、おもわずアルンディラーノが声を荒げた。

「王宮前広場に、大きな鐘が設置されるんです。神渡りで帰って行く神様を送り出して、やってくる神様が道に迷わないように一晩中鐘を鳴らすって意味があって、皆で順番に紐を引いて鐘をならすんですよ」

ケイティアーノを腕にぶら下げたまま、ディアーナが仕方がないなぁという顔でアルンディラーノに説明した。

「今年もあるのか？」

「平民向けですけど一応神事ですの。毎年やっているんですから、今年もきっとやるんですの」

ノアリアの返事に、アルンディラーノは拳を握った。

「じゃあ、今年は僕も鐘を鳴らす」

ディアーナ達の話を聞いて、とても楽しそうだと思ったのだ。毎年、王宮内前庭で行われる貴族がそろった立食パーティーに出ているアルンディラーノは、貴族から挨拶されたり侍女や侍従がガチガチに周りを固めていたり、とにかく常に誰かに見られているため抜け出すなんて思いもしなかったのだ。時々友人達がふっと居なくなる時があると思っていたが、みなそんな楽しそうなことをやりに行っていたのかと、悔しくも思った。

「王太子殿下が平民に混じって鐘を鳴らす行列に並ぶんですの？」

「警備が厳しくなってしまいますもん。楽しくなくなってしまいますもん」

「アル殿下が抜け出したら、王宮の前庭が大騒ぎになってしまうじゃない」

「王族の自覚をちゃんと持った方がよろしいんじゃないかしら」

じゃあ皆で行きましょうか、という言葉を期待していたアルンディラーノは、女の子達から総反発されてがっくりと肩を落とした。


刺繍の会の翌日、近衛騎士団の訓練場でクリスとアルンディラーノが木剣を打ち合わせていた。

「クリスは、神渡りの鐘って知っているか？」

つば迫り合いになったタイミングでコソッと聞いてきたアルンディラーノに、クリスもコソッと返事をする。

「ええ。兄と毎年鳴らしに行ってます。去年ぐらいから一人で大人の鐘を鳴らせるようになりましたよ」

「ちっ」

「舌打ちぃ⁉」

カキンと木剣をはじいて距離を取る、明らかに不機嫌な顔になったアルンディラーノに、クリスは首を小さくかしげた。

剣を振りかぶり、お互いではじき、躱し、流して打ち合い、再びつばぜり合いになった。

「僕も行きたい」

「いや、無理でしょ。何言ってんですか殿下」

「ちっ」

「また舌打ちぃ！　駄目ですよ殿下ぁ。下品下品」

「ディアーナもケイティアーノもノアリアもアニアラもクリスもゲラントも行ったことあるのに、僕だけ行ったことがないんだぞ？　この先国を背負って立つというのに、人より経験値が低いっていうのは問題だろう？」

「大人になってから、視察って形で正々堂々と見に行ったらいいじゃないか」

「それじゃあ、鐘は鳴らせないだろ」

「コラァ！　クリス！　殿下！　サボってるんじゃない！」

ぼそぼそと、つば迫り合いで競り合っているようなフリをしながらしゃべっていたら怒られた。

水分補給の為の休憩時間。アルンディラーノとクリスは木陰に座り込んで息を整えていた。水筒から水をあおり、首から下げていたタオルで口元を拭う。

「もう冬が来る。体温を下げすぎないように汗はしっかり拭くように！」

遠くから副団長であるファビアンの声が響き、アルンディラーノとクリスがそろって「はいっ」と条件反射で返事をした。

「ふぃー。父さんこえぇ」

「なぁクリス、なんとか神渡りの鐘を鳴らしにいけないか？」

「あ、諦めてないんですね」

「今年の冬はカインが帰ってくる。多分、カインはディアーナと鐘を鳴らしに行くだろ？　僕もカインと一緒に鐘を鳴らしたいんだ」

「うわぁ」

　こじらせてる。相変わらずカイン様をこじらせてるな殿下。とクリスは心の中でドン引きした。

「ケイティアーノ達にもバカにされたまんまでいたくない」

　クリスの表情に、むっすりとした顔を作りつつタオルで首筋の汗を拭くアルンディラーノ。

「あー、あのお嬢さん達ね。相変わらず仲いいですね。また『アル殿下鐘鳴らした事ないんですかぁ～プークスクス』とか言われたんですか」

「言われてない！」

　近いことは言われたアルンディラーノだが、女の子に馬鹿にされたことをクリスに知られたくなかったので強く反発した。そんなアルンディラーノを見てクリスはハハハと乾いた笑いを漏らした。

「そうですねぇ。問題は王宮前庭のパーティーからアル殿下が居なくなったら大騒ぎになってしまうことですよねぇ」

「昔ほどべったりと後ろにひっつかれることは無くなったが、つねに誰かの視線を感じるからな。監視の目を躱さないと駄目だろう」

「監視って。殿下見守り隊でしょ、警護してくれてるんだから」

木陰で休憩している二人の視線の先、訓練場では別の組が打ち合いを始めていた。カンカンと乾いた木剣のぶつかる音が響いている。

「あー。じゃあ、アレだ。昔カイン様がやったアレやりましょうか」

「アレってなんだ」

「アレですよ。アル殿下追いかけっこ。アレ面白かったのに一回だけで禁止されちゃったのって、アル殿下が沢山居るって監視が勘違いしちゃったかららしいじゃん。もっかい、勘違いさせちゃいましょうよ」

ね、と首をかしげてニヤリと笑うクリス。その顔をじっと見ていたアルンディラーノは、じわじわと希望が湧いてくるのが表情に表れて晴れやかに笑った。

「休憩終了！　打ち込み再開！」

「はい！」

アルンディラーノとクリスはいたずらっこの顔をして、元気よく返事をした。


一年最後の日。今日で古い神様が神様の国へと帰っていき、代わりに神様の国から新しい神様がやってきて新しい一年が始まる。

今年は十年に一度の大雪が降る年と言われており、三日ほど前から雪が降り始めて積雪量は三センチほどになっていた。

火の魔法が使える者が、手分けして大きな通りの融雪をしたので馬車の通行に影響は出ていないが、狭い通りなどは昼に雪が解け夜に凍るを繰り返して雪がざくざくでこぼことして歩きにくい道となっていた。

そのため毎年恒例の露店の数は減ってしまっていたが、商魂たくましい一部の商人達はきっちりと温かい飲み物や食べ物を並べて神渡りの街を盛り上げていた。

王宮の前庭もすっかり雪が溶かされており、いつも通り昼間のように明るい光の魔石と、熱を放射する暖房の魔法道具が設置されて春の庭のようになっていた。

「正直、雪が降って助かりましたわ。足下が悪いし寒いのでって言えば男の子っぽい服装も不自然なことなく着ることができましたから」

ケイティアーノがゆったりしたズボンの裾をつまんで淑女の礼っぽいポーズを取った。

「ズボンって、足下が見やすくて雪道も歩きやすいですもんね」

「なかなか、面白そうなお話に誘っていただいて嬉しいんですの」

ノアリアもアニアラも外套の下、足下はスカートではなくズボンをはいていた。フチにフリルが付いていたり、ベルトの代わりにリボンで腰に留めたりと少女らしくなっているので男の子には見えない。

王宮の正式な立食パーティーにドレスではない姿で参加するのは勇気の必要なことであり、少女達それぞれの両親の、わがままを叶えつつドレスらしさを表現する精一杯の抵抗だった。

「持ってきた?」

ディアーナの問いかけに、ケイティアーノはコクリとうなずき、ノアリアとアニアラは外套の隙間からチラリと金髪のカツラを見せた。

　また、会場の別の場所ではクリスとゲラントも濃い色のズボンをはき、外套の内側に金髪のカツラを潜ませて機をうかがっていた。

「今年一年、ご苦労であった。また、来年も国のために尽くし民のために労してくれることを願う」

「皆さん、今年一年見守ってくださった神に感謝し、迷わず帰っていただけるよう送り出しましょう」

「大いに楽しみ、明るく歓談して新たな神が迷わずたどり着けるようお迎えしましょう」

　国王陛下、王妃殿下、王太子殿下と順に挨拶をし、そしてパーティーが始まった。

　光の魔法がかけられている魔石で、昼間のように明るくなっている王宮前庭だが、強い光があるということは影になる場所があるということである。

　植木の裏側、影になったところに入り込んだディアーナとケイティアーノは手早く髪をまとめ上げると金髪のカツラをスポッと頭に乗せた。

「ふふ。ケーちゃんは金髪になってもかわいいね」

「ディーちゃんはあんまり変わらないね。いつも通りかわいいよ」

　向かい合っていつもと感じの変わった友人の姿を見て、変なところが無いかを確認しあう。

「ノアちゃんとアーニャちゃんも大丈夫かな」

「バラバラの場所から登場しないと不自然だからね」

　生け垣の影側を、しゃがんだままで移動する。合図は王城前広場から一つ目の鐘が聞こえたら、だ。さすがに、王太子殿下を鐘を鳴らす前から行列に並ばせるわけには行かない。平民に混じる時間は少ないに越したことはないのだ。

鐘は、行列が無くなるまで鳴らし続けるし、年が明けて鐘を打ち始めれば行列がはけるのにそれほど時間は掛からない。朝方まで行列が続くのは、同じ人が何回も並び直していたりするからなのだ。

だから、鐘が鳴り始めてから『アルンディラーノが沢山大作戦』を開始する。

そうして、ケイティアーノとディアーナ。ノアリアとアニアラ。アルンディラーノとクリスとゲラント。三組で時間をずらして鐘を鳴らしに行って、王宮前庭会場には常に「金髪の少年」がうろうろしている状態をキープする。

そういう作戦だった。

カラーンと遠くの空で鐘が鳴る音が聞こえた。

ディアーナとケイティアーノはお互いの顔を見て一つうなずくと、生け垣のそれぞれ反対側からそっと庭へと歩き出した。

肩を広げて胸を張って、いつも少し偉そうなアルンディラーノの歩き方をまねながら。

テーブルに並ぶ食事が半分ほどに減り、遠くの空で鳴っている鐘の音が三十回を数える頃、ノアリアとアニアラが、

「交代だよ」

とディアーナ達に声をかけてきた。引き続き金髪ショートカットのカツラをかぶり、ズボンをはいた二人は少し興奮気味なのか頬が紅潮していた。

「男の子に見えたみたいなの」

「今回初めて、一人で大人の鐘を鳴らさせてもらえたんですもん」

いつもは、平民風の外套を羽織っていても、幼い令嬢だとバレているせいか『小さい方の鐘をどうぞ』と細い紐を渡されてしまっていたのだ。

今回はアルンディラーノ風に仮装していたため、大人用の鐘につながる太いロープを渡してもらえたのだという。

おしゃれを諦めてもらい、アルンディラーノの希望を叶えることを優先していたのだが、それで嬉しいことがあったのであれば良かったと、ディアーナも顔を緩めて「よかったね」と二人の肩をたたいた。

ケイティアーノと合流し、王城前広場につながる出口を通してもらう。

帰るときに必要な通行許可証の木札と平民に紛れるための外套を貸してもらい、外へ出る。

王宮前庭とは違い、魔石ではなく燃える松明《たいまつ》で明るく照らされた王城前広場は人が多くてとても賑やかだった。

「みんな楽しそう。さ、ディちゃん早くならびましょう」

「うん。列がそんなに長くなくて良かったね、ケーちゃん」

すでに新年明けてから一時間ほどが経っている。鐘を鳴らすための順番待ちは広場の半径ぐらいまで縮まっており、並べばすぐに順番が回ってきそうだった。

二人で手をつないで、広場を横断して列の最後尾を目指す。子どもは待ちきれず早いうちに並ぶことが多いため、今並んでいる人たちはディアーナ達よりも背の高い人ばかりである。

行列の最後尾にたどり着き、後ろに付くためにくるりと方向転換をしようとしたディアーナは、ぬれた石畳に足を取られて体勢を崩してしまった。手をつないでいたケイティアーノもつられて倒れそうになったのだが、列の前に並んでいた人がとっさに手を出して支えてくれた。

「大丈夫ですか？　冷えてきてぬれた石畳が凍り始めていますからお気を付けて……あれ」

支えてくれた人にお礼をしようとして顔を上げたディアーナに、その人は心配の声をかけつつ目を丸めた。

「ディアーナお嬢様じゃありませんか。サッシャは？　まさか、お嬢様達二人でここまできちゃったんですか？」

支えていた腕を引っ張ってしっかり立たせてくれたその人は、赤い髪に赤い瞳。

「駄目じゃないですか。まわりは暗黙の了解で見て見ぬふりしてくれてますけど、ご令嬢って丸わかりなんですから、誰か連れてこないと。ねぇ、カイン様」

ディアーナの体をざっと見渡し、怪我が無い事を確認してからイルヴァレーノが振り返る。その視線の先、一緒に並んでいたのはカインだった。

目を見開き、大粒の涙を静かに垂れ流し、唇は薄く開いたままプルプルと震えて言葉を出せずにいる、挙動不審で怪しさ満点のカインだった。

「あーあ。ディちゃん独り占めもここまでですわね」

ケイティアーノはぼそりとつぶやくとディアーナとつないでいた手を離す。イルヴァレーノがすっと位置をずらし、ケイティアーノの後ろに回った。

「お兄様！」

「ディアーナァアアアアア」

顔面崩壊を起こしたカインは服がぬれるのも構わずにその場に跪き、ディアーナに抱きついて叫ぶ。

ディアーナもそんなカインの頭を撫でつつ、時々ポコポコと叩きながら怒り笑いしていた。

「もう！　なんでリムートブレイクに帰ってきているのに鐘の列に並んでいるんですの？　王宮前庭にいらしてくだされば良かったのに！　ずっと待っていたんですのよ！」

「ばずでぼどじでばいでだがっだんだぼぉ」

「何を言っているのかわかりませんわ、お兄様。ホラ、ハンカチを貸して差し上げますからお顔を整えてくださいまし」

「ぼあああでぇーだぁー」

「お兄様は相変わらず泣き虫ですのね」

感動の再会をしている兄妹の側では、イルヴァレーノが後ろに並んでいる人たちに「避けて進んじゃってください」と誘導をしていた。

「ケイティアーノ様。申し訳ありません。鐘を鳴らすのは僕と一緒でもいいでしょうか？　多分あの二人しばらく動きませんので」

「イル君様はよろしいのかしら？　カインお兄様のおそばを離れても」

「あんな感じですが、ディアーナ様のおそばに居るときのカイン様は無敵です。何かあれば自動的にシャキッとしますから」

「相変わらず、頼もしいのかどうなのかわからないお兄様ですわ……」

「広場にいらしたってことは鐘をならしに来たんですよね？　お一人で並ばせるわけにはまいりません」

「構いませんわ。ディちゃんと一緒に居たくてきただけですもの。ここで感動の再会が落ち着くのを待つことにいたします」

「そうですか」

それから三十分ほどでカインは立ち直り、四人で一緒に並んで神渡りの鐘を鳴らした。

ディアーナがなかなか戻ってこない為にしびれを切らして広場に出てきたアルンディラーノとクリスは、そこにカインがいることに驚き、ディアーナとケイティアーノを遅刻で責めるのも忘れて喜び、再び六人で並び直して仲良く鐘を鳴らしたのだった。

「あ、雪が降ってきた」

そう言ってクリスが空を指差した。

「夜も更けて気温も下がってきたもんな」

手のひらを外套の隙間から差し出して、雪を掬いながらアルンディラーノも頷いた。

王宮の前庭会場とちがい、王城前広場は松明で明るく照らされているものの、暖房の魔石は設置されていないのでとても寒い。

雪かきも平民達の手で行われているために広場の端の方には避けられた雪が積まれている。泥で汚れたその雪の山に、新しい雪が積もっていく。

金髪ショートカットが四人も固まっていると却って怪しいということで、ディアーナとケイティアーノはすでにカツラを外して髪を下ろしている。

「みて、お兄様。新しく積もった雪は柔らかいから手形が残りますわよ」

寒さから逃げて、松明の側に立っていたディアーナがぺたりと触った雪の跡を指差した。隣に立っていたカインも、その隣にぺたりと手を置いて手形を付けた。

「本当だ。僕の手形も残ったよ。おそろいだね」

そう言って向き合ってにこりと笑う。

「じゃあ僕も付ける！」

対抗心を燃やしたアルンディラーノも雪山にぺたりと手のひらを押しつけ、そのまましばらくはクリスやケイティアーノも参加して手形残し大会を開催して遊んだ。

夢中で薄い新雪に手を押しつけて、体も冷えてきたところで王宮前庭へ戻ろうということになった。見下ろすディアーナの頭に薄く雪が積もっているのをみて、カインは優しく頭の雪を払った。

「ニットの帽子はどうしたの？」

「今日はアル様大勢大作戦でカツラを被るので持ってきておりませんの。そもそも、お兄様が編んでくださった帽子はもう小さくなってしまったのでかぶれませんのよ」

背伸びして、カインの頭の雪も払おうとしてくれるディアーナの為に、カインは膝を曲げて頭を下げた。

「そっか。ディアーナも今年はもう学園生になるんだもんな。そりゃおっきくなってるわけだ」

「そうですのよ。いつかお兄様だって追い越してしまうんですからね」

「それは楽しみだな。なら、僕もディアーナに追い越されないように一生懸命大きくならなくちゃね」

ディアーナが雪を払い終わったのを見計らって、カインは膝を伸ばす。そうして手を差し出せば、ディアーナがその手をしっかりと握ってきた。

「お兄様。神渡りが終わってサイリユウムに戻ったら、試験があるのですよね？　大丈夫ですの？　ちゃんと今年から一緒の学校に通ってくださらなきゃ許しませんわよ」

わざとらしくほおを膨らませ、上目遣いで怒った顔をするディアーナに、カインは顔を緩ませる。

「もちろんだよ。準備は万端。進級試験と卒業試験を絶対にパスして、冬の終わりに帰ってくるよ」

雪の降る王城前広場。久々に再会したカインとディアーナは肩を寄せ合いながら王宮前庭へとつながる通用口へと向かって歩いた。

卒業

「本当にもう。カインはディアーナが絡むとからっきしね」

母エリゼが大げさにため息をついて愚痴をこぼした。神渡りの夜に、カインが王城前広場で鐘を鳴らす列に並んでいた理由を聞いたからである。

サイリユウムの建国祭で、騎士行列に参加してから帰国の途についたカイン。騎士行列は建国祭の初日なので、まだまだ催し物が次々と開催されて建国祭そのものは続いていくのだが、カインはそれらをパスして翌日にはサディスの街を出発した。

カインは飛竜に乗って国境まで飛ぶつもりだったのだが、建国祭中のために飛竜は全て貸し出し中で使えなかった。

仕方なく馬車で三日かけて国境にたどり着き、ネルグランディ城からエルグランダーク家の馬車でさらに四日かけてやっと王都へと戻ってきたのだ。

そんなこんなで神渡りの日、カインはギリギリになってリムートブレイクの王都へとたどり着いた。早くディアーナに会いたい一心で直接王宮へと向かったものの、エルグランダーク家の長男であると証明する物を何も持っていなかった為に入ることが出来なかったのだ。

入国の為に持っていたエルグランダーク家の紋章は、エルグランダーク家に所属しているという証にはなる物だったが、貴族家の本人である証拠にはならない物だった。

一度家に戻る事も考えたが、神渡りの日の夕方以降は使用人達が無礼講で宴会をしている時間帯であり、神渡り晩餐会のカインの分の招待状を探し出してもらうのに時間がかかりそうだと思って考え直したのだ。

三年も留学していた為に入場口を警備している騎士達に顔見知りがおらず、顔パスも効かなかった。ファビアンかティルノーアでも通りかかれば入れたのかもしれないのだが、ファビアンは近衛騎士団の副団長なのでこんな時は王族に侍っているし、ティルノーアは会場準備で力尽きて魔導士団詰め所あたりでぐっすり寝ているはずである。

「私かお父様を呼び出せば良かったでしょうに」

そこまで聞いてエリゼがさらに深くため息をつく。エリゼの言う通りで、エルグランダーク家の紋章は持っていたのだから、それを提示すれば警備の騎士も主家の呼び出しには応じてくれたはずである。

「慌てていて、そこまで頭が回りませんでした」

「本当に、あなたはディアーナが絡むとポンコツね」

最終的に、カインは王城前広場に鐘をならしに来るだろうディアーナを待ち伏せすることにしたのだ。最初のウチは通用口の前に張り付いてディアーナが出てくるのを待っていたのだが、警備員が不審者を見る目で見つめてくるようになったので一旦離れ、どうせならと行列に並んで待つ事にしたのだ。

この広場に長時間とどまっても怪しまれない行動が何かというと、鐘を鳴らすために行列に並ぶことである。実際に、鐘を鳴らすのが楽しくて何回も並び直して鐘を打つ人も少なくないのだ。

貴族の子は、親がパーティーを撤収する前に鐘を鳴らしてパーティー会場の方へ戻らなくてはならない。その為、日付が変わる少し前から並びだし、鳴らし終わったらすぐに撤収するという動きをするのがほとんどだ。

カインも、留学前はディアーナと一緒にカウントダウン前から並んで「ありがとうございました」「よろしくおねがいします」と大声を出し、鐘を鳴らしてパーティーに戻るのが恒例となっていた。

そのつもりで広場で待っていたのに、『アルンディラーノが沢山大作戦』のためにディアーナが広場に出てくるのが遅くなり、通用口の警備騎士にも不審者と思われてしまった。

そんなこんなでカインは鐘を鳴らす行列に並んでいたということになるのだが、端から見れば「妹に会うより鐘を鳴らすのを優先した兄」にしか見えない状況になってしまったのだった。

アルンディラーノと合流できた後は、彼の口添えで通用口から王宮前庭のパーティー会場へと入ることができた。

「王太子殿下にご迷惑をおかけして……。後ほどきちんとお礼を言っておくのですよ」

「もうお礼は言いました」

「せ・い・し・き・に。です」

「……はい」

言葉をはっきりと句切りながら、カインはエリゼに念押しをされてしまった。飲もうと思って持ち上げていたお茶の入ったカップを、カインはそっとソーサーの上に戻してうなだれた。

「まぁ、ジンジャー伯爵令嬢達に謝罪を受け入れてもらえたのは良かったわね」

エリゼはカップの中のお茶を飲み干し、扇子を広げて口元を隠した。しかし隠れていない眉尻を下げてしまっているので、あきれているのだとわかってしまう。

「ご迷惑をおかけいたしました」

「許してはくれたけど、もうあの子達はあなたのお嫁さんにはなってくれないわよ」

「当然でしょうね。優しい方達です。そもそも僕にはもったいない方たちでしたよ」

アルンディラーノの口添えでパーティー会場へと入れたカインは、まずはカイン嫌い令嬢三人の姿を探し、頭を下げて謝罪をした。心から、誠心誠意謝った。

一年をかけてディアーナと友情を深めてきていたティモシー達は、嫌味を言いつつもカインを許してくれたのである。

ディアーナがこれから入学するド魔学に、ディアーナの味方となってくれそうな友人がいるということに、カインはことさら安堵をおぼえたのだった。

「馬車のご用意ができました」

「ありがとう。……時間のようね。あとわずかですけど、最後まで気を抜かずに頑張るのですよ」

ちょうどお茶の時間が終わる頃、神渡り休暇が終わりを告げた。

カインは飲みかけのカップをソーサーの上に戻すと立ち上がった。

「ちゃんと胸をはれる成績で卒業して参ります」

キリッとした顔で母に挨拶を返したカインだったが、屋敷の門の前でのディアーナとの別れではやっぱり行きたくないと駄々をこね、地団駄を踏み、最後にイルヴァレーノに馬車に放り込まれて出発するという、なんとも締まらない旅立ちとなったのだった。

そうして、冬の終わりがやってきた。

「では、ジャンルーカ殿下。リムートブレイクへ参りましょうか」

「ええ、これから六年間、よろしく頼むね、カイン」

「私は、卒業まで後三年ですけどね」

「では、残りの三年はディアーナ嬢とよろしくすることにします」

「……留年して、お世話いたします」

「冗談だよ、カイン」

神渡り休暇が終わり、リムートブレイクから戻ってきた後、カインは無事にサイリユウム貴族学校を卒業することが出来た。

春の始まりからアンリミテッド魔法学園へと留学するジャンルーカと一緒に、これからリムートブレイクへ帰国する。

用意された飛竜の背にのり地面を振り向くと、ジュリアンやシルリィレーア、アルゥアラットたちが手を振っている。コーディリアもディンディラナの弟たちに挟まれて手を振ってくれていた。

国境まで飛竜で帰り、一旦ネルグランディ領へ寄って一休みしてから馬車で四日かけて王都へと向かう旅程である。

リムートブレイク王国の王都へとたどり着けば、いよいよゲーム開始に時間が追いつく。

カインがまだ会ったことのない同級生魔導士、腹黒下級生について思いをはせている間に、飛竜は大きく羽を広げて大空へと飛び立った。

迷探偵アウロラたんの推理

Reincarnated as
a Villainess's
Brother

もう一人の転生者は誰だ？

カインとディアーナが羽根ペンを作るためにセレノスタのアクセサリー工房へ行った日の夜。

平民街の一角、とある民家で幸せそうに食卓を囲む家族が居た。

「今日ね、お父さんの工房でセレノスタ君とお勉強していたらね、お忍びでお貴族様が遊びに来たんだよ」

ピンク色の髪をふわふわと揺らしながら、楽しそうに今日あったことを両親に報告する少女。

「あら、そうなの？　お店の方じゃなくて工房の方に来るなんて珍しいんじゃない？」

少女の言葉を受け、目を丸くしながら隣に座る夫を見て質問する壮年の女性。

「自分で羽根ペンを作りたいという依頼だったから工房の方でお迎えしたんだよ。セレノスタと仲が良いということでもあったしね。お、今日の夕飯も美味しいな」

女性の質問ににこやかに答えつつ、オムレツに舌鼓を打つ壮年の男性。

「今日のオムレツは、アウロラが作ってくれたのよ」

「そうかそうか！　アウロラはどんどんできることが増えていくなぁ」

「もぅ！　お父さんはそうやってすぐ頭を撫でようとするんだから！　私もうすぐ十一歳だよぉ」

「わはははは。いくつになったって父さんは娘の頭を撫でたいんだよ」

「もう、あなたったら。うふふふ、アウロラの髪の毛乱れちゃったじゃない」

アウロラと、その父と母。弾む会話を楽しみながらの食事は賑やかに進み、夜が更けていく。

「それじゃあお父さん、お母さん。おやすみなさい」

「ああ、お休み。良い夢を見るんだよ」

「おやすみなさい、アウロラ。暑いからってお布団蹴っちゃだめよ」

「はぁい」

食事も終わり、両親に手を振って自室へと戻るアウロラ。ニコニコと機嫌良く笑いながら寝間着にしている簡素なワンピースに着替えると、ぴょんとベッドへとダイブした。

「ふぅ～」

足下の方に着地したアウロラは、ベッドの上を芋虫のようにうにうにと体をよじって移動して、枕に頭がたどり着くとごろりと仰向けに転がった。

「マジ、おかしくないっスかぁ？」

一家団欒、家族との食卓で見せていた幼い笑顔とは打って変わって、皮肉げな表情で空に向かってつぶやいた。

「やぁっとイル様と出会えたと思ったら、何アレ。もうめっちゃ幸せそうだったじゃん」

昼間、セレノスタのアクセサリー工房で見かけた赤毛赤目の少年。どう見ても暗殺者ルートのイルヴァレーノだった。ゲーム画面で見ていたのよりも若干幼く見えたが、それはゲーム開始まであと二年あるからだろう。

平民のフリをしてのお忍び来店だったので普通の平民向けの服を着ていたが、髪はツヤツヤで肌はプルプル。とても健康そうだった。

　ブツブツと独り言を言うアウロラに真顔でドン引きしつつ、隣のテーブルで仲良く羽根ペンを作る兄妹を見る目は優しげだった。

「疑心暗鬼、暗殺者として仕事をしつつも心の中のたった一つの優しい思い出に罪悪感を覚えて苦しむ顔には見えなかったスよねぇ。つっか、アッシと出会ってないんだから優しい思い出もクソも無いわけだし、暗殺ガチ勢になってるんじゃないかと思ってたんでゴザルが？」

　ベッドに寝転がったまま腕を組み、空中をやぶにらみしていたアウロラだったが、ふっと顔面の力を抜くように優しい微笑みを浮かべた。

「良かった。不幸な生い立ちに翻弄されたあげく心を壊したヤンデレ暗殺者のイル様はいなかったんだ」

　そうつぶやいた後、足を思い切り持ち上げて、勢いを付けて起き上がる。

「そもそも、カイン様と悲《ヒ》アーナが仲良いのもおかしくね？」

　乙女ゲームであるド魔学では、カイン・エルグランダークはクールな先輩キャラだった。公爵家嫡男として厳しく育てられた自分と、甘やかされて育てられた妹を比べて僻み、嫉妬し、妹を憎んでいるという設定だった。

　ちなみに悲アーナというのは、ド魔学プレイヤーの一部で使われていたあだ名であり、「悲しい死に様のディアーナ」の略である。

「はぁ。カイン様まだ少し若かったけど、お美しかったぁ。さすが最推し。ほんと美しい」

羽根ペンを作りながら愛おしそうにディアーナを見つめるカインの姿を思い出し、両手で自分の顔を覆いつつうっとりとつぶやき、そしてハッと思い直して首を振る。

「イヤイヤイヤ。じゃなくてじゃなくてじゃーなくて。カイン様ルートでも、悲アーナ出てきた時超塩対応だったやんけ。冷たく悲アーナ突き放すシーンのスチルは絶対零度の斜め四十五度からの見下し視線が超素敵だったでござろう？　アッシったらPCの壁紙にしたもんね。じゃなくてじゃなくて。もしかしてまだ跡継ぎ教育始まってないとか？　イヤそんなバカな。だって私が十歳ってことはカイン様もう学生やんけ。両親から厳しく育てられてるならとっくのとーちゃんで教育はじまってるってばよ」

覆っていた両手から顔を上げ、カッと目を見開いた。

「コレ、私以外に転生者いるんじゃゃね？」

アウロラの問いかけは、広げた手のひらに落ちる。

「……」

狭いながらも与えられた自分用の部屋にはアウロラ一人しか居ない。答える声はない。

「……やべぇ。これはやべぇ。また一つ、宇宙の真理に迫ってしまったのでは？　拙者この世を統べる超常なる存在に消されるのでは？」

自分の身を抱きしめて、わざとらしくブルブルと震えて天を仰いだ。が、すぐに手をほどいてベッドに手をついてズリズリと尻をずらしながらベッドから降りた。

左手で右肘を支え、右手は人差し指を立てて眉間を押さえたアウロラは部屋の中をうろうろと猫背気味の姿勢で歩き回る。

「んんー。イル様は本来なら、んんっ。え～、ヤンデレ皆殺し暗殺者だったはずなんですねぇ、それがぁ～。えーぇー健全ボーイになっていたわけです～」

考え考えという感じに、間延びしたしゃべり方で、かすれた声でアウロラがしゃべる。

「さらに、さらにですよ。クール系人嫌い少年のはずのカイン様は、妹に優しい朗らか兄さんになっていたわけですねぇ」

部屋の戸の前まで来ると、くるりと振り向いて手のひらを差し出した。

「さらに！　悲アーナもぉ、私やセレノスタ君を見下したりせず優しく接してくれたというわけですねぇ。傲慢で高飛車でわがままなんてゲームでの面影が、これっぽっちもなかったんですよ。ンフフぅ」

ニヤリと笑うアウロラ。

「えぇ～、偶然が重なって良いのはぁ、二個目までです～。三個目は偶然ではありませぇん。んふふぅふ」

ビシッと人差し指を立て、顎を引いて空中をにらむ。

「乙女ゲーム、主人公が転生者、悪役令嬢が良い子になってる、悪役令嬢の周りに攻略対象が集まっている……。つまり、私の推理が正しければ……」

そこまで言って、もったいぶったように誰もいない場所を振り向いてやぶにらみする。

「もう一人の転生者は、ディアーナです」

そこまで言うと、アウロラはふっと力を抜いてぬるく笑う。

「アウロラでした」

前世で観ていたミステリドラマの探偵役のマネをしたアウロラの声は、誰もいない部屋に消えていった。

覚醒！　美少女主人公アウロラたん

平民街の一角、とある民家で幸せそうに食卓を囲む家族が居た。

「今日はね、アクセサリー工房に孤児院の子達がアクセサリーを買いに来てくれたんだよ。刺繍したハンカチを売ったお金でね、孤児院長先生のお誕生日プレゼント選びに来たんだって」

ピンク色の髪をふわふわと揺らしながら、楽しそうに今日あったことを両親に報告する少女。

「あら。去年の神渡りの時に神殿前の露店でハンカチを売っていた子たち？」

少女の言葉を受け、目を丸くしながら隣に座る夫をみて質問する壮年の女性。

「うん！　神渡りの時、用意したハンカチやリボンは全部売り切れたんだって」

「あら、良かったわねぇ」

「ああ。それで、お金の使い方を勉強するためにと売り上げの一部が子ども達のお小遣いとして配られたらしいんだ」

女性の感想に相づちを打ちつつ、情報を補足して会話に加わる壮年の男性。

「それで、院長先生のお誕生日プレゼントを買うのとっても素敵だよね！」

「セレノスタの初めてのオーダーメイド注文になったよ」

「うふふ。それは院長先生も二倍嬉しいプレゼントになるわね」

アウロラと、その父と母。弾む会話を楽しみながらの食事は賑やかに進み、夜が更けていく。

楽しい食事が終わり、食器を片付けている時だった。

「あいたっ」

「お母さん？　どうしたの⁉」

洗い終わった包丁を片付けようとしたアウロラの母が、その刃先に引っかけて指先を切ってしまった。ぬれた指先に、赤色がじりじりと広がっていく。

「大変！　ほ、包帯？　えっと、えっと」

「大丈夫よ、水に濡れているから派手にみえるけど、ちょっと切っただけだからね。しっかり拭き取って押さえておけば大丈夫よ」

「じゃあ、おまじないしてあげる！　痛いの痛いの〜とんでいけー！」

笑ってアウロラを安心させようとする母の指先に、手のひらをかざしておまじないを唱えたアウロラ。その手のひらがほのかに光り、母の指先に吸い込まれるよう引き寄せられたと思ったら傷が消えていた。

「あ、あれ？　痛くなくなっちゃったわ。本当に思うより小さい傷だったのね」

角度の問題か、アウロラの手のひらの光が見えなかったらしい母は不思議そうに傷の無くなった指先を眺めたあと「おまじないすっごく効いちゃったわね！」とアウロラの頭を優しく撫でた。

「お母さんっ。私、安心したら眠たくなってきちゃった。今日はもうおやすみなさいにするね」

アウロラはそう言ってスックと立ち上がると、パタパタと自分の部屋へと引っ込んでしまった。

「おやすみアウロラ。ちゃんと暖かくして寝るのよ」

後ろから追いかけてくる母の声に手を振って応え、バタンと自室のドアを閉めるとアウロラは一歩足を進めて狭い部屋の中央へと立つ。

「ふぅ〜」

肺の中の空気を全部抜く勢いで息を吐いた。

「……」

そしてゆっくりと息を吸い込むと、

「ふふふっ。ヒヒヒヒ。アーハッハッハッハッハ」

と最初は顔を片手で覆いうつむいて、だんだんと背を伸ばしつつ、最後は両手を上げて背をそらし、天を仰ぐようにして顔を上げて笑い出した。

「ツキノヨルチユノチカラニメザメシアウロラ！　爆！　誕！」

膝をついてガッツポーズ、そのまま背中をそらしすぎて倒れ、床を転がるように笑い続けた。

アウロラの部屋の外、キッチンのテーブルに座って食後のお茶を飲んでいた両親はその笑い声を

聞き、

「今日もアウロラは元気だな」

「あの子は部屋にこもってからが長いのよね。夜更かしはしていないようなのだけれども」

「女優さんでも目指しているのかね」

「アウロラは見た目が可愛らしいのを自覚しているものね」

なんて会話をしながらほっこりとしていた。

アウロラの自室での独り言劇場は、両親にとっては日常茶飯事なのである。


アウロラは、生まれたときから前世の記憶があった。

清潔な寝室、優しい母親。離乳食が始まる頃までは木造建築が主流のアジアのどこかの国に生まれたのだと思っていた。テレビネットスマホのある国だといいな、表現の自由が確保されている国だと良いなぁと思いながら元気よく母乳を飲んで元気よく泣いて過ごした。

髪の毛が視界に入るぐらい伸びてくると、もしかして異世界転生したのかと考えるようになった。髪の毛がピンク色だったのだ。

鏡は高価な物だったので、自分の容姿を確認できるのはずっと大きくなってからの事だったが、それより先に耳から入ってくる色々な情報がアウロラの置かれている状況を教えてくれていた。

「ピンク色の髪、リムートブレイク王国という国名、びっくりするぐらい可愛いと褒められる顔。平民だけど前世知識のおかげで近所で天才少女と呼ばれていること。歩き回れるようになる頃には、自分はもしかして主人公なんじゃないかと思っていたんだよね」

しかし、そうであれば起こるはずの出来事が起こらなかったのだ。

皆殺しルートの回想シーンで描かれていた「アウロラとイルヴァレーノの出会い」が、発生しなかった。

ド魔学のヒロインにはデフォルト名が無い。だから、アウロラは自分がゲームのヒロインであるという確証がもてなかった。天才少女という名前を聞いて貴族が声を掛けてくることも増えたが、皆「我が家の使用人に」「我が商会の使用人に」という話ばかりで「ド魔学に通わせてあげる」という話は一個も無かった。大体、上から目線で偉そうな態度で「雇ってやるからありがたく思え」という台詞を吐くのだ。アウロラはすっかり貴族嫌いになっていた。

もしド魔学のヒロインでないのだったらそれでも良い。それなら父親のアクセサリー工房で働きたいと思っていた。現代知識を持った自分なら、工房を盛り立てていくこともできるはずだし、優しい両親に親孝行したいとも思っていた。

「でも、悲アーナが先回りしてイル様拾って兄とも和解してたんすよねぇ。そうすっと、過去回想シーンが無いからって、拙者がヒロインでないとは言い切れなくなってきましたな」

先日、父の働くアクセサリー工房で健やか元気でヤンデレの気配が全く無いイル様を見かけた。しかも、攻略対象であるカイン様と悲アーナも一緒だった。三人とも、皆幸せそうだった。

それを見ても、アウロラは良くある悪役令嬢小説のヒドインのように「私の場所を取った！」とは思わなかった。

でも、攻略対象と悪役令嬢の存在を認知したことで、この世界が本当にド魔学の世界だということが確定したのだ。ならば見たいじゃないか。やりこんだゲームの名シーンを、この目で、直接。

「あー。拙者、ヒロインだったら良かったのになぁ。かぶりつきの席で、砂かぶり席で、ヒロインなら特等席でそれが観られるはずなんでござるよ？」

もしかしてヒロインかな？　でも、違うかもしれないな。ずっとそう思って過ごしていた。

それが今日、小さな切り傷とはいえ癒やすことが出来たのだ。治癒魔法が自分に発現したのだ。

「これが喜ばずにいられようか？　いやない！（反語）」

自室の床で、寝転がったまま天に向かってガッツポーズをしたアウロラは、パタリと腕を落として大の字になる。

「明日から忙しくなるぞぉ～。怪我はどこまで治せるのか？　病気は治せるのか？　古傷まで治せるのか？　治せないならどこら辺までなら遡れるのか？　試して試して試しまくらんとなぁ～。くふふふのふぅ～」

どこに行けば怪我人が多く居るのかな？　既存のお医者さんの既得権益を侵さないようにしないとな。出来るかわからないうちに病気を治せますとか言って治せなかったらがっかりさせるから、なんとか方法を考えないとなぁ。

そんな感じで今後のことを考えているうちに、アウロラはそのまま床で寝てしまった。

翌日見事に風邪を引いてしまったアウロラは、無事「風邪は治せる」ということを自らで証明することが出来たのだった。

名探偵アウロラと秘密の部屋

平民街の一角、とある民家で幸せそうに食卓を囲む家族が居た。

「あのね、今日は街の端っこにある『鳥男爵』のお屋敷でね、風魔法を教えてもらったの」

ピンク色の髪をふわふわと揺らしながら、楽しそうに今日あったことを両親に報告する少女。

「あら。変わった方だとは聞いているけど貴族様でしょう？　大丈夫だったの？」

少女の言葉を受け、目を丸くしながら隣に座る夫をみて質問する壮年の女性。

「前に鳥の怪我を治してほしいって言われて行ってきたところじゃなかったかい？」

女性の言葉を受けて、少女に確認の言葉を掛ける壮年の男性。

「うんそうだよ。鳥さんの怪我を治したお礼がしたいって言われたから、魔法を教えてくださいってお願いしたの」

「そうだったのか。相手はお貴族様だ、失礼など無かったかい？」

「大丈夫だよ！　鳥さん第一の方で、怪我を治したことをすっごい感謝してくれてて、とってもやさしかったよ。変な人だったけど」

「それなら良かった。で、どうだい？　風魔法はできそうかい？」

「うん！　小さなつむじ風だけだけど、手のひらからふわっと出せたんだよ！」

「まぁ、凄いじゃない！　アウロラはどんどんできることが増えていくわね」

アウロラと、その父と母。弾む会話を楽しみながらの食事は賑やかに進み、夜が更けていく。

「それじゃあお父さん、お母さん。おやすみなさい」

「ああ、お休み。良い夢を見るんだよ」

「おやすみなさい、アウロラ。寒いんだからお布団蹴っちゃだめよ」

「はぁい」

食事も終わり、両親に手を振って自室へと戻るアウロラ。部屋へと入り、目を上げるとベッドの向こうの壁に洋服が掛けられていた。

この世界では見覚えの無い、前世ではよく見たデザインの制服である。

「お父さん！　お母さん！」

慌てて自室から出て、キッチンでお茶を飲んでいた両親の元へと駆け込んだ。

「制服が！　部屋に制服がかけてあるよ！　あれって、アンリミテッド魔法学園の制服じゃないの⁉」

興奮で顔を真っ赤にしたアウロラに、両親はニコニコと嬉しそうに笑っている。

「ふふふ。びっくり作戦大成功ね。気がついてくれて良かったわ」

「冬が終われば、アウロラは魔法学園の一年生だな。誇らしいよ」

向かい合って座っていた両親が、椅子をずらしてアウロラの方へと体を向けた。やさしそうに、愛おしそうにアウロラのことを見つめてくる両親。

「試験、受けてないよ？」

「魔法学園は、魔法が使えて入学金が払えれば誰でも入れるのよ」

母が、優しく答えてくれる。

「入学金、高いんじゃないの？」

「こう見えて、お父さんは結構な稼ぎがあるんだぞ。……なんてな、工房の皆や街の皆もお金を出してくれたんだよ」

父が、おどけながら教えてくれる。

「なんで、工房や街の皆が」

「なんでって、皆アウロラに助けてもらったからよ。腰痛を治してもらったって八百屋のおばさんも、あかぎれがひどくなる度に治してもらったって魚屋のおじさんも、学校に行ってもっと凄い魔法使いになって帰ってきてねってお金を出してくれたのよ」

「工房の親方も、見習いも、トンカチで打っちまった指を治してもらったからってよ。販売店の方のおばちゃんもお姉さんも、ガラスやアクセサリーの端で切れた指やお貴族様に打たれた頬を治してくれたからってな」

父と母が、皆がどんな思いでお金を出してくれたかを一つ一つ教えてくれる。

「でもそれは、私がやってみたかっただけで。治癒魔法が出来るようになって嬉しくて試してみたかっただけだったのに」

アウロラの声が震える。益々目を細めた母親が、そっと手を伸ばしてアウロラを抱きしめた。

「それだけじゃないのよ。迷子の子をお家まで送っていったこともあるでしょう？　お買い物の値札が読めなくて困っていたおじいちゃんに代わりに読んであげたことがあったでしょう？」

「坂道を背中を押して歩いてあげたおばあさんがいただろう？　かごが壊れて買った物がこぼれた妊婦さんに、拾って家まで持っていってあげたことがあるだろう？」

いつの間にか、父親も立ち上がってアウロラの背中を撫でてくれている。

「皆、そういうアウロラが大好きだから、魔法学園に行って勉強してきてほしいって思ってくれたのよ」

「次の休息日には、制服を着て皆に見せに行こう。そうして、お礼を言ってまわらないとな」

「うん。うん。ありがとうって言う。めっちゃ言う」

アウロラは、母の胸から顔を上げてにっこり笑ってそう言った。鼻水が、母の胸とアウロラの鼻とでつながって橋になっているのに気がついて、家族三人で大笑いしてその夜は過ぎていった。


そうして、アウロラが十二歳になった冬の終わり。

平民街の一角、とある民家の玄関前で、両親と一人娘がお別れの挨拶を交わしていた。

「毎日庶民街からは通えないから寮住まいになるのは仕方がないけれど……。ちょくちょく帰ってきてね」

「うん。お休み毎に帰ってくるよ」

心配そうな顔で声を掛ける母親に、にこやかに返事をするアウロラ。

「入学金は皆で出したが、授業料までは出せないからな。頑張って奨学生を目指すんだぞ」

「余裕だって！　アウロラちゃんは天才なんだからね！」

「このっ」

「いてっ」

檄《げき》を飛ばしてくれる父親に、自信満々におどけてみせるアウロラ。コツンとおでこを小突かれた。

両親の愛情と、街の人達からの好意によってアウロラは明日からアンリミテッド魔法学園の学生となる。前日の今日から入寮して、明日が入学式だ。

前もって寮に荷物を送ることが出来ると言われたが、平民のアウロラにはそんな荷物は無い。今日持って行く、大きな鞄一つで十分だった。

「良いかい、アウロラ。魔法学園は生徒のほとんどがお貴族様だ。言葉遣いや態度には十分に気をつけるんだよ」

「所構わず独り言を言ったり、変な笑い方で笑ったり、物陰で変なポーズをするのも控えめにね？物陰だと思っていても、意外と人の目というのはある物だからね」

「はぁい。わかってます！」

心配そうな両親をよそに、アウロラは自信満々だ。

「アウロラの部屋はそのまんまにしておくからね、もし『独り言劇場』がしたくなったら休息日じゃなくても良いから帰ってくるのよ」

「そうだぞアウロラ。独り言劇場は家に帰ってからにしなさい」

「へ？」

アウロラは、この時まで自分の前世語りやド魔学世界の考察については聞かれていないと思っていたのだ。両親の前では、素直で良い子のアウロラで居られたと思っていた。

「聞こえていたの？」

「もちろんよ？　独り言ばかり言って夜更かししないでちゃんと早く寝るのよ」

「ひぃいいいいい」

感動の出発をしようと思っていたのに、最後の最後で両親から爆弾を落とされた。恥ずかしくなったアウロラは頭を抱えてその場でうずくまってしまった。

「ははは。良いじゃないか。元気だなってずっと父さんも母さんも思って聞いていたんだ。いつだって、また帰ってきて自分の部屋でやれば良い」

「考え事をするときに口に出す癖がある人って結構居るものよ。あんまり気にしないで。内緒話するために、帰ってくれば良いのよ」

両親はうずくまったアウロラの背中を優しく撫でながら、いつでも帰っておいでと声を掛けてくれる。

「ほら、もう巡回馬車が来る時間だよ」

「元気に行っておいで」

寮に入るから家を出る。だけど、同じ王都内なんだからいつだって帰ってこられる。

優しい両親と離ればなれになるのは寂しいけれど、精神年齢はとっくに成人済みなんだから、全然平気。いよいよ、憧れのド魔学ゲームのスタート地点に立てるのだ。ワクワクする気持ちが止まらない。

「行ってきます！」

自分は全然平気だもん！　そう思って両親にむかって大きく手を振って巡回馬車の乗り場へ向かう。

平民出身の天才少女、パッケージの主人公にそっくりの見た目でド魔学入学決定。これはもうどう見ても自分がヒロインで確定である。

「やったぜ！」

と口に出してみるものの、あまりうれしさはこみ上げてこなかった。

全ルートクリアした乙女ゲームの攻略対象者は、何度周回しても毎回同じ台詞を言う。その台詞にときめいたのは事実。そして、毎回同じ顔で悲しみ、同じ顔で笑う。当たり前だ。ゲームのスチルなんだから。それでもその悲しそうな顔にドキドキして、嬉しそうな顔にワクワクしたのも事実。

しかし、これから実際に彼らと恋がしたいかというと、アウロラの心情的にはかなり怪しかった。もう他にヒロインがいてくれて、彼女と攻略対象者達の恋模様を間近で観るとかの方が良かったなんて思ったりもして。

それでも、両親と街の人達の期待に応えたいという気持ちも本当で、学校での勉強は頑張ろうと心に決めた。

「前世の記憶があるし、ここはゲームだしって思っていたんだけどな」

馬車に乗って十分ほど。膝を抱えたアウロラはもう寂しくてしょうがなくなってしまっていた。

「意外と、私はもうちゃんとアウロラなのかもしれないね」

家を出て、ぐるりと街を巡って行く巡回馬車は遠回りするので寮へ着くのはもう少し先。早速ホームシックにかかったアウロラはごまかすためにゲームのオープニング曲を口ずさむのだった。

紙書籍限定書き下ろし番外編

おかえりなさいませ！お兄様

Reincarnated as
a Villainess's
Brother

日差しが暖かくなりつつあるが、まだ空気は冷たい。そんな春を待つ季節のある日、エルグランダーク邸の茶会用の温室では女の子達がおしゃべりに花を咲かせていた。

「私たちもいよいよ春から学園生ですわね」

「お勉強について行けるか、心配ですの」

「みんなと同じ教室になれるかわからないですもんね」

話題は、春から始まる学生生活について。ディアーナを含めて、仲良し四人組は皆そろってアンリミテッド魔法学園に入学することが決まっている。

制服の着こなし方や、お昼ご飯をどうするか、魔法の授業でどんなことを教わるのか、そういった不安と期待で胸を膨らませつつ想像や噂話などで盛り上がっていた。

「やあ、可愛い妖精のお茶会に紛れ込んでしまったかな」

そう声をかけながら、カインが温室へと入ってきた。三つ編みは緩く結んで前に流し、ゆったりとしたシャツに淡い色のベストをボタンを留めずに重ね着している。親しい友人であれば許される程度のリラックスした服装である。

「カインお兄様！」

「帰っていらしてたんですのね！」

ディアーナは余裕の笑みを浮かべながらお茶を飲んでいるが、ケイティアーノやノアリアとアニアラは目を丸くして立ち上がった。

「久しぶりだね、ケイティアーノ、ノアリア、アニアラ。見ないうちに大きくなって、すっかりレディだね。もう、ケイティアーノ嬢、ノアリア嬢、アニアラ嬢って呼ばないといけないかな？」

そう行ってカインが手を広げれば、駆け寄った三人の少女が飛びつくようにカインに抱きついた。

「今まで通りケイティアーノと呼んでくださいな。カインお兄様！」

「卒業おめでとうございます。飛び級なんてさすがですの！　カインお兄様」

「わたくしも今までどおりアニアラと呼んでくださいまし、カインお兄様」

肩の高さほどに並ぶ三つの頭を、カインが順番に優しく撫でていく。

「淑女がそんな簡単に男性に抱きついてはいけないよ。みんな春からは学園生だろう？」

「カインお兄様は別ですわ」

「カインお兄様はお兄様ですもん」

「学園ではちゃんとしますの」

カインに頭を撫でられた子から、順に離れて行く。

「ディちゃんたら人が悪いわ。カインお兄様が戻ってらしたこと、黙っていたわね？」

「驚かそうと思って！　びっくりしたかしら？」

「それなら、作戦成功ですの」

「とても驚きましたもんね」

楽しそうに笑いながら、お茶会の席へと戻っていく。少女達の後からゆっくりと歩いてきたカインが、

「ご一緒しても？」

と声をかければ、皆で声をそろえて、

「もちろんですわ！」

と答えてくれた。

イルヴァレーノが予備の椅子をセッティングし、サッシャがカインの分のお茶を用意する。その間にカインも席について皆とたわいないおしゃべりを始めた。

「カインお兄様も、同じ学年でお勉強出来たらよろしゅうございましたのに」

「だよねぇ。僕もディアーナと同じ学年でってお父様にお願いしたんだけど、却下されてしまったよ」

「それはどうかと思いますの」

「さすがカインお兄様ですわ。ディちゃん大好き過ぎるんですもんね」

カインの前にカップが置かれ、すかさずサッシャが小さな箱を取り出して見せた。仲には、ピンポン球ぐらいの大きさに丸められた綿菓子がコロコロと入っていた。

「カイン様、お砂糖いくつお入れしますか？」

「綿菓子、こういう感じに落ち着いたの？」

指を二本たててサッシャに『二個』の合図をしつつ、少女達に顔を向ければ、ディアーナを筆頭に皆でニコニコとうなずいてくれた。

「自分でくるくると綿菓子を作るのも楽しいんですけれど、お袖にお砂糖がくっついてしまったりするでしょう？」

「ふんわりしていて見た目は可愛らしいんですけど、砂糖の塊なのですもん……」

「カインお兄様、カインお兄様。実はね、アーニャちゃん綿菓子にハマってから太ったんですの」

「あ、ノアちゃん！　それは内緒にしてって言ったもん！」

「そうそう。それで、私たちのお茶会ではお菓子として食べるのではなくてお茶に入れて溶けるのを見て楽しむだけにしましょうって」

「ねー」

「アニアラそんなに太ったかなぁ？　いつも通り可愛いよ」

「カインお兄様〜！」

「甘やかしてはいけませんのよ」

「でも、『ディちゃんの次に』が付くのでしょう？」

カインのカップの中で、小さな綿菓子がゆっくりと溶けていく。カインが七歳、ディアーナが四歳の時から参加し始めた『王妃様主催の刺繍の会』で出会った、ディアーナの友だち。そして、カインのことを兄と慕ってくれる、カインの友だち、幼なじみ。

カインがディアーナを可愛がっていることを知っていて、一緒になってディアーナを可愛がって一緒になって遊ぶ仲。

「どうなさったの？　お兄様」

わちゃわちゃとおしゃべりに興じていたディアーナが、ニコニコするばかりで話に混ざらなくなったカインに話しかける。おかしそうに笑っていた三人も、顔に笑顔を残しながらカインの顔に視線を集めた。

留学してから、刺繍の会には行っていない。二年目の夏休みに帰ってきたときに少し会っただけで、一年半ぶりに再会した女の子達。なのに親しげにお茶会に招き入れてくれ、昨日の続きのようにおしゃべりをしてくれる。

「帰ってきたんだなぁって思って」

学園が始まっても、ディアーナと仲良くしてね。でも、ディアーナがいけないことをしたらちゃんと叱ってやってね。そうお願いするつもりでお茶会に参加したカイン。実際に参加してみれば楽しくて懐かしくて、ついつい感慨深い思いに浸ってしまっていた。

カインの言葉を受けて、一瞬動きを止めた女の子達。次の瞬間には破顔した。

「お帰りなさい、お兄様！」

声をそろえて可愛く笑う少女達に、カインも破顔して答える。

「ただいま！　みんな」

あとがき

お久しぶりです。内河です。

おかげさまで六巻も出すことが出来ました。いつも応援ありがとうございます。これからもよろしくお願いいたします。

巻末に次巻予告が載っているのを見ましたか？　見てませんか？　今ちょっとページめくって見てください。ね、載っていたでしょう？　そうなんです、七巻も出ますよ！　本当に本当に、ありがとうございます。書籍で、電子で、読み続けてくださっている皆さんのおかげです。引き続き頑張って書いていきますので、今後もカインの頑張りを応援してください！


ところで、ＰＳＶＲ2を手に入れたんですよ。発売日にね！

まだ立体パズルゲームしかやっていないのですが、ＰＳＶＲの頃に比べると画像は綺麗になっているしアイトラッキング搭載のおかげで視界に写っていれば頭を動かさなくてもロックオン出来てストレスが無いしでとても良いです。

ただ、今のところリリースされているソフトがＦＰＳとホラーゲーム中心なんですよね。あとはリズムゲームも多いかな。どれも私の苦手分野なもんで、グギギギギってなっています。

これだけ画像が綺麗だと、幻想世界を散歩するだけとかのソフトでも良いんじゃないかと思うんですがなかなか出ませんね。ＹｏｕＴｕｂｅアプリを入れて立体動画を見るのが少し近いかもしれませんが、あれは大抵固定カメラだったりするので自分で移動できないんですよね。

でも、「じゃあFPSとホラーとリズム以外でどんな物がVR向きなんだい？」って考えると、なかなか難しいんですよね。フライトシミュレーション系かな？　実はこれも苦手なんですけどね。（ACで毎度着陸ミッションに失敗している内河）

色々考えたんですが、VR空間で読書をするソフトとか出たら素敵だと思いませんか？　電子書籍として本を購入してVRゴーグルを付けると、目の前に本が現れるんですよ。そして、コントローラーの手を左から右に動かすとページをめくることが出来て、本のページにはちゃんと文字が書かれていて実際に読めるんですよ。閉じている本を持った状態で、コントローラーの傾き方でページをパラパラパラーっとめくって適当なページを開き、適当な場所から読み始めたりも出来るとなお良いですね。お家の本棚が一杯でもう本を増やせない！　という場合でも電子書籍なら場所は取らないし、VR空間で手元で本を開いてページをめくって読むという紙書籍の醍醐味も味わえるといういいとこ取りじゃないですか？

オーディオブックも、目の前に作中キャラが現れて本を読み聞かせしてくれる。なぁーんて演出付きで聴けたら最高じゃないですか？

VR空間なら、電子書籍も本棚に並べることが出来ますし、並んでいる背表紙をながめながら読む本を選ぶなんてことも出来ますね。

いつか「一人用ソファーに二人でぎゅうぎゅうに詰めて座った状態の、隣のイルヴァレーノが読み聞かせしてくれる悪役令嬢の兄に転生しましたオーディオブック」とか出ないかなぁ。

侍女の増えた憧れ

漫画:よしまつめつ

お嬢様を支える完璧侍女を目指すサッシャ
タッ
タッ
急に私と一緒に運動をするようになったけれど
どうしたの?
パレパントル
新しい小説に夢中らしいですよ
元暗殺者の侍女が持てる技を駆使して姫を守る話です
ちっちが
ディアーナ様がお一人で走ってらしたから…
……私がお守りします!
見本みたいな子が直ぐ側にいますが
黙っていましょう

悪役令嬢の兄に転生しました
Reincarnated as a Villainess's Brother
俺は、妹を絶対悪役令嬢にしない!!
漫画・よしまつめつ
原作・内河弘児 キャラクター原案・キャナリーヌ
©2021 Hiroko Uchikawa/TOBOOKS
©2021 Yoshimatsumetsu/AKITA PUBLISHING CO.,LTD.
秋田書店
DOKODEMO
どこでもヤングチャンピオンにて
YOUNG CHAMPION
コミカライズ連載中!

さあいよいよ
「ディアーナを悪役令嬢になんてさせない！」
その一心でゲーム開始前にフラグ回避に手を尽くしてきたカイン。
まだ見ぬ残りの攻略対象に警戒しつつ、学園生活が始まる——！
悪役令嬢の兄に転生しました
Reincarnated as a Villainess's Brother
7
著 内河弘児 イラスト キャナリーヌ
2023年冬発売!!

ゲームスタートだ！
ヒロイン
王太子
学校の先生
隣国の第二王子
聖騎士
悪役令嬢
暗殺者

マインとして
ローゼマインとして
ドラマCD10
同時発売!
詳しくは原作公式HPへ
tobooks.jp/booklove

大切な記憶へ
愛する者達へ
本好きの
下剋上
司書になるためには
手段を選んでいられません
第五部 女神の化身XII
香月美夜 イラスト:椎名 優
miya kazuki
you shiina
第五部ついに完結!
2023年冬

小説
第14巻
2023年 秋
発売!
シリーズ累計
120万部
突破!
(紙+電子)
TVアニメ放送開始!
帝国物語
餅月 望——著
Gilse——イラスト
式HPへ!
原作HP
TVアニメHP

Comics
ティアムーン帝国物語
ティアムーン帝国物語
ティアムーン帝国物語
ティアムーン帝国物語
ティアムーン帝国物語
コミックス
第7巻
2023年 秋
発売!
漫画：杜乃ミズ
2023年10月より
MBS・TOKYO MX・BS11にて
ティアムーン
断頭台から始まる、
姫の転生逆転ストーリー
詳しくは公

甘く激しい「おかしな転生」シ

TV ANIME

2023年7月より
テレビ東京ほかにて
TVアニメ放送開始!

CAST
ペイストリー＝ミル＝モルテールン：村瀬 歩
マルカルロ＝ドロバ：藤原夏海
ルミニート＝アイドリハッパ：内田真礼
リコリス＝ミル＝フバーレク：本渡 楓
カセロール＝ミル＝モルテールン：土田 大
ジョゼフィーネ＝ミル＝モルテールン：大久保瑠美
シイツ＝ビートウィン：若林 佑
ペトラ＝ミル＝フバーレク：奥野香耶
スクヮーレ＝ミル＝カドレチェク：加藤 渉

STAFF
原作：古流 望「おかしな転生」
（TO ブックス刊）
原作イラスト：珠梨やすゆき
監督：葛谷直行
シリーズ構成・脚本：広田光毅
キャラクターデザイン：宮川知子
音楽：中村 博
アニメーション制作：SynergySP
アニメーション制作協力：スタジオコメット

アニメ公式HPにて予告映像公開中!
https://okashinatensei-pr.com/

GOODS

おかしな転生
和三盆

古流望先生完全監修!
書き下ろしSS付き!

大好評
発売中!

STAGE

舞台
「おかしな転生
～アップルパイは笑顔とともに～」
DVD化決定!
2023年8月25日発売!

AUDIO BOOK

おかしな転生
オーディオブック
第２巻
朗読：長谷川玲奈

好評配信中!

DRAMA CD

おかしな
転生
ドラマCD
第②弾

2023年
7月10日
発売!

詳しくは公式HPへ!

次巻予告
謎解きだ!
魔術市・古代の遺跡へ
お出かけ!?
世界のひとかけらを
知る夏休みスタート!
白豚貴族ですが
前世の記憶が
生えたので
ひよこな弟育てます
やしろ
illust. keepout
XI
予定!!!

夏だ!
たからさがしだね、にぃに!
広がる「しろひよ」シリーズ!
STAGE
舞台第2弾上演決定!
詳しくはこちら!
舞台『白豚貴族ですが前世の記憶が生えたのでひよこな弟育てます』
場所:CBGKシブゲキ!!
日時:2023年10月18日(水)～10月22日(日)
COMICS
コミックス①～④巻好評発売中!
漫画:よこわけ
コミカライズ大好評・連載中!
CORONA EX
コロナEX
TObooks
https://to-corona-ex.com/
最新話がどこよりも早く読める!
第11巻2024年発売

京に迫る戦乱を
[著]イスラーフィール
[絵]碧風羽《みどりふう》
最新第四巻
2023年8月10日発売！

回避せよ!
六角・畠山陣営と三好は
一触即発の事態へ！
京を戦乱から
守り抜けるのか!?
異伝 淡海乃海
羽林、乱世を翔る
いてん あふみのうみ
うりん、らんせをかける

悪役令嬢の兄に転生しました6

2023年7月1日　第1刷発行

著　者　内河弘児

発行者　本田武市

発行所　TOブックス
〒150-0002
東京都渋谷区渋谷三丁目1番1号　PMO渋谷Ⅱ　11階
TEL 0120-933-772（営業フリーダイヤル）
FAX 050-3156-0508
印刷・製本　中央精版印刷株式会社

ISBN978-4-86699-868-8